Contents

434 곰 씨, 시련을 보러 가다 ... 11
435 곰 씨, 길드 마스터와 이야기를 나누다 ... 21
436 곰 씨, 시험의 문에 도전하다 (시련 1대전) ... 31
437 로지나 씨, 곰 씨의 시연을 보다 (시련 2대전) ... 43
438 곰 씨, 대왕 도마뱀과 겨루다 (시련 3대전) ... 51
439 곰 씨, 가짜 곰님과 겨루다 (시련 4대전) ... 59
440 곰 씨, 피나를 구하기 위해 힘을 내다 (시련 5대전) ... 69
441 곰 씨, 상품을 손에 넣다 ... 81
442 곰 씨, 마석에 마력을 담다 ... 91
443 곰 씨, 숙소로 돌아가다 ... 101
444 토우야, 힘을 내다 1 ... 111
445 토우야, 힘을 내다 2 ... 121
446 곰 씨, 토우야를 구경하러 가다 ... 127
447 토우야, 힘을 내다 3 ... 135
448 곰 씨, 빅보어를 쓰러뜨리다 ... 149
449 곰 씨, 구경꾼이 되다 ... 161
450 제이드, 시련에 도전하다 ... 171
451 곰 씨, 냄비와 프라이팬을 받다 ... 179
452 곰 씨, 엘프 마을로 돌아가다 ... 189
453 곰 씨, 큐피트 곰이 되다 ... 203
454 곰 씨, 크리모니아로 돌아가다 ... 215
455 곰 씨, 곰모나이트를 장비하다 ... 223
456 곰 씨, 슈리와 외출하다 ... 237
457 곰 씨, 노아와 곰을 보러 가다 1 ... 251
458 곰 씨, 노아와 곰을 보러 가다 2 ... 261
459 곰 씨, 학생 무리에 붙잡히다 ... 273
460 곰 씨, 기사와 재회하다 ... 283
461 곰 씨, 마릭스와 시합을 겨루다 ... 295
462 곰 씨, 시합을 마치다 ... 307
463 곰 씨, 과일 파르페를 선보이다 ... 317
번외편 곰을 사들이다 레트벨 편 ... 333
번외편 곰돌이, 곰순이, 이야기를 나누다 ... 339

후기 ... 347

곰곰곰 베어 17

저자 쿠마나노
일러스트 029
옮긴이 김보라

스킬

▶이세계 언어
이세계의 언어가 일본어로 들린다.
이야기를 하면 이세계의 언어로 상대방에게 전달된다.

▶이세계 문자
이세계의 문자를 읽을 수 있다.
글자를 쓰면 이세계 문자가 된다.

▶곰의 이차원 박스
흰 곰의 입은 무한으로 벌어지는 공간이다.
어떤 물건이라도 넣을(먹을) 수 있다.
단, 살아 있는 것을 넣는(먹는) 건 안 됨.
들어가 있는 동안에는 시간이 멈춘다.
이차원 박스에 넣은 물건은 언제든 꺼낼 수 있다.

▶곰 관찰안
검은 흰 곰 옷의 후드에 달려있는 곰 눈을 통해서 무기나 도구의 효과를 볼 수 있다.
후드를 쓰지 않으면 효과는 발동되지 않는다.

▶곰 탐지
곰의 야생의 힘으로 마물이나 사람을 탐지할 수 있다.

▶곰 소환수
곰 장갑에서 곰이 소환된다.
검은 곰 장갑에서는 검은 곰이 소환된다.
흰 곰 장갑에서는 흰 곰이 소환된다.
소환수 꼬맹이화 : 소환수인 곰을 꼬맹이화 할 수 있다.

▶곰 지도 ver.2.0
곰의 눈이 본 장소를 지도로 만들 수 있다.

▶곰 이동문
문을 설치하여 서로의 문을 왔다 갔다 할 수 있게 된다.
3개 이상의 문을 설치할 경우는 행선지를 상상하는 것으로 이동할 곳을 정할 수 있다.
이 문은 곰 장갑을 사용하지 않으면 열리지 않는다.

▶곰 폰
먼 곳에 있는 사람과 대화할 수 있다.
곰 폰을 만든 후, 술자가 없앨 때까지 존재한다. 물리적으로 망가뜨릴 수 없다.
곰 폰을 건넨 상대를 상상하면 연결된다.
곰의 울음소리로 착신을 알린다. 소지자가 마력을 보내는 것으로 껐다 켤 수 있게 되어 통화가 가능하다.

▶곰 수상 보행
물 위를 이동하는 것이 가능해진다.
소환수는 물 위를 이동하는 것이 가능해진다.

▶곰 텔레파시
떨어져 있는 소환수를 불러들일 수 있다.

마법

▶곰 라이트
곰 장갑에 모은 마력으로 곰 형태의 빛을 생성한다.

▶곰 신체 강화
곰 장비에 마력을 보내는 것으로 신체강화를 실시할 수 있다.

▶곰 불 속성 마법
곰 장갑에 모은 마력으로 불 속성의 마법을 사용할 수 있다.
위력은 마력, 상상에 비례한다.
곰을 상상하면 위력이 더욱 올라간다.

▶곰 물 속성 마법
곰 장갑에 모은 마력으로 물 속성의 마법을 사용할 수 있다.
위력은 마력, 상상에 비례한다.
곰을 상상하면 위력이 더욱 올라간다.

▶곰 바람 속성 마법
곰 장갑에 모은 마력으로 바람 속성의 마법을 사용할 수 있다.
위력은 마력, 상상에 비례한다.
곰을 상상하면 위력이 더욱 올라간다.

▶곰 땅 속성 마법
곰 장갑에 모은 마력으로 땅 속성의 마법을 사용할 수 있다.
위력은 마력, 상상에 비례한다.
곰을 상상하면 위력이 더욱 올라간다.

▶곰 전격 마법
곰 장갑에 모은 마력으로 전격 마법을 사용할 수 있게 된다.
위력은 마력, 상상에 비례한다.
곰을 상상하면 위력이 더욱 올라간다.

▶곰 치유 마법
곰의 따뜻한 마음에 의해 치료가 가능해진다.

▶ 유나'S STATUS_
이름 : 유나
연령 : 15세
성별 : 여자
▶곰 후드(양도 불가)
후드에 있는 곰 눈을 통해 무기나 도구의 효과를 볼 수 있다.
▶흰 곰 장갑(양도 불가)
방어 장갑. 사용자 레벨에 따라 위력 UP.
흰 곰 소환수인 곰순이를 소환할 수 있다.
▶검은 곰 장갑(양도 불가)
공격 장갑. 사용자 레벨에 따라 위력 UP.
검은 곰 소환수인 곰돌이를 소환할 수 있다.
▶흑백 곰 옷(양도 불가)
겉보기엔 인형 옷. 양면 기능 있음.
겉면 : 검은 곰 옷
사용자 레벨에 따라 물리, 마법의 내성이 UP.
내열, 내한 기능 있음.
속면 : 흰 곰 옷
입으면 체력, 마력이 자동 회복된다.
회복량, 회복 속도는 사용자의 레벨에 따라 변한다.
내열, 내한 기능 있음.
▶검은 곰 신발(양도 불가)
▶흰 곰 신발(양도 불가)
사용자 레벨에 따라 속도 UP.
사용자 레벨에 따라 장시간 걸어도 지치지 않는다.
내열, 내한 기능 있음.
◀곰돌이
(꼬맹이화)
▼곰순이
▶곰 속옷(양도 불가)
아무리 입어도 더러워지지 않는다.
땀과 냄새도 배지 않는 훌륭한 아이템.
장비자의 성장에 따라 크기도 변한다.
▶곰 소환수
곰 장갑에서 소환되는 소환수.
꼬맹이화 할 수 있다.

크리모니아

피나
유나가 이 세계에서 처음으로 만난 소녀, 10살. 유나가 어머니를 구해준 인연으로 유나가 무찌른 마물의 해체를 맡고 있다. 유나에게 이리저리 끌려다닌다.

슈리
피나의 여동생, 7살. 모친인 티루미나를 따라 『곰 씨 쉼터』등에서도 일을 돕는 매우 씩씩한 여자아이. 곰 님을 매우 좋아한다.

티루미나
피나와 슈리의 어머니. 병에 걸린 것을 유나가 도와줬다. 그 후 겐츠와 재혼. 『곰 씨 식당』과 『곰 씨 쉼터』의 관리를 유나에게 위임받았다.

겐츠
크리모니아 모험가 길드의 마물 해체 담당관. 피나를 신경 써주고 있고 얼마 후 티루미나와 재혼.

느와르 포슈로제
애칭은 노아, 10살. 포슈로제 가문의 차녀. 『곰 님』을 사랑하는 활발한 소녀.

리즈
고아원 선생님. 원장과 함께 아이들을 확실하게 돌보고 있다.

보우 원장
고아원 원장. 상냥하고 온화하며 아이들에게도 인기가 있다.

안즈
미릴러 마을 여관의 딸. 유나에게 요리 솜씨를 인정받고 권유를 받는다. 아버지의 품을 벗어나 크리모니아에서 『곰 씨 식당』을 맡게 된다.

렘
꿀 나무 관리자. 일찍이 곰에게 목숨을 구원받았으며, 그 곰을 구한 유나에게 고마워한다.

모린
전 왕도 빵가게 주인. 가게의 트러블을 유나가 도와줘서 그 뒤로 『곰 씨 쉼터』를 맡게 된다.

골드
크리모니아의 대장간 주인. 피나가 가진 미스릴 나이프를 만들었다..

넬트
골드의 부인. 기가 세며, 골드를 확실하게 다룬다.

클리프 포슈로제
노아의 아버지. 크리모니아 마을의 영주. 유나의 돌발적인 행동에 휘둘려 고생하는 인물. 담백한 성격으로 영주민들이 흠모하고 있다.

엘프 마을

무무르트
루이밍과 사냐의 할아버지. 엘프 마을의 장로를 맡고 있다. 옛날에는 모험가로서 활동했다.

사냐
왕도 모험가 길드의 길드 마스터. 엘프 여성으로 유나는 모험가와의 트러블 등으로 신세를 진다. 매와 비슷한 소환조인 폴그를 다룬다.

루이밍
사냐의 여동생. 왕도의 곰 하우스 앞에 지쳐 쓰러져 있는 것을 유나가 구해줬다. 예의 바르지만 덜렁거리는 면도 있다.

왕도

엘레로라 포슈로제
노아와 시아의 어머니. 35살. 평소엔 국왕 폐하 아래에서 일하고 있으며 왕도에 살고 있다. 어쩐지 발이 넓고 유나에게 여러 가지로 도움을 주고 있다.

시아 포슈로제
노아의 언니. 15살. 트윈 테일을 한 조금 활기찬 여자아이. 왕도의 학원에 다닌다. 학원에서의 성적은 우수하지만 실전은 아직 멀었다.

플로라 공주
엘파니카 왕국의 공주. 유나를 「곰 님」이라고 부르며 따른다. 그림책과 인형을 선물 받았고 유나의 마음에 들었다.

티리아
엘파니카 왕국의 공주. 플로라 공주의 언니. 왕도 학원에 다니는 시아의 동급생. 플로라 공주로부터 유나를 「곰 님」이라고 알게 되어 만나기를 고대하고 있었다.

가잘
왕도 대장간 주인. 유나는 골드의 소개로 방문한다. 그 후에 유나를 위해 전투용 미스릴 나이프를 만든다.

마릭스
왕도 학원을 다니는 시아의 친구. 과외 수업 때는 홀로 미끼가 되려 하는 등 정의감이 강한 소년.

안쥬
플로라 공주의 메이드인 여성. 자신에게도 플로라 공주와 또래인 아이가 있다.

제이드 파티

제이드
골렘 퇴치와 데젤트 마을 등, 유나와 여러 가지로 인연이 있는 4인조 모험가 파티의 의지되는 리더. 유나의 힘을 인정하며 본인도 꽤 실력자이다.

토우야
경박하고 익살맞은 남자 검사.
괴롭힘 당하는 역할로 파티의 분위기 메이커.

멜
밝고 항상 웃는 얼굴인 마법사 여성. 곰돌이와 곰순이를 무척이나 좋아하지만 좀처럼 타지 못한다.

세니아
쿨한 성격에 나이프를 사용하는 여성.
항상 토우야를 놀린다.

루도니크 마을

릴리카
밝고 활기찬 드워프 여자아이. 가잘과는 소꿉친구이지만 그 이상의 감정을 품고 있는 듯……?

로지나
가잘과 골드의 스승. 두 사람이 독립한 것을 계기로 무기는 만들지 않게 되었다.

쿠세로
제이드 파티의 대장장이. 미스릴 검을 의뢰하러 온 토우야에게 시련의 기회를 준다.

위오라
로지나 씨의 부인. 너글너글하면서도 똑 부러지며, 가게를 꾸려나가고 있다.

타로토바
루도니크 대장장이 길드의 길드 마스터. 많은 대장장이와 모험가를 지켜봐왔다.

랄즈 마을

레트벨
랄즈 마을에서 절대적인 영향력을 지닌 대상인. 빈틈이 없는 인물이지만 손녀에게는 약하다. 유나에게는 그림책 대신 랄즈 마을의 집을 줬다.

아루카
예쁜 은색 머리와 귀여운 미소가 특징인 레트벨의 손녀. 5살 정도. 유나의 그림책과 곰 인형에 푹 빠졌다.

▶ GOM GOM GOM BEAR_VOL. 17

줄 거 리

수수께끼의 광석 · 곰모나이트의 비밀을 파헤치기 위해 피나와 루이밍과 함께 드워프가 사는 루도니크 마을로 향한 유나.
대장장이인 골드와 가잘의 스승인 로지나와 그의 딸 릴리카를 만난 유나는 대장장이와 모험가의 솜씨를 시험하기 위한 일 년에 한 번 열린다는 「시험의 문」에 도전하기로 하는데. 하지만 그곳에 나타난 상상 밖의 상대……! 그리고 유나는 시험의 문에서도 새로운 전설을 만든다?!

434 곰 씨, 시련을 보러 가다

드워프 마을에 찾아온 나와 피나와 루이밍은 다양하게 즐기고 있다.

토우야가 미스릴 검을 만들 수 있는지 시련을 구경하기도 하고 대장장인인 골드 씨와 가잘 씨의 스승인 로지나 씨를 만나기도 했다.

그리고 이 마을에는 대장장이가 만든 무기를 사용하여 모험가와 병사들이 도전한다는 시험의 문이라는 게 있어서, 제이드 씨가 대장장이인 쿠세로 씨가 만든 검으로 참가한다기에 우리도 보러 가기로 했다.

다만, 그 시험의 문 안으로 들어갈 수 있는 건 참가자뿐이기 때문에 구경하는 사람은 들어갈 수 없다고 했다.

조금, 아쉽다.

그리고 그 시험의 문이 열리고 오늘부터 대장장이의 기술을 시험하는 시련이 시작된다.

"어째서 이렇게 아침 일찍 가는 거예요?"

이제 막 아침 해가 뜬 무렵이다.

루이밍이 졸린 듯 조그맣게 하품을 했다.

아침을 잘 견디는 피나도 졸려 한다는 건, 어제의 집 청소로 피로가 남아 있다는 건가?

나는 흰 곰으로 자서 쌩쌩하다.

"복잡해지기 전에 시험의 문에 가고 싶기 때문이지."

내 곰 옷차림이 눈에 띄기 때문에 사람이 적은 이른 아침에 가기로 했다.

"그래도, 제이드 씨는 오늘은 참가하지 않는 거죠."

첫날은 수습과 신인 대장장이가 참가하게 되어 있다. 그래서 베테랑인 쿠세로 씨는 첫날에 참가할 수는 없어서 제이드 씨의 참가는 내일 이후가 된다.

"어떤 식일지 궁금하잖아."

그리고 문의 틈 사이로 안을 볼 수 있으면 좋겠다고도 생각하고 있다.

"그래도, 졸려요."

"자도 되는데."

"갈래요."

아침 식사를 다 마친 무렵에는 두 사람 모두 잠이 깼는지 외출할 준비를 마치고 출발했다.

그리고 난관의 긴 계단이 우리 앞에 나타났다.

"피나, 지치면 주저 없이 말해야 해. 아무도 안 보니까 창피하지 않잖아."

"네, 그래도 힘내 볼게요."

피나는 작게 주먹을 쥔다.

"유나 님, 어째서 저에게는 말 안 해주세요?"

"그렇게 손쉽게 계단을 올랐던 루이밍에게는 필요 없지. 그래도 내려갈 때는 도와줄까?"

"거절할래요!"

아무래도 저번에 위에서 뛰어내렸던 게 무서웠던 모양이다.

가볍게 뛰어 올라가는 루이밍을 뒤쫓듯 나와 피나는 계단을 오른다.

한 번 오른 적이 있다고 해서 두 번째가 쉬워지는 건 아니다.

피나는 숨을 헐떡이며 한 계단, 한 계단 자신의 발로 올라간다. 그리고 이마에 땀을 맺히며 시험의 문이 있는 장소까지 올라갔다.

"수고했어."

나는 피나와 루이밍에게 차가운 물을 건네줬다.

아직 시간이 이른 것도 있어서 아무도 없다. 너무 빨랐나?

우리는 시험의 문이 있는 곳으로 향했다.

"유나 언니, 루이밍, 저기에 누군가 있어요."

피나가 가리킨 쪽으로 시선을 보내니, 가만히 시험의 문을 바라보고 있는 드워프가 있다. 저 드워프는 본 적이 있다.

"로지나 씨예요."

루이밍이 말한 대로 로지나 씨다.

"로지나 씨도 참가하시는 거예요?"

"으~음, 하지만 로지나 씨, 무기는 안 만드는데."

우리가 마을에 온 뒤로도 무기는 분명 만들지 않았다. 우리가 부탁한 냄비와 프라이팬 등을 만들고 있다. 그 이전에도 릴리카 씨로부터는 무기를 만들었다는 이야기는 듣지 않았다. 로지나 씨는 무언가 생각에 잠긴 표정을 짓고 있다. 내가 말을 걸 타이밍을 놓치고 있는데 로지나 씨가 우리를 알아차렸다.

"아가씨들이로군. 이렇게 일찍 어쩐 일인가. 사람들이 모이려면 조금 더 있어야 할 거야."

이야기에 따르면 시간이 조금 더 지나야 사람이 모인다는 것 같다.

이유를 말하자면, 일어나자마자 시험을 치르는 것 보다, 시간이 조금 지난 뒤에 하는 편이 만전의 컨디션이 되기 때문이란다. 확실히 누구라도 일어나자마자 무기를 다룬다고 한들 머리가 깨어 있지 않을 테고 몸도 준비가 되어 있지 않을 거다. 좋은 결과를 내는 건 어렵다.

학교 시험에서도 몇 시간 전에는 일어나 있는 편이 좋다고들 했다.

그것과 같은 이치일 지도 모른다.

"제 옷차림이 이래서 일찍 온 것뿐이에요. 로지나 씨는 어쩐 일이세요? 혹시, 참가하는 거예요?"

"설마, 요 몇 년 동안 무기는 만들지 않았는걸."

"그럼, 어째서 이곳에……?"

"……미련일지도 모르지."

가만히 시험의 문을 바라보며 말했다.

"미련?"

"무기를 만들고 싶다는 미련 말일세."

"만들면 되잖아요."

"그렇게 쉬운 일이 아니야. 무기를 만들고 싶다는 마음은 있지. 그렇지만, 가잘과 골드 두 사람이 떠나고 마음속이 채워지지 않네. 나는 그 두 사람이 성장하는 모습을 곁에서 보길 기대하고 있었어. 그리고 나도 함께 성장했었지. 그런데 두 사람이 사라지니 무기를 만들 수 없게 됐네. 만들어도 즐겁지 않아졌어."

딸이 시집을 가거나 연인이 죽은 것도 아니라고 생각하는 건 내 마음이 더럽혀져 있어서인가. 그리고 제자들도 가게를 마련하거나 해서 언젠가는 떠나기 마련이다. 그럴 적마다 쓸쓸해한다면 끝이 없다. 릴리카가 말한 대로 제자가 어엿한 한사람 몫을 할 수 있게 되어 떠난다면 새로운 제자를 두면 된다고 생각했다.

"그렇지만 자네들이 가잘과 골드가 만든 나이프를 보여줬지. 그 두 사람이 내가 없어도 성장하고 있다는 사실을 알게 되니 기쁘기도 하고 허무하기도 했어. 그러니 견습생 대장장이들의 모습을 보면 예전처럼 무기를 만들 열정이 생기지 않을까 싶어서 말이야."

그래서 이렇게 일찍 와 있던 거구나.

"그런데, 아가씨들도 보러 온 건가?"

"뭐, 일단은요."

"대장장이나 모험가도 아닌데 이렇게 긴 계단을 올라오다니……."

조금 어처구니없다는 느낌으로 말했다.

"마을의 가장 큰 이벤트잖아요?"

"대장장이에게 있어서는 가장 큰 이벤트지. 그렇지만 일반인으로서는 시련을 볼 수도 없고 게다가 이 긴 계단을 올라와야 하니까 말이야. 즐길 수가 없지."

그건 나도 그렇게 생각했다. 시련을 볼 수 없다는 게 가장 내키지 않는다. 적어도 카메라 같은 게 있어서 안의 모습을 영상으로 보여준다면 즐길 수 있는데 말이다.

게다가 계단이 긴 것이 문제다.

곰 장비가 없다면 절대로 오르고 싶지 않다.

"어째서 이렇게 높은 장소에 시험의 문이 있는 거예요? 조금 더 낮은 곳에 만들면 좋을 것을. 애초에 시험의 문이라는 거 누군가가 만든 거예요? 아니면 예전부터 있던 거예요?"

"예전에 마법사가 만들었다고 전해지고 있지. 아무래도 이 장소는 마력을 모으기 쉬워서 만들기 쉬웠다고 해."

마력을 모으기 쉽다니, 영맥이나 용맥 같은 건가. 게임이나 만화에서도 힘을 모으기 쉬운 장소의 얘기가 나온 적이 있다.

그렇지만 시험의 문은 마법사가 만들었다고 했다. 데젤트의 피라미드 같이 모르는 사이에 있었던 건 아닌 모양이다.

“혹시, 시험의 문이 열리는 날짜를 알지 못했던 이유가 그 마력으로 만들어져 있기 때문인 거예요?”

“맞네, 시험의 문은 마력으로 닫혀 있지. 그래서 마력이 잠잠해지면 문이 열린다네.”

그래서 시험의 문을 여는 정확한 날짜를 알지 못했던 거군.

“그런데, 깜깜하네요.”

루이밍이 시험의 문 속을 들여다본다.

문 너머엔 동굴 같은 터널로 되어 있었고, 앞이 캄캄해서 보이지 않았다.

“가장 구석에서 이루어지거든. 여기서부터는 안 보여.”

으~음, 아쉽다.

들여다보는 것도 불가능한 모양이다.

“어디서 목소리가 들린다 했더니, 로지나로군.”

시험의 문 근처에 있던 건물에서 키가 작고 턱에 굉장한 수염이 난 드워프가 다가온다.

“……타로토바.”

로지나 씨가 작게 이름을 중얼거렸다.

“어째서 자네가 이곳에 있지? 설마, 참가하러 온 건가?”

“아니, 보러 왔을 뿐이네.”

“이제 무기는 안 만드나?”

“글쎄. 만들지도 모르고, 안 만들지도 모르지.”

"결국, 어느 쪽이라는 거지?"

"내 자신도 모른다는 뜻이네."

로지나 씨의 대답에 타로토바라고 불린 남자가 황당한 표정을 짓는다.

"그건 그렇고, 자네 뒤에 있는 의미를 알 수 없는 조합의 여자 아이들은 뭐지?"

남자는 우리를 본다.

분명히 이상한 조합이다. 피나(인간), 루이밍(엘프), 나(곰)다.

"가잘과 골드의 지인이네. 이 마을에 와서 조금 봐주고 있어."

"가잘과 골드의……. 나는 대장장이 길드의 길드 마스터인 타로토바다."

대장장이 길드 같은 게 있구나.

처음 알았다.

아니면 이 마을 특유의 길드인가?

"저는 유나, 이 아이는 피나, 이쪽의 엘프 여자아이는 루이밍이에요."

일단 두 사람을 소개했다.

"시작하기까지 전까지는 시간이 좀 있네. 뭐, 차 정도는 내어줄 테니 이런 곳에 있지 말고 마시고 가게나."

"괜찮나?"

"다른 사람이 오기 전까지야. 저기 곰 아가씨네 쪽도 계단을 올라와서 피곤할 거 아닌가."

우리는 그 말을 따르기로 했다.

435 곰 씨, 길드 마스터와 이야기를 나누다

우리는 타로토바 씨의 안내로 건물 안으로 들어갔다.

내부는 천장이 높고 널찍했다. 입구에는 긴 테이블이 있었고, 접수 용지가 놓여 있다. 이곳에서 접수하는 모양이다. 그 너머에는 병원 대기실의 커다란 의자처럼 긴 의자가 몇 개 놓여 있었다.

"이쪽이네."

타로토바 씨는 옆으로 들어간다. 우리도 타로토바 씨를 따라갔다. 방은 조금 넓은 회의실 같이 테이블과 의자가 놓여 있었다.

"뭐, 적당히 앉게나."

우리는 들은 대로 의자에 앉는다.

그리고 타로토바 씨는 약속대로 차를 내주었다. 드워프라면 술이라는 이미지가 강하긴 하지만, 아무리 그래도 아침부터 술은 안 마시는 모양이다.

"이렇게 느긋하게 있어도 되나?"

"매년 있는 일인걸. 준비도 며칠 전부터 했어. 나머진 길드 지원과 출장하는 대장장이들이 오길 기다리는 것뿐이야."

타로토바 씨는 모두의 차를 준비하고 자신도 의자에 앉는다.

"기대되는군."

"뭐, 견습 대장장이의 성장을 이 눈으로 볼 수 있으니까 말이야. 이것도 길드 마스터의 특권이지."

"올해는 어떻지?"

"덜튼의 제자 쪽이 좋은 느낌이야. 그 외에도 몇 명인가 있어서 기대하고 있지."

타로토바 씨는 기쁘게 말했다. 성장을 지켜보는 아버지 같은 느낌이다. 고아원 선생님과 닮은 것 같다. 그리고 타로토바 씨는 내게로 시선을 옮겼다.

"아가씨의 옷차림은 곰인 거지?"

"그런데요."

곰 말고 다른 것으로는 안 보일 거다.

"다른 마을에서는 그런 옷차림이 유행하나?"

로지나 씨가 신경 쓰지 말라고 말해줬지만, 역시나 내 옷차림이 신경 쓰이는 모양이다. 그래도 설명하는 게 귀찮아서 적당히 대답했다.

"유행이에요."

"유나 언니?!"

내 대답에 옆에 앉은 피나가 놀란다. 그렇게 놀랄 일이야? 혹시, 우리가 모르는 곳에서 유행하고 있을지도 모르잖아. 유행한다고 해도 그건 그거대로 곤란하지만 말이야.

"농담이야. 이 옷차림에 대해서는 아무것도 묻지 말아주시면 고맙겠는데요."

나는 말하고 싶지 않다는 의사를 부드럽게 전했다.

"뭐, 어떤 복장을 해도 사람 제각각이지."

그런 동정하는 눈으로 보지 말아 줄래요. 좋아서 곰 옷차림을 하고 있는 게 아니라고요. 살기 위해서 입고 있는 거라고요.

"그래서, 조금 전에 들었는데, 아가씨들은 가잘과 골드의 지인이라는 게 사실인가?"

"두 사람을 알아요?"

"당연히 알지. 이 마을에 있는 대장장이에 대해선 모두 파악하고 있어."

"모두요?"

"길드 마스터니까 당연하지. 더구나 괜찮은 신인 대장장이는 기억에 남으니까 말이야."

몇 명 있는진 모르지만, 모두 파악하고 있다니 대단하다. 사람의 이름 같은 것도 잘 기억 못 하는 나로서는 모두를 파악하고 있는 사람이 이상해 보인다. 조금 전에 생각했던 모두의 아버지라는 것도 반드시 농담인 건 아닐지 모르겠다.

"그 두 사람은 잘 지내나?"

"잘 있어요."

"그렇군. 마을에서 떠난다는 이야기를 들었을 땐 아쉬웠었는데, 잘 지내고 있는 것 같으니 다행이야. 그래서 아가씨들은 무얼 하러 온 건가. 부친과 함께 왔나?"

아버지라니. 어린 애도 아니라고 생각했지만, 어린아이인 피나가 함께이다. 신경이 쓰이는 건 그 어린아이라는 것 중에 내가 들어있느냐이다.

“놀랍게도 냄비를 사러 셋이서만 이 마을에 왔다고 하더군.”

로지나 씨의 말에 타로토바 씨는 놀란 표정을 보이더니 이상한 생물을 보듯 나를 본다.

뭐, 여자아이 셋이서 왔다고 들으면 놀라겠지. 로지나 씨는 우리의 냄비를 만들고 있다고 설명했다.

“뭐, 로지나가 만든 냄비는 인기가 있지. 아가씨들이 운이 좋은 거야. 이 비뚤어진 성격의 아저씨는 마음이 내키지 않으면 만들지 않거든.”

“골드와 가잘의 지인을 함부로 대할 수는 없지 않나.”

그 덕분에 다른 가게를 찾지 않고 끝낼 수 있었다. 심지어 가격도 저렴하게 해줬다. 그 부분은 감사해야겠지.

“그래서 오늘은 아가씨들은 시험의 문을 보러 왔나?”

“네, 혹시라도 문밖에서 시련하는 장면을 볼 수 있을까 싶었는데 안 되는 모양이네요. 그리고 운이 좋다면 참가할 수 있나 싶었거든요.”

어쩌면 당일에 모험가에게 무슨 일이 생겨서 그 모험가 대신에 참여할 수 없을지 은근슬쩍 생각하기도 했다.

그래도 그런 일이 생긴다 해도 아무도 곰 옷차림을 한 나에게는 부탁하지 않겠지.

“아가씨가 참가를? 아가씨는 대장장이라도 되려고 하나?”

타로토바 씨는 놀란 표정을 짓는다. 놀란 건 내 쪽인데요. 어째서 내가 대장장이가 되려 하는 것처럼 보이는 거냐고.

“아니에요. 무기를 다루는 쪽으로 참가하는 거죠.”

타로토바 씨는 내 말에 의아한 얼굴이 된다.

“타로토바, 이런 옷차림을 하고 있지만, 아가씨는 모험가야.”

“모험가? 이 곰 아가씨가 말이야?”

타로토바 씨는 나를 보더니 작게 웃는다. 스스로도 모험가로 보이지 않는다는 건 알고 있다.

“농담이겠지. 길거리 광대를 한다고 하는 쪽이 더 납득이 되겠어.”

길거리 광대라니, 공연 선보여서 돈을 받는 사람을 말하는 거지? 미사의 생일 파티에서 했던 게 떠오른다. 분명히 곰돌이와 곰순이를 소환하면 못할 것 없지만.

“뭐, 아가씨의 옷차림에 대해선 동감하지만, 모험가로서는 나름대로 우수하다고 하더군. 가잘이 아가씨 전용 무기를 만들 정도니까 말이네.”

“의뢰가 있으면 만들겠지.”

“그게 일급품인 미스릴 나이프라도 말인가? 적당히 만든 무기가 아니라 자신이 만들 수 있는 최고의 무기를 아가씨에게 줬어. 그게 어떤 의미인지 길드 마스터라면 알고 있겠지.”

"………."

타로토바 씨가 새삼 내쪽을 믿을 수 없다는 표정으로 본다.

"아가씨, 혹시 가잘이 만든 나이프를 좀 보여줄 수 있겠나?"

"상관없어요."

나는 곰 박스에서 곰돌이 나이프를 꺼내곤 타로토바 씨에게 건넸다.

타로토바는 천천히 칼집에서 나이프를 꺼내보더니 눈을 가늘게 뜨며 바라보았다.

"아가씨, 정말로 시험의 문에 도전하고 싶나?"

"……네, 하고 싶어요."

그야, 궁금한걸.

전직 게이머로서는 재미있을 것 같은 이벤트에는 참가하고 싶다.

타로토바 씨는 생각에 잠겼다. 그때 로지나 씨가 입을 열었다.

"타로토바. 내가 등록하는 것으로 아가씨를 참가시켜주지 않겠나?"

갑작스러운 발언에 나는 물론이고 타로토바 씨는 놀랐다.

"아가씨, 한 가지 확인하지. 이 나이프는 언제 만들었지? 1년이 넘었나?"

로지나 씨는 타로토바 씨가 든 곰돌이 나이프를 보았다.

"그 나이프라면, 만들어 준지 얼마 안 됐어요."

"로지나, 설마, 가잘이 만든 나이프로 참가시킬 생각인가?"

"자네도 생각하고 있었잖나. 게다가 딱히 기록을 남기려는 게 아니네. 없던 일로 해도 상관없어. 다만, 가잘이 만든 나이프, 그리고 아가씨의 실력을 확인하고 싶은 것뿐일세."

"그런 게 가능해요? 무기를 만든 대장장이와 함께가 아니면 안 되는 거 아닌가요."

"그건 대장장이 길드가 만든 규정이야. 예전에 여러 문제가 있어서 정해졌지."

아무래도 과거에는 한 사람이 몇 번이나 도전을 할 수가 있었다고 했다. 검이 10자루 있으면 10번 도전할 수 있었다.

그렇지만 시험의 문은 마력에 따라 시련이 이루어진다. 한 번 이루어지면 마력은 줄어든다. 즉, 시험의 문에 도전할 수 있는 횟수는 무한이 아니라, 일정 횟수만 할 수 있다는 것이다.

혼자서 몇 번이나 시험에 도전하면 시험의 문의 시련을 치르고 싶은 사람들을 모두 받아들이지 못했다. 그래서 대장장이 길드가 관리하여 규정을 만들었다고 했다.

규정 그 1 1인 1회 도전할 수 있다.

규정 그 2 참가할 경우, 무기를 만든 대장장이와 함께 해야 했다. 또한, 그 대장장이는 대장장이 길드에 등록되어 있는 자일 것.

규정 그 3 다른 사람이 만든 무기를 자신의 것으로 참가해서는 안 된다. (발각된 경우, 3년간 참가할 수 없게 된다.)

규정 그 4 첫 번째 날에는 견습, 신입 대장장이가 우선된다.

규정 그 5 예정보다 문이 빨리 닫혀도 대장장이 길드는 보증하지 않는다.(다음 해 우선적으로 참가할 수 있다.)

규정 그 6 시련 내용을 발설해선 안 된다.

보기 좋게 규정 그 2와 3에 걸려버렸다.

"하지만, 그런 규정을 만들고 잘도 불만이 안 나왔네요."

"물론 처음부터 모든 게 있었던 건 아니네. 안 맞는 부분이 있을 때마다 수정을 하거나 추가해서 지금이 됐지. 게다가 당시의 길드 마스터가 「대장장이라면 자신이 만든 무기 정도는 어느 게 최고로 만들어진 한 자루인지 모를 리가 없다」라고 말했다고 하더군."

확실히 자신이 만든 무기인데 최고의 한 자루를 못 고른다면 감정도 못한다고 스스로 떠벌리는 짓과 같다. 자신이 만든 검이라면 어느 검이 최고의 한 자루인지 분명 알 것이다.

"뭐, 그런데도 자신이 만든 검을 제자에게 주는 자도 있어서 여러 가지로 규정이 추가 되었지."

"그리고 그런 짓을 하면 제자가 만든 검이 자신이 만든 검보다 좋은 검이라고 소문이 날 우려가 있어. 만일 제자의 검을 자신이 만든 검이라고 인정한다면 다른 대장장이와 손님들에게 미움을 사게 되어서 대장장이로서 신뢰를 잃게 되지. 장사에는 무엇보다 신용이 중요하거든."

"게다가 그중에는 견습생이 다른 무기 가게에서 사온 검을 자신이 만든 검이라며 참가를 한 적도 있어."

"그런 짓을 해도 아무런 의미가 없는데 말이야. 그런 행동으로 한 사람으로서 인정을 받는다고 할지라도 길게 가진 못해. 거짓말은 언젠간 밝혀지지."

그렇게 들으니 그런가. 확실히 아무리 좋은 무기를 만드는 장인이라고 해도 거짓말쟁이에게는 제작을 맡기고 싶진 않을 거다. 목숨이 달린 무기다. 신뢰할 수 있는 대장장이에게서 사고 싶은 법이다. 그게 좋은 무기일수록 더 그렇게 생각된다. 값싼 무기라면 누구든 상관없지만 말이다. 좋은 무기는 신뢰가 가는 대장장이에게서 사고 싶다.

"지금으로는 그런 짓을 하는 사람은 사라졌지만 말이네."

"그래서, 다른 사람이 만든 무기를 다른 대장장이가 자신의 검이라고 참가하는 건 금지되어 있지."

"타로토바, 이번엔 기록에 남기지 않겠네. 그러니 부탁 좀 해도 되겠나."

“………”

짧은 침묵이 흐른다. 그리고 타로토바 씨가 천천히 입을 연다.

“알겠네. 자네의 부탁이지 않나. 아직 사람도 없고 말일세. 지금 곧바로 한다면 못 본 것으로 해주겠네.”

“고맙네.”

로지나 씨가 고개를 숙인다.

“나도 가잘이 얼마나 성장했는지 알고 싶군. 게다가 자네가 제자가 만든 나이프를 보고 한 번 더 검을 만들어 주게 된다면 기쁠 테니까 말이야.”

내가 시련에 실패한다면 가잘 씨의 이름을 더럽히는 게 되고, 로지나 씨가 대장장이로 돌아갈 마음을 없애게 될지도 모른다.

장난삼아 참가할 생각이었는데, 생각했던 것보다도 책임감이 중대해진 것 같다.

436 곰 씨, 시험의 문에 도전하다 (시련 1대전)

나는 다른 참가자와 길드 직원들이 오기 전에 시험의 문에 도전할 수 있게 됐다. 시간도 없는데 타로토바 씨가 끓여준 차를 한 번에 다 마시곤 자리에 일어섰다. 그걸 따라 하듯 피나와 루이밍도 의자에서 일어났다. 하지만 그런 피나와 루이밍에게 타로토바 씨가 말했다.

"그쪽의 아가씨들은 미안하지만, 같이 안으로 들어갈 수는 없으니 이곳에서 기다려주게."

뭐, 그렇게 되겠지. 기본적으로 관계자 이외에 들어가지 못하게 되어있기도 하고 말이다.

"으으, 그런가요. 유나 님이 시험의 문에 도전하는 모습을 보고 싶었는데……."

"그러게, 보고 싶었는데……."

그 마음은 아플 정도로 이해한다. 나도 다른 사람의 시련을 보고 싶었다. 볼 수 없다는 걸 알았을 때는 아쉬웠다.

"피나도 루이밍도 조금만 기다려줘, 금방 다녀올 테니까."

"으으, 알겠어요."

"네, 여기서 기다릴 테니까, 유나 언니, 힘내세요."

두 사람은 아쉬워했지만, 고집을 부리지는 않았다.

피나와 루이밍은 방에 남기고 나는 로지나 씨, 타로토바 씨와 함께 건물을 나섰다.

그리고 건물 밖으로 나와 시험의 문으로 향했다.

피나와 루이밍에겐 미안하지만 두근거린다.

역시, 이런 거에 도전하고 싶어지는 게 게이머겠지.

"시간도 없네, 곧바로 가지."

"타로토바 씨는 시험의 문 안에 들어가도 돼요?"

"상관없지. 기본적으로 아무나 들어갈 수는 있어. 무기를 만든 대장장이와 그 무기를 다루는 자만이라는 규칙만 있을 뿐이지. 아무나 들어오게 된다면 혼란해질 테고, 시련은 구경거리가 아니니까 말이야."

그것에는 동의한다. 열심히 만든 무기와 그걸 다루는 사람. 놀림거리로 본다면 곤란하다.

"그리고 한참이 지나도록 안 나오는 바보가 있을 때도 있고, 몇 번이나 도전하는 머저리도 있었지. 그래서 길드 마스터가 함께 들어가게 된 거야."

예전엔 몇 번이나 도전할 수 있었던 것이기에, 한 번만 할 수 있게 된 뒤로는 지켜보는 이만 없다면 반복해서 도전하려는 자가 있을 거란 건 이상하지도 않다.

우리는 시험의 문 안으로 들어갔다.

들어보니 시험의 문은 이 안에서 무기를 시험하기 위해 만들어졌단다. 처음엔 입구에 대문이 세워져 있었고 그 문을 지나기에 시험의 문이라고 불리게 됐다고 한다.

시험의 문 너머에는 인공적으로 만들어진 게 아니라 지표가 드러나 있다. 동굴 안과 같은 느낌이다. 내부엔 빛이 들어와 있고, 밝았다. 그 빛은 앞으로 나가는 통로로 이어져 있었다.

시험의 문이 유래된 이야기를 들으며 통로를 지나는데, 도중부터 계단으로 이루어져 있었다. 이곳에서부터 아래로 내려가는 모양이다. 타로토바 씨가 발을 조심하라는 말을 했지만, 곰 신발을 신은 나는 걱정 없다. 타로토바 씨를 선두로 계단을 내려간다.

"그래서 시험의 문이라는 건 어떤 걸 하는데요?"

"대장장이와 그 무기를 다루는 자의 실력을 측정한다는 건 알고 있겠지?"

"네, 그렇지만 뭐를 하는지는 몰라요."

시련의 내용은 얘기해선 안 되게끔 되어있다.

"간단하게 말하자면, 마력으로 만들어진 물체를 대장장이가 만든 무기로 상대하는 거라네."

"마력으로 만들어진 물체?"

아직 감이 안 잡힌다. 마력으로 만들어진 물체라니 뭐지?

"그건 마물이기도 하고, 물건이기도 하지. 무기에 따라 달라지고, 또 무기의 성능에 따라서도 변해. 그러니 아가씨의 시련이 어떤 식으로 이루어질지는 알지 못하네. 견습생이 만든 검이라면 약한 마물이 많은 편이지."

"울프라던가 말이야."

타로토바 씨의 말에 로지나 씨가 말을 덧붙인다.

확실히 울프라면 초보용이 되려나.

"그리고 하나의 시련을 넘어서면 상대는 강해지고 단단해져 간다네. 무기의 성능, 그것을 다루는 자의 실력이 따라주지 않으면 무찌를 수 없어."

"하나의 시련을 넘어선다니, 시련이 몇 번이나 있다는 거예요?"

"최대 5번의 대전이라네. 첫 번째 대전은 그다지 어렵지 않을 거야. 무기에 최소한의 성능이 있고, 무기를 최소한 다룰 수 있다면 클리어 할 수 있지. 두 번째 대전부터 서서히 어려워질 거라네."

뭐, 무기를 제대로 다루지 못하는 사람이 쓴다면 울프라 할지라도 무찌를 수는 없다. 예를 들어 피나나 노아가 미스릴 검을 들고 있다 하더라도 울프를 쓰러뜨리진 못할 거다. 애초에 검을 휘두를 수도 없을 것 같다.

"마물은 어쩐지 알 것 같은데, 물체라는 건 뭐죠?"

"마력으로 강화된 물체라네. 해머로 도전했을 땐 바위, 창이면 벽 등이 나타날 거야. 그런데도 매번 달라서 반드시 나올 거라고는 단정 지을 수 없지."

그런 시련도 있구나.

그런 이야기를 들으니 해머와 창으로도 도전하고 싶어진다. 하지만, 게임 시절에 해머나 창은 그다지 사용한 적이 없단 말이지. 그래도 곰 장비가 있으니까 다소는 쓸 수 있을 거다.

"이번에 제가 쓸 건 나이프인데, 참고로 나이프면 어떤 물체나 마물이 나와요?"

"나이프로 참가하는 자는 없었지. 기본적으로 검을 만들지 못하면 스승이 참가하게 놔두지 않을 거고, 본인들도 참가하려고는 생각하지 않는다네."

"그리고 실력이 있는 대장장이라면 나이프로는 참가하지 않거든."

타로토바 씨와 로지나 씨가 무기 장인의 참가하는 최소한의 기준을 알려주었다.

실력이 있는 무기 대장장이일수록 검과 창 등의 무기를 만들게 되어있다고 한다. 그러는 편이 강한 무기를 만들 수 있다. 최강의 나이프를 만들고자 하는 대장장이는 없다고 했다.

나이프도 제대로 된 무기인데 너무하네. 그래도 게임에서도 나이프는 메인이 아니기도 하고, 초보용 무기나 초기 장비일 때도 있다. 검사가 마지막 보스와 나이프로 싸우는 모습을 본 적은 없다. 나이프를 쓰는 건 도적이나 어새신 정도다.

그래도 적지만 메인으로 쓰는 사람도 있다. 세니아 씨도 실력 있는 나이프 사용자다.

"뭐, 과거에 몇 명 있긴 했네만, 나이프로는 대단한 시련이 되지 않을 거야."

그런 플래그가 설 법한 이야기는 하지 않았으면 좋겠다. 그래도, 이럴 때 대단한 것 없는 시련보다 어려운 시련인 편이 즐거우려나?

"그래도, 가잘이 만든 미스릴 나이프라면 그 나름의 상대가 나올 것으로 생각해두는 편이 좋을 거야."

그건 당연하다. 가볍게 볼 생각은 없다. 무엇이든 진지하게 즐기지 않으면 재미없다.

"참고로 확인하는 건데, 마법으로 쓰러뜨려도 돼요?"

곰 마법과 곰 펀치가 있다.

내 질문에 타로토바 씨가 바보 같은 아이를 바라보는 것 같은 눈으로 나를 본다.

"당연히 안 되지. 무기를 시험하는 시련이잖나."

알고 있지만, 마물이라는 말을 들으니 마법으로 쓰러뜨리고 싶어진다. 몸이 멋대로 반응해서 마법을 써버릴 것 같다.

"아가씨는 마법을 쓸 수 있나?"

"쓸 수 있어요."

"그럼, 시험의 문에 관한 규정을 알려줘야겠군. 우선, 마법은 금지. 마법을 대상물에게 맞춘 순간, 시련은 강제적으로 종료된다. 단, 무기에 마력을 부가한 공격은 가능하다. 마력을 담아 위력을 올리는 무기도 있으니까 말이야."

"마법으로 흙벽을 만들거나 해서 공격을 막는 거는요?"

"안 돼. 똑같이 대상물이 마력의 벽에 닿는 순간에 종료될 거야. 막는 거라면 피하거나 무기로 해야 하네. 기본적으로 대상물에 무기에 담긴 것 이외의 마력이 닿으면 끝이라고 생각하면 된다네. 어디까지나 무기와 무기를 다루는 자의 시련이니까 말일세."

시험의 문의 룰을 정리해보면 다음과 같은 모양이다.

그 1 마법에 의한 공격, 방어는 불가. 대상물이 마법에 닿는 순간 시련은 종료된다.

그 2 무기에 마력을 부가하여 공격하는 건 가능.

그 3 방어구의 사용은 가능.

그 4 일정 대미지를 입으면 종료.

그 5 시련은 5번째 대전으로 종료된다.

하지만 여기에 내 공격 수단으로 해당하지 않는 게 있다.

"손으로 때리는 거는요?"

나는 곰 인형 장갑을 뻐끔거렸다.

곰 펀치다. 곰 펀치는 마법이 아니다. 뭐, 마력을 담을 수도 있긴 하지만 말이다.

"……."

"……."

그렇지만 두 사람은 어이없는 듯 나의 곰 인형 장갑을 바라보았다.

"아가씨, 이제 와서 하는 말이지만, 뭘 위한 시련인지 알고 있긴 하지?"

알고 있지. 무기란 거지. 무기로 공격해야 한다는 거지.

"애초에 손으로 때린 사람은 여태껏 한 명도 없었어."

그렇겠죠. 무기 시련에서 곰 펀치는 일반적으론 하지 않겠죠.

결국, 곰 펀치가 아웃인지 세이프인지 알아내지 못했다. 뭐, 곰 펀치를 써서 시련이 종료돼도 곤란하니, 곰 펀치는 봉인하기로 했다.

로지나 씨와 타로토바 씨와 이야기를 나누면서 계단을 내려가고 있는데, 그 맞은편에 원형의 모양이 그려져 있는 게 보였다. 게임이나 만화에 나올 법한 원형 한가운데에 여러 도형이 그려져 있다. 마법진이네.

"이 아래에서 무기가 시험받는다."

계단을 내려가니 넓은 공간이 나온다. 산 지하로 생각되는 곳에 학교 교정 정도의 넓이가 있다. 땅속에 이 정도로 넓은 공간이 있는 건 놀랍다.

위를 올려다보니 천장도 높고 빛이 비치고 있어 어둡지 않다. 이것도 마력으로 이루어져 있나.

우리는 마법진 근처까지 다가갔다.

"아가씨, 그 마법진 중심에 나이프를 꽂아봐. 마력을 부가시키는 무기라면 올려둔 무기에 마력을 보내면 그 무기의 재질, 강도, 칼이 드는 정도, 마력의 흡수율 등의 성능이 파악할 수 있지. 그리고 그것에 알맞은 상대가 나타날 거다."

정말로 게임같네.

나는 곰 박스에서 곰돌이 나이프와 곰순이 나이프를 꺼냈다. 그제야 나이프가 두 자루 있다는 것이 떠올랐다.

"이런, 나이프를 두 자루 쓰는데요."

나는 양손에 든 나이프를 보였다.

"상관없네. 두 자루 모두 꽂으면 돼."

나는 마법진 중앙까지 걸어가 들은대로 마법진 한가운데에 곰돌이 나이프와 곰순이 나이프를 꽂았다. 그리고 나이프를 쥐면서 마력을 흘려보내자 마법진이 빛나기 시작했다.

오오, 게임 같은 연출이다. 라스트 보스가 나타날 때나 보석이 나타나는 장면 같은 느낌이다. 마법진이 빛나자 텐션이 오른다. 피나와 루이밍에게도 이런 광경을 보여주면 좋았을 텐데. 마법진의 빛이 사라지자 동시에 로지나 씨가 소리쳤다.

"아가씨, 앞을 봐!"

들은대로 앞을 바라보니 땅이 솟아오르기 시작하며 형태를 만들어 갔다.

"뭐지, 저건……."

"……골렘."

솟아오른 땅이 커다란 골렘이 되었다.

"어째서 첫 대전부터 저런 상대가 나온 거야?"

로지나 씨와 타로토바 씨가 놀란 목소리를 낸다. 겨우 골렘 때문에 그렇게 당황하지 않아도 되는데.

광산에서 쓰러뜨렸을 때의 골렘과 같은 정도였다.

심지어 딱 한 마리.

골렘은 지면을 두드렸다. 땅 울림과 동시에 공기가 흔들렸다. 파괴력도 있을 것 같다.

"아가씨, 이상하군. 도망치게!"

"골렘 정도는 무찌를 수 있어요."

"아가씨, 마력으로 단단해져 있을 거야. 땅이라고 생각하고 공격하면 튕겨 나갈 거라네!"

그래도 아이언 골렘보다는 단단하지 않겠지. 하지만 처음부터 힘 조절을 할 생각은 없다. 곰님 방어구가 있다고는 해도, 손상을 입으면 일격으로 종료될 가능성도 있다.

나는 곰돌이 나이프와 곰순이 나이프를 쥐고 골렘을 향해 달렸다. 움직임은 둔하다. 내가 다가가니 골렘이 위를 향해 팔을 휘두른다. 나는 양손에 든 나이프로 마력을 보내 몇 번 난도질하여 골렘의 팔과 다리를 잘라냈다.

"으~음, 처음엔 이런 건가?"

"아가씨?"

"……."

아저씨 두 명이 말을 잃은 듯 나를 보았다. 우선 나는 쐐기를 박기 위해 골렘의 몸을 토막내어 머리를 잘라냈다.

"움직이기 어려운 복장으로 저렇게 빨리 움직이다니……."

겉보기엔 이렇지만, 일단은 치트 장비니까.

"게다가 저렇게 간단하게 마력으로 만들어낸 골렘을 벤다니."

과거에 무찌른 적이 있기도 하고, 당황스러운 상대는 아니었다. 그리고 저번엔 없었지만 이번엔 가잘 씨가 만들어 준 미스릴 나이프도 있다. 마력으로 강화되어 있다곤 해도, 아이언 골렘 이상의 단단함은 없었다.

437 로지나 씨, 곰 씨의 시련을 보다 (시련 2대전)

곰 아가씨가 가잘이 만든 두 자루의 나이프를 마법진 중앙에 꽂아 마력을 보냈다.

"뭐지?"

마법진이 눈부실 정도로 빛난다. 내가 만든 무기로는 이렇게 빛났던 적이 없다. 내가 옆에 있는 타로토바를 보니 똑같이 놀라고 있다.

우리가 마법진의 빛에 정신이 팔려있는데, 아가씨 앞쪽에서 지면이 부풀어 오르는 것이 보였다.

"아가씨, 앞이야!"

내가 주의를 주자 아가씨는 나이프를 마법진에서 뽑았다.

땅은 커다란 몸의 사람 형태로 변화했다. 골렘인가?

어째서 나이프를 상대로 첫 번째부터 저런 상대가 나오는 거지?! 확실히 가잘이 만든 나이프는 좋은 무기였다. 아가씨의 실력도 있지만, 첫 번째 시련은 나이프의 성능일 것이다. 무기의 강도, 무게, 칼날의 예리함을 마법진이 알아본다고 들었다. 게다가 나이프에 부가되는 마력의 양. 그런 뒤 판단되어 적합한 시련이 이루어진다.

골렘 같은 게 나이프로 첫 번째 만에 나타날 법한 시련이 아니다. 골렘이 지면에 팔을 휘둘러 내리치자 땅 울림이 일어나 지면이 흔들렸다.

도망치라고 말했지만, 아가씨는 도망치려고는 하지 않는다. 그렇다면 조언을 할 수밖에 없다.

“아가씨, 마력으로 단단해져 있을 거야. 땅이라고 생각하고 공격하면 튕겨져나갈 거라고!”

이곳에 나타나는 상대는 1년간 축척된 마력으로 구성되어 있다. 단단함은 사용되는 마력에 비례하여 증가해간다.

내 조언을 들은 것인지는 모르겠지만, 아가씨는 나이프를 쥐더니 골렘을 향해 달리기 시작했다. 저 움직이기 어려워 보이는 곰옷차림에도 불구하고 빠르다. 한순간에 골렘과의 거리를 줄인다. 골렘은 팔을 휘둘렀으나 아가씨는 피했다.

대단하다. 무섭지도 않은가? 보통은 골렘에게 다가가는 것만으로도 무섭다. 하물며 저렇게 단단해 보이는 팔을 휘두르는 상대에게 스스로 다가갈 용기. 그리고 그 움직임을 확실하게 구분하며 피하고 있다.

아가씨는 골렘의 공격을 피하더니 나이프를 몇 번 그었다. 팔의 움직임이 빨라서 몇 번을 벴는지 알지 못했다. 아가씨가 움직임을 멈추자, 골렘의 팔과 다리가 떨어져 나간다. 마력으로 경화되어 있어서 그렇게 간단하게 베일 정도로 연하지 않을 텐데 종이 자르듯 베인다.

그랬다. 떠올랐다.

아가씨는 내가 들고 있던 철봉을 아무것도 느끼지 못하도록 벨 정도의 실력을 가지고 있었다.

아가씨는 한쪽 다리를 잃은 골렘의 뒤로 돌아가더니 목을 잘라 내었고, 1 대전의 시련은 종료됐다.

"……로지나, 저 나이프는 가잘이 만든 거지?"

내가 어안이 벙벙해 있는데, 똑같이 믿기지 않는 듯한 눈으로 바라보는 타로토바가 묻는다.

"그래, 그건 틀림없네. 그런데, 나이프의 예리함도 그렇지만, 아가씨는 가잘의 나이프의 힘을 최대한으로 이끌어 내고 있어."

아가씨의 실력이 있더라도 나이프가 무디면 벨 수 없다. 반대로 예리한 나이프가 있다고 해도 쓰는 사람이 좋지 않으면 벨 수는 없다. 대장장이와 무기를 사용하는 자 양쪽 어디든 실력이 떨어져선 안 된다.

우리가 이야기를 나누는 동안에 다음 시련이 시작되려 했다. 아가씨에게서 떨어진 위치에 새로운 땅이 솟아올랐다.

"……갑주 기사."

갑옷을 몸에 두르고 오른 손에는 검을 들고 왼손에는 방패를 든 기사가 5명이나 나타났다. 그걸 아가씨는 수비 범위가 짧은 두 자루의 나이프로 상대해야한다.

이길 수 있을 리가 없다.

5명의 기사를 상대로 싸우는 것이다. 1대 1이어도 불리한 조건이건만 5명이라니. 원래라면 있을 수 없다.

게다가 갑주는 마력으로 강화되어 있으니, 실제 갑주 이상으로 단단할 것이다.

내가 알고 있는 시련과는 무언가 다른 것 같다. 마치 아가씨의 실력을 측정하려고 하는 것 같다.

그런 아가씨는 갑주 기사에 둘러싸이면서도, 그 움직이기 어려운 복장으로 공격을 피해간다.

"저 아가씨의 움직임은 대체 뭔가. 어째서 저렇게 가볍게 움직일 수 있는 거지? 게다가 저 갑주 기사의 검을 나이프로 받아치고 있다니."

타로토바는 믿기지 않는 표정으로 아가씨를 바라보고 있었다.

공격을 피하기만 하는 게 아니라, 갑주 기사들이 휘두르는 육중한 검을 나이프만으로 부드럽게 받아치고 있었다. 저렇게 공격을 받아치려면 꽤나 상당한 실력이 필요하다. 보통이라면 나이프가 튕겨져 날아가도 이상하지 않았다.

테스트에서 철봉을 베긴 했지만, 겉모습으론 상상도 할 수 없는 실력이다.

곰 아가씨는 양손에 든 나이프를 춤을 추듯 휘두르며, 갑주 기사의 공격을 피하고 검을 나이프로 받아친다. 그것만으로도 힘이

들 텐데, 갑주 기사에게 공격마저 가하고 있다. 아가씨는 갑주 기사의 약점인 관절 부분에 확실하게 나이프를 맞추고 있었다. 그리고 갑주 기사는 한 명, 또 한 명이 쓰러졌다. 바로 앞에서 보고 있어도 믿기지 않는 광경이었다.

그리고 곰 아가씨는 5명의 갑주 기사를 무찔렀다.

아가씨가 작게 한숨을 내쉬며 심호흡을 했다. 그만큼 움직였건만 숨조차 헐떡이지 않았다.

“아가씨, 손은 괜찮나?”

공격을 다 받아냈다곤 해도 모든 힘을 받아 쳐낸 건 아니다. 팔과 손목에 부담이 가해졌을 것이다. 하지만 내 걱정과는 달리 아가씨는 나이프를 든 손을 흔들며 「아무렇지 않아요」라며 웃는 얼굴로 대답했다.

가잘이 아가씨를 우수한 모험가라고 했던 의미가 진정으로 우수한 모험가였다는 것을 이해할 수 있었다.

그리고 아가씨의 실력만이 아니다. 가잘이 만든 나이프도 대단했다. 갑주 기사를 벨 수 있다니, 무딘 나이프라면 할 수 없었을 것이다.

뭐지. 마음속 저 밑에서부터 가잘이 부러워지는 기분이 솟구친다. 곰 아가씨가 든 나이프를 봤다. 내가 만든다면 가잘이 만든 나이프보다도 좋은 물건을 만들 수 있을까? 조금 더 어려운 시련이 나타날까?

어째서 나는 검을 만들지 않았지? 어째서 아가씨가 가진 무기는 내가 만든 게 아닌 거야? 근 몇 년간 스스로가 해왔던 일을 생각하니 한심해졌다. 나는 세게 주먹을 쥐었다.

"말도 안 되는 아가씨로군. 게다가 가잘도 좋은 나이프를 만들었어."

타로토바의 말에 제자가 칭찬받았다는 사실을 기쁘게 생각하는 반면, 질투가 나는 자신이 있었다.

그리고 아가씨가 갑주 기사를 무찌르고 숨을 고르는 정도의 짧은 시간이 지나자, 다음 상대가 나타났다.

"농담이겠지."

타로토바는 절규하는 듯 놀란 표정을 짓는다.

아가씨 앞에 나타난 건 대왕 도마뱀 마물. 머리부터 꼬리까지 10미터는 족히 넘는다. 마물 도감에서 본 적이 있다. 대형 마물이 시련에 나온다는 이야기도 들은 적이 있다. 하지만 그건 마지막 5번째 대전일 경우가 많을 것이다. 3번째 대전에서 나올 법한 상대가 아니다.

"로지나, 막는 게 낫지 않겠나? 저건 무리야. 크게 부상을 입진 않더라도 무사히 끝내진 못할 거라네."

아가씨와 대왕 도마뱀을 번갈아본다.

전체 길이 10미터 이상의 대왕 도마뱀과 귀여운 곰 옷차림을 한 여자아이가 대치하고 있다. 대왕 도마뱀 앞에 먹잇감이 놓여 있는 것처럼 밖에 안 보인다.

기다란 꼬리에 단단한 비늘. 내가 아는 마물과 같다면 저 비늘은 쉽게 뚫어내지는 못할 거다.

대왕 도마뱀의 꼬리는 비늘이 단단하고 한 장 한 장이 겹쳐지듯 되어 있어 그 전부가 날이 선 칼로 되어 있다.

저 커다란 꼬리에 튕겨 나가면 한 방에 끝날 거다.

"아가씨!"

"괜찮아요."

우리를 향해 미소를 짓더니 아가씨는 도망치려고도 하지 않았다. 그리고, 대왕 도마뱀과 겨루기 시작했다.

438 곰 씨, 대왕 도마뱀과 겨루다 (시련 3대전)

"후우."

나는 작게 숨을 내쉰다.

시련 2번째 대전이 끝났다. 2번째 대전의 시련은 갑주 기사 5명이 상대였다.

로지나 씨는 걱정스러워했지만, 1대 다수는 이미 경험한 적이 있었다.

게다가 5명이라곤 해도 움직임은 느렸고, 예상 밖의 움직임도 없었다.

대인전을 하면 휘둘러 내려친 검을 그대로 아래에서부터 베어 올라오거나, 힘을 실은 몸을 밀어붙여 오거나 검을 던져 온다든지, 발로 차거나 혹은 언어 공격으로 심리를 어지럽혀 오기도 한다.

하지만 이 갑주 기사들은 한 번 내린 검을 정직하게 다시 고쳐 잡은 뒤에 공격해온다. 인간처럼 예상 밖의 공격은 해오지 않았다.

그걸 알아차리면 겁낼 상대가 아니다.

갑주 기사가 휘둘러 내리치는 검의 타이밍에 맞춰 공격을 가하면 될 뿐이라는 것이다.

그래서 무사히 갑주 기사를 무찌를 수가 있었다.

"아가씨, 손은 괜찮나?"

로지나 씨가 걱정스럽게 말을 건넸다.

나는 손을 흔들며 아무렇지 않다는 것을 전달했다.

"아무렇지 않아요."

갑주 기사를 무찌르는 것으로 시련 2번째 대전이 종료되고, 1분 정도 지나니 3번째 대전의 시련이 시작된다.

휴식은 없는 모양이다.

땅이 부풀어 올라갔다.

자, 다음 상대는 누굴까?

게임처럼 기대하게 된다.

땅은 서서히 모형을 만들어 간다.

내 눈앞에 커다란 도마뱀이 나타났다.

"으으……."

나는 벌레나 파충류에 약하다.

심지어 이 도마뱀은 전체 길이 10미터 이상은 될 것 같다.

어쩌면, 이번엔 정신 공격일지도 모른다.

도마뱀의 이름을 알기 위해 탐지 스킬을 사용해 보았다.

하지만 탐지 스킬에 반응이 없다. 아무래도 시험의 문의 마물은 탐지 스킬에는 반응하지 않는 모양이다.

명칭을 모르니 대왕 도마뱀이라고 부르기로 했다.

"아가씨!"

로지나 씨가 불렀다. 로지나 씨 쪽을 바라보자 타로토바 씨와 함께 걱정하는 얼굴을 하고 있었다.

"괜찮아요."

안심시키기 위해 미소를 보인다.

대왕 도마뱀과의 결투가 시작된다.

그리고 조금 전부터 다가가려 하지만 다가가지 못하고 있다. 거대한 것에 비해 움직임이 빠르다. 정면은 커다란 입이 기다리고 있고, 뒤에서부터 다가가니 기다란 꼬리를 흔들어댄다. 양옆에서 다가가려 하자니 이번엔 커다란 발톱이 공격을 가해온다.

그것만이 아니다.

꼬리의 공격은 일격 일격이 무겁고 날카롭다. 꼬리를 옆으로 흔들면 공기를 베는 듯한 소리가 나고, 위에서 아래로 떨어뜨리면 지면이 흔들렸다. 더욱 성가신 부분이 비늘의 한 장 한 장이 날카로운 칼처럼 되어 있다는 것이다. 평범하게 막아낸다면 피해를 입게 된다.

꼬리의 흔들림이 빨라서 찌르기는커녕 피하기 바쁘다.

나이프가 조금 더 길면 닿았을 텐데. 미묘하게 닿지 않는다.

으~음, 귀찮네.

그 커다란 입 한가운데로 마법을 꽂아 넣거나 그 성가신 꼬리를 마법으로 잘라내고 싶다.

하지만 그런 짓을 한다면 내 반칙패로 시련은 종료되어 버린다.

애초에 무기를 위한 시련이기도 하니 무기로 공격을 해야 했다.

하지만, 짧은 나이프로 어떻게 무찌르란 거야.

“아가씨! 무리라면 마법진으로 돌아가 나이프를 꽂으면 끝날 거야.”

내가 공격 수단을 고민하고 있는데 로지나 씨가 뒤에서 외쳤다.

“그래요?”

“그래, 시련을 항복하려면 시련 개시와 똑같이 마법진에 나이프를 꽂으면 돼.”

그런 설명은 시작하기 전에 말하라고요. 항복할 생각은 없지만 말이다.

오랜만의 이벤트다. 즐겨야지.

“알았어요. 못 쓰러뜨릴 것 같으면 항복할게요.”

지금은 아직 그때가 아니다.

하지만 이거 정말로 나이프만으로 무찌를 수 있나?

나는 마음을 진정시키고 나이프를 감아쥔 뒤 대왕 도마뱀을 관찰했다.

역시, 공격하기 쉬운 건 등이지. 정면은 커다란 입이 기다리고 있고 양옆에는 날카로운 발톱이 달린 손과 발이 있다. 뒤에는 날카로운 칼과 같은 비늘이 있는 꼬리가 있다. 꼬리의 유효 범위는 양옆으로 180도. 위로는 90도 정도로만 꺾인다. 등에는 닿지 않는다. 등에 올라탈 수만 있다면 피해를 입지 않을 수 있다.

사막에서 싸웠던 거대 스콜피온과 비교하면 대단한 위협은 아니다. 다만, 마법을 쓸 수 없는 게 난점이다.

뭐, 마법을 쓰지 못해도 곰님 치트를 못 쓰는 게 아니다.

나는 대왕 도마뱀으로부터 거리를 벌렸다. 그리고 이번에는 대왕 도마뱀을 향해 달렸다. 그러자 동시에, 대왕 도마뱀이 엎드려 기듯 나를 향해 달려든다.

나는 대왕 도마뱀의 돌진을 옆으로 피하고 그대로 대왕 도마뱀의 옆을 시계 방향으로 달렸다.

나는 거리를 유지하며 빈틈을 노렸다.

저 날카로운 발톱과 꼬리를 피해서 등 위로 올라타고 싶다.

대왕 도마뱀은 내게 맞추듯 몸의 방향을 바꿔간다.

나는 달리는 속도를 올려 대왕 도마뱀의 사선 뒤쪽의 사각에서 틈을 좁혔다.

"지금이다."

나는 점프하여 대왕 도마뱀의 등 뒤로 올라타려 했다.

하지만, 뒤에 있는 내가 보이기라도 하듯이 점프를 한 타이밍에 맞춰 대왕 도마뱀은 몸을 회전시켰고, 기다란 꼬리를 나를 향해 휘둘렀다. 위험해.

꼬리가 훅 뻗어온다. 나는 재빠르게 나이프를 교차하여 막았다.

"아가씨!"

공중으로 튕겨 날아갔지만, 몸을 회전시키며 곰 신발로 착지했다. 이게 곰 장비가 아니었더라면 나이프로 막아내지도 못하고 착지도 못 하고 힘껏 지면에 나뒹굴었을 거다. 피해가 어떻게 계산되는지 알지 못하지만, 곰 장비 덕에 내게 피해를 주지는 못한다고 하더라도 너무 받아버리면 시련은 종료되어 버릴지도 모른다. 불필요한 피해는 보지 않도록 해야 한다.

나는 심기일전을 하고 대왕 도마뱀과 대치했다.

그럼, 어떻게 할까.

마법을 쓸 수 없으면 지금까지 불리했겠네.

마법을 쓸 수 있다는 사실에 감사해야겠어.

꼬리와 입, 그리고 발톱. 어디에서 가야 하나.

응, 정했어.

꼬리는 거리감과 궤도를 읽지 못하기도 하고 움직임이 빠르다. 옆에서부터는 꼬리와 발톱 양쪽을 신경 써야 했다.

소거법으로 정면이 가장 대응하기 쉽다.

나는 달려갔다. 그에 맞추듯 대왕 도마뱀도 돌진해온다.

조금 전과 같은 상황이다.

하지만 다른 건 옆으로 도망치는 게 아니라, 대왕 도마뱀이 입을 열고 물어오려고 한 순간 날아올랐다.

대왕 도마뱀의 입은 조금 전 내가 있던 장소를 물었다.

나는 그 닫힌 입 위를 발판으로 삼고 대왕 도마뱀의 등 뒤로 착지했다.

그와 동시에 마력을 담고 있던 곰돌이 나이프와 곰순이 나이프를 대왕 도마뱀의 등 뒤에 꽂았다.

마력으로 강화된 나이프는 깊숙하게 들어갔다.

대왕 도마뱀은 요동을 쳤지만, 마지막엔 실제 마물처럼 고통스러운 소리를 내더니, 패배를 인정한 것인지 흙으로 돌아가 무너져 내려갔다.

나는 황급히 무너지는 대왕 도마뱀의 등 뒤에서 떨어졌다.

약간 손이 많이 가긴 했지만, 이것으로 시련 3번째 대전이 끝났다.

내가 로지나 씨 쪽을 바라보자 놀란 듯이 나를 보고 있는 로지나 씨와 타로토바 씨가 있었다.

앗, 이벤트에 참가할 수 있다는 기쁨 때문에 로지나 씨랑 타로토바 씨의 존재를 잊고 평소처럼 싸워버렸다.

눈에 띄어버렸지만, 어쩔 수 없다. 적당히 해서 이길 수 있을 법한 상대도 아니었고, 모처럼 로지나 씨가 도전을 시켜줬으니 말이다. 마법을 쓰지 못하는 건 어쩔 수 없지만, 적당히 하다가 질 수는 없는 거다.

문제는 4번째 대전, 5번째 대전이다. 이 이상 강해지면 지금보다 더 힘을 내보여야 한다.

이건 끝난 뒤에 나에 대해 비밀로 해달라고 부탁을 해야 하는 건가.

여기까지 와서 일부러 질 생각은 없다.

지금은 이 시련을 즐기기로 하자. 그럼, 다음은 뭐가 나오려나?

439 곰 씨, 가짜 곰님과 겨루다 (시련 4대전)

대왕 도마뱀을 무찌르고 다음 시련을 기다리고 있는데 땅이 솟아오르더니 옆으로 늘어났다.

생각했던 것보다도 작다. 분명 대형 마물이 나올 거라고 생각했다. 땅은 서서히 모양을 만들어갔다.

……인형?

높이는 나와 비슷했다. 두 발로 섰고, 양손이 있다. 머리에는 이상한 후드를 덮어쓰고 있다. 어디선가 본 적이 있다. 나는 눈을 비비고 한 번 더 보았다.

일단은 발. 어딘가 본 적이 있는 것 같은 커다란 신발을 신고 있다. 나는 자신의 발과 번갈아 보았다. 닮았네. 그리고 시선을 올려 몸통을 바라본다. 살이 찐 것같이 통통한 배. 나는 자신의 배에 손을 가져다 댄다. 닮았어.

다음으로 몸통에서부터 좌우로 뻗은 팔과 손을 보았다. 손에는 낯익은 곰의 얼굴이 있다. 나는 자신의 손을 바라보았다. 곰 인형 장갑과 닮았다. 그리고 그 곰 인형 장갑의 입에는 내 곰 인형 장갑과 똑같이 나이프가 착실하게 물려있다.

마지막으로 시선을 가장 위로 옮긴다. 머리엔 후드를 뒤집어썼고, 그 후드에는 귀여운 곰 얼굴이 있다.

결론부터 말하자면 어떻게 봐도 나잖아.

"로지나 씨, 자기 자신이랑 싸우는 거예요?"

"모른다네. 나도 처음이야. 많은 시련을 봐온 길드 마스터 쪽이 잘 알겠지."

"나도 모른다네. 자신을 상대하다니 본 적도 들은 적도 없다고."

로지나 씨와 타로토바 씨도 모르는 모양이다.

땅과 마력으로 만들어져 있다곤 해도 또 한 명의 내가 있다니 기분이 썩 좋진 않군. 나랑 싸우라니 지독한걸.

가끔 게임이나 만화에 현재의 나를 뛰어넘기 위해 자신과 똑 닮은 상대와 싸우는 이야기가 있는데. 설마, 나에게 지금의 나보다 성장하라는, 그런 말을 하는 건 아니겠지.

애초에 문제는 눈앞에 있는 가짜인 내가 나를 어디까지 흉내 내느냐이다.

내 장비는 신님에게 받은 치트 장비이다. 말하자면 신의 방어구다.

그런 곰 장비를 그대로 복사할 수 있을 거라곤 생각되지 않는다.

게다가 내가 게임에서 얻은 전투 기술도 어디까지 복사했을지 의문이다.

만일 내 모든 힘을 복사했다면 최악의 상대가 된다.

내가 보고 있는데 내 복사본이 천천히 움직이기 시작했다. 머릿속에서 내 복사본이라고 말하는 것에도 위화감이 있다. 가짜인

나라고 명명하도록 하자.

가짜인 나는 곰 인형 장갑에 든 나이프를 천천히 고쳐 잡았다. 움직인다고 생각된 찰나, 가짜인 나는 나를 향해 달려들었다.

우선은 어느 정도로 나를 복사했는지 알아보기로 했다.

움직임은 빠르네. 서로의 간격이 줄어든다. 가짜인 내가 오른손에 든 나이프를 날렸다. 나는 우측으로 피했다. 그러자 놓치지 않고 가짜인 내 왼손에 들린 나이프가 나에게 들이닥친다. 나는 곰돌이 나이프로 막아내며 후방으로 물러났다.

의외로 이도류를 상대하는 건 성가실지도 모르겠다.

무기가 하나라면 하나만 조심하면 된다. 그렇지만 두 개를 동시에 조심하는 건 그만큼 주의를 빼앗기게 된다. 싸움이 성가셔진다.

심지어 공격이 빨랐다.

나도 이렇게 빨랐나?

그런 뒤 몇 번 칼을 주고받으며 겨뤘다. 서로에게 나이프를 날렸다. 서로를 피했다. 잘 움직이지 못할 것 같은 이상한 차림을 하고 있으면서 아슬아슬한 곳에서 공격이 빗나간다.

발놀림, 나이프 다루는 솜씨, 어째서 그런 움직임이 나오는 거지? 그런 곰 옷차림을 하고 있는 주제에 말이야.

가짜인 나에게 불만을 내뱉자 스스로에게 부메랑이 되어 돌아오는 것 같은 기분이 들어 가짜인 나의 험담은 적당히 해둔다.

이거, 움직임도 나를 따라하고 있는 건가?

자기 자신의 움직임이라, 실제로 본 적이 없어서 어떤 식으로 싸우는지 모른다.

만약 내 움직임을 추적하고 있는 거라면, 과거 세 번의 시합으로 내 움직임의 정보를 수집했을지도 모른다.

내 체중과 쓰리사이즈는 파악 안 되어 있길 빈다.

그래도 지금까지 싸워온 것 중에서 가장 성가신 상대라는 건 틀림없다.

우리는 서로에게 거리를 두었다.

일단은 마법을 쓸 수 없는 지금은 접근전으로 싸울 수밖에 없다.

한번 호흡을 가다듬은 나와 가짜인 나의 공방이 재차 시작된다.

찌르고, 피했다. 베고, 피했다. 가짜인 나의 나이프를 피했을 때, 예상 밖의 공격을 해왔다. 곰발이 옆에서부터 날아 들어왔다.

"자, 잠깐."

나는 배를 아슬하게 빗겨가게 피했다. 그리고 도망치듯 스텝을 밟아 뒤로 물러난다.

"잠깐, 차는 건 반칙이잖아!"

나는 가짜인 나를 향해 소리친다. 물론 대답은 돌아오지 않는다. 그래서 불만을 토로할 상대를 바꿨다.

"로지나 씨, 타로토바 씨, 상대는 차도 돼요?"

"그런 걸 물어봐도 내가 알 리가……."

"사람 모양이라면 차는 것 정도는 해오겠지."

"저는 안 되고 상대는 된다니, 불공평한 거 아니에요?"

"안 된다고는 안 했다. 모른다고만 했지. 어디까지나 무기를 시련하는 거니까 말이야."

무기의 시련이라는 것 정도는 나도 알고 있지만. 내 복사본은 무기를 쓰고, 나아가 발로 차는 것도 쓰면서 내가 못 쓴다는 건 불공평하다. 그게 아니라면 주먹으로 때리거나 발로 차도 되는 건가? 그렇지만, 사용한 순간에 시련이 끝나도 싫은데. 비열하네.

이것으로 가짜인 내가 마법이라도 써온다면 치사한 걸 넘어서 반칙이다. 그래도 다행히 지금으로선 마법은 쓰지 않는다.

하지만, 내 복사본을 상대로 핸디캡은 위험할지도?

거리를 벌리고 어떻게 할지 생각하고 있는데 가짜인 나의 오른팔이 들어 올려진다. 그리고 팔을 휘둘러 내리쳤다.

나는 곧바로 오른쪽으로 피했다. 나이프가 날아온다.

"아니……."

내가 뭐라고 하려 하는데, 가짜인 내 오른손에는 새로운 나이프가 만들어져 손에 쥐어져 있었다.

그거, 반칙 아냐?

"로지나 씨! 타로토바 씨!"

"도마뱀이 비늘을 날리는 것과 같은 이치야."

“그렇긴 하지만…….”

비열해! 라고 소리치고 싶어도 나는 신님 방어구를 몸에 두른 치트 덩어리기에 불만도 내뱉지 못했다.

가짜인 내가 양손에 든 나이프를 날렸다.

나는 피하고 거리를 좁히려고 했지만, 가짜인 나의 손에는 재생된 나이프가 들려져 있었으며 몇 번이고 날아들었다. 나에겐 두 자루뿐이다. 심지어 날린다면 그것으로 끝이다. 무한으로 날릴 수 있는 나이프라니 비열하다.

내 복사본이라면 복사본답게 나이프 두 자루만으로 싸우라고 말하고 싶어진다.

이대로는 마법도 쓸 수 없고 나이프를 던질 수도 없는 내 쪽이 불리하다.

나는 나이프를 피하면서 가짜인 나와의 거리를 좁혔다.

내가 이기려면 나이프가 닿는 가장 가까운 거리에서 싸울 수밖에 없다. 가짜인 나의 나이프를 확실하게 지켜본다. 나이프가 날아들었다.

잘 봐라.

나는 달리면서 나이프를 쳐서 떨어뜨렸다.

이것으로 나이프가 재생될 때까지 거리를 좁힐 수 있다. 가짜인 나는 고지식하게도, 나이프는 두 자루까지만 만든다.

그러니 어떻게 해도 그 사이에 틈이 생긴다.

그 틈에 간격을 좁힌다.

나는 단숨에 거리를 좁히곤 가짜인 나에게 칼날을 휘둘렀다. 가짜인 나는 나이프를 쥐고 있어 막혀버렸다.

벨 수가 없다.

각도가 안 좋았나?

아니지, 상대 쪽이 노련했어.

내 미스릴 나이프의 각도를 비켜 놨어.

아마도 보통이라면 베였을 거다.

가짜인 내가 반격을 해온다.

나는 나이프를 막아내고 흘린 뒤에 칼을 휘둘렀다. 언젠가는 꽂힐 거다. 움직임을 읽히고 있다는 기분이 들기도 하고, 먹혔다고 생각해도 막아낸다.

가짜인 내가 나이프를 휘둘러 내리쳤다. 내리쳐지기 전에 가짜인 나의 팔을 내 팔로 막아낸다. 몸 쪽이 무방비 상태가 된다. 그곳에 반대쪽 손에 든 곰순이 나이프를 들이댄다. 하지만 가짜인 나는 그것조차도 피했다.

반대로 가짜인 나는 왼손으로 든 나이프를 나를 향해 휘둘러온다. 그걸 이번엔 내가 피했다.

그리고 서로에게서 거리를 둔다.

"후~."

나는 숨을 조용히 내쉬었다. 가짜인 나는 무표정이다. 설마, 체력은 무한인 거니? 아니 그것보다 마력으로 움직이잖아. 그렇다는 건 마력을 다 쓸 때까지 계속 움직일 수 있다는 뜻인 건가?

비겁한 걸 넘어서 치트잖아.

자신과 싸우는 건 이렇게 열 받는 일이었다니.

무엇보다 나와 싸우는 게 이렇게 손이 많이 갈 줄을 몰랐다.

나는 가짜인 나를 바라보았다.

그렇지만, 대체로 알았다. 아무래도 가짜인 나는 세 번째 대전까지의 내 힘을 복사하고 있는 것 같다. 그 이상의 힘은 발휘하지 못하는 모양이다. 그래도 충분히 위협적이었다.

그러니 이제 즐기려는 건 그만두기로 했다. 나는 신체 강화를 발동시키고 게다가 곰돌이 나이프와 곰순이 나이프에 마력을 담을 수 있을 만큼 담았다.

나는 다리에 힘을 실었다. 그리고 이 네 번째 대전에서 가장 빠른 움직임으로 한 번에 가짜인 나와의 간격을 좁혔다. 가짜인 나는 타이밍을 맞추며 나이프를 휘둘러 꽂으려 했다. 나는 곰순이 나이프로 막아내고 곰돌이 나이프를 옆으로 휘둘렀다. 가짜인 나는 나이프로 막아내려 했지만, 나이프가 두 동강이 났다. 원래는 흙, 마력으로 경화되어 있는 것뿐이다. 그 이상의 마력을 담은 곰돌이 나이프로 벤다면 내 나이프가 이기지.

그리고 가짜인 나보다 빠르게 움직였다.

그럼에도 가짜인 나는 아슬아슬한 타이밍에 반응했다.

하지만 조금씩 늦어졌다.

여기다!

곰돌이 나이프와 곰순이 나이프에 마력을 담는다.

가짜인 내가 나이프로 막으려 했다.

이번엔 각도도 속도도 확실하다.

가짜인 나의 나이프를 베어내고, 그 흐름 그대로 팔을 움직여 가짜인 나의 통통하게 볼록한 배를 베어냈다.

좋아, 이대로 공격을 하려고 하는데, 가짜인 나의 움직임이 멎었다.

"……."

나는 손을 멈추었다.

가짜인 나는 무너져 내리곤 흙으로 되돌아갔다.

아무래도 사람으로서의 치명상을 주면 끝이었던 모양이다.

이겼지만, 나를 닮은 걸 베다니 그다지 기분이 좋진 않네.

무엇보다, 지쳤어.

440 곰 씨, 피나를 구하기 위해 힘을 내다 (시련 5대전)

설마, 나 자신과 싸우는 처지가 될 줄은 몰랐다.

1대전은 마력으로 경화된 골렘과의 시합.

2대전은 다섯 명의 갑주 기사. 여러 명인 상대와의 시합.

3대전은 대왕 도마뱀. 대형 마물.

4대전은 예상 밖인 나 자신의 복사본.

그런데, 마지막 시련은 뭘까. 가늠을 할 수 없지만, 커다란 마물이려나. 내가 여러 명이 나타나는 것만큼은 관둬줬으면 좋겠다. 빨간 곰, 파란 곰, 노란 곰, 초록 곰, 핑크 곰에, 검은 곰, 하얀 곰처럼 곰전대가 나타난다면 마법을 써서 폭주할지도 모른다.

"아가씨, 괜찮은가?"

내가 이상한 상상을 하고 있는데 로지나 씨가 말을 건넸다.

"네, 괜찮아요."

"그런데, 잘도 자기 자신을 무찔렀군."

"아슬아슬했지만요. 가잘 씨가 만들어준 무기의 차이였을지 모르겠네요."

마력이 담긴 흙 마법으로 만들어진 나이프를 벨 수 있었던 것은 가잘 씨의 나이프 덕이다.

"겸손해하지 않아도 돼. 아가씨의 움직임을 보면 어느 정도의 실력을 지니고 있는지 알 수 있지."

"맞네. 이곳에서 많은 시련을 봐왔지만, 아가씨는 어느 모험가 보다도 강해. 더욱이 그 차림으로 봤을 땐 상상도 안 되지만 말이네."

뭐, 내 옷차림은 곰 인형 옷이다. 강할 거라고 생각하는 사람은 없을 거다.

오히려 내 옷차림을 보고 「저 녀석은 강해」라고 생각하는 사람이 있는지 보고 싶을 정도다.

"아가씨, 더 싸워도 괜찮겠나?"

"괜찮아요. 원래는 조금 더 쉬고 싶긴 한데, 다음이 시작될 모양이네요."

구석 쪽의 지면이 빛나더니 마지막 5대전이 시작하려고 하는 것 같다.

로지나 씨와 타로토바 씨는 방해가 되지 않도록 나에게서 떨어졌다.

지면에 원형 마법진이 떠오르며 빛을 내더니 불투명한 벽이 나타났다. 다음 시련은 이 옅은 흰색 벽인가?

마력으로 만들어진 것 같은 벽이다. 곰 인형 장갑으로 만져보았다. 얇은 것 같으면서도 두꺼운 것 같은, 벽의 두께는 알 수 없었다. 그렇지만 몸을 통과할 수는 없다.

나는 벽에 손을 가져다 대고 벽을 한 바퀴 돌려 크기를 확인했다. 벽은 4평 반 정도의 크기다. 벽 안쪽을 보니 옅은 흰색 벽 너머에 벽이 보인다. 게다가 그 안쪽에도 벽이 보인다.

1, 2, 3, 4, 5. 확실하진 않지만, 아마 벽은 5개인 것 같다. 5중 방벽이다.

이 다섯 개의 벽을 무너뜨리면 되는 걸까?

"로지나 씨, 이걸 부수면 돼요?"

"그래, 그걸 무기로 부수면 끝이란다. 하지만, 단순한 벽이 아니야. 아가씨의 힘, 그리고 그 들고 있는 나이프의 힘을 모두 꺼내지 않으면 베어낼 수는 없을 거야."

로지나 씨 대신 타로토바 씨가 대답했다. 마지막은 간단한 것 같다. 분명 조금 더 흉악한 상대가 나올 거라고 생각했는데, 웬걸, 간단한 시련이었다.

순수하게 무기의 힘과 나의 힘을 시험한다는 건가?

뭐, 곰 레인저가 나오진 않았지만, 잘 됐다고 생각하자.

내가 벽에서 나이프가 닿을 만큼의 간격으로 떨어지려고 한 순간, 벽 내부의 지면이 움직인다. 자세히 보니 사람이 쓰러져 있는 것처럼 보인다. 그게, 천천히 움직였다.

"……여긴 어디지?"

벽 안에서 귀에 익은 목소리가 들렸다.

나는 희미하게 빛난 흰색 벽으로 다가갔다. 마력이 깃든 옅은 흰색 벽인 탓에 확실히 알지 못하겠지만, 내가 잘 아는 윤곽에 익히 아는 목소리였다.

"피나?"

방벽 안에 있는 건 피나였다.

"유나 언니?"

역시, 피나였다.

"유나 언니. 여긴 어디죠? 게다가 이 흰 벽은?"

피나는 몸을 일으켜 빛나는 벽을 만진다.

"여긴 시험의 문 안이야. 피나는 어째서 자신이 이곳에 있는지 알고 있니?"

"음, 조금 전까지 루이밍이랑 같이 있었고…… 그리고, 으으, 생각이 나질 않아요."

피나는 머리를 감싸 쥔다. 자신이 이곳에 있는 이유를 알지 못하는 모양이다.

그런데, 어떻게 피나가 이곳에? 같이 있던 루이밍은 괜찮은가?

예상되는 건 마법으로 강제적으로 옮겨졌다는 건데, 그런 게 가능해?

일 년 치의 마력을 쓴다면 할 수 있을지도 모르겠지만.

"유나 언니, 제가 어째서 이곳에 있는 거죠?"

"확실하진 않지만, 내 시련에 휘말린 것 같아."

"시련 말인가요……."

벽 안에 있는 피나가 몸을 일으켜 벽을 만지는 모습이 보인다.

목소리가 불안해하고 있다.

"응, 마지막 시련 때 피나가 나타난 거야."

"그렇군요. 그래도, 어떻게 나가죠?"

피나는 벽 안을 이리저리 걸으며 출구를 찾았지만 못 찾는 것 같다. 나도 한 바퀴 돌았지만, 출입구는 없었다. 생각되는 바가 있다면 이건 시련으로, 내가 마력으로 만들어진 벽을 부수는 것으로 피나를 구출하는 모양이다.

나는 마력으로 만들어진 벽을 다시 한 번 바라봤다.

벽은 희끄무레하고 그 너머에는 어렴풋이 피나의 모습이 보인다.

간단하게 피나를 구출해내는 방법이 있다.

"로지나 씨, 마법을 쓰면 시련은 종료되는 거죠."

"그래, 클리어하지 못하고 시련은 끝난다. 아가씨가 자유롭게 결정해도 상관없어. 그렇지만, 위험하지 않다면 도전했으면 좋겠구나."

"유나 언니의 시련인 거예요?"

"피나를 이 벽에서 꺼내는 게 시련인 것 같아. 하지만, 마법은 금지되어 있어서 마법을 벽에 맞추면 곧바로 시련이 끝나고 벽은 사라질 거야."

마법을 사용하는 것이 가장 빠르게 피나를 구해내는 방법이다.

이런 이해가 안 되는 수작에 걸려들어 줄 이유도 없다.

"유나 언니, 저는 괜찮으니까 시련을 이어서 해주세요. 유나 언니라면 할 수 있어요."

"피나……."

"딱히 위험한 게 아닌 것 같기도 하고, 유나 언니를 방해하고 싶지 않기도 하니까, 도움이 될 수 있다면 기쁠 것 같거든요."

"괜찮겠어?"

"네, 유나 언니를 믿어요."

나는 생각 끝에 피나의 마음을 고맙게 받아들이기로 했다.

"알았어. 시련을 마치고 피나도 구해줄 테니까. 조금만 기다리고 있어."

"네."

"그럼, 위험하니까 벽에서 조금 떨어져 줄래."

피나가 벽에서 떨어지는 걸 확인하곤 곰돌이 나이프와 곰순이 나이프를 강하게 감아쥔다. 그리고 마력을 담아 좌우로 휘둘렀다. 첫 번째 벽이 무너진다. 피나에게 한 발자국 다가선다.

"유나 언니."

"걱정하지 마. 금방 구해줄게."

피나를 진정시키기 위해 부드럽게 말했다.

얼른 이 벽을 부수고 시련을 클리어해서 피나도 구해낼 거다.

나는 두 번째 벽도 부순다.

그리고 망설이 없이 세 번째 벽을 향해 나이프를 휘둘러 내렸다. 하지만, 마력의 벽에 튕긴다.

"아가씨, 서두르지 말게. 시간은 있어. 진정해."

로지나 씨가 서두르는 나에게 주의를 시킨다.

확실히, 피나를 빨리 구하려는 마음이 앞서서 나이프를 다루는 게 대충이었을지도 모른다. 나는 한 번 물러서서 간격을 확인한 뒤, 곰돌이 나이프와 곰순이 나이프를 번갈아 가며 휘둘러 내리쳤다. 세 번째 벽도 사라진다.

앞으로 두 개다. 서서히 벽이 단단해져 가는 것 같지만 이대로 침착하게 도전한다면 괜찮을 거다.

내가 침착함을 되찾았을 때 벽 안에 있는 피나가 당황해했다.

"어라, 뭐지? 물?"

"피나, 왜 그래?!"

"지면에서 많은 양의 물이 나와요."

시선을 아래로 보내자 불투명한 벽 아래쪽에서 물로 보이는 게 솟아오르고 있는 것을 내 쪽에서도 알 수 있었다.

"유나 언니!"

더는 시련을 할 상황이 아니다.

물이 불어난다면 피나가 물에 빠질지도 모른다. 2미터 정도의 천장까지 물이 닿으면 피나가 위험해진다.

시련은 종료다. 이것까지 장단을 맞출 필요는 없다.

"마법을 써서 곧바로 구해줄게."

"유나 언니, 아직 괜찮아요. 그러니까, 힘내세요."

물은 무릎 정도까지 와있는데, 피나는 내게 시련을 이어서 하라고 말했다. 제 일보다 타인을 중요하게 여기는 마음은 소중하지만. 나도 나의 시련보다 피나 쪽이 중요했다.

"유나 언니……."

나는 생각할 시간도 아까웠기에 곰 인형 장갑에 마력을 모았다. 시련에 실패하는 것 보다 피나를 두려움에 떨게 만드는 것이 싫다. 나는 곰 인형 장갑에 모은 마력으로 화염 구슬을 날렸다. 이것으로 시련은 끝이다. 클리어는 못 했지만. 이것으로 됐다. 피나를 무섭게 만들면서까지 할 법한 일이 아니다.

화염 구슬이 벽에 부딪히려는 순간, 예상 밖의 일이 일어났다. 화염 구슬은 벽을 통과하여 피나의 옆을 스쳐 지나갔다.

"피나!"

"괘, 괜찮아요."

나는 안도했다. 그리고 피나에게는 오른쪽 벽으로 이동하도록 했다. 나는 반대쪽에 있는 피나에게 위험이 가해지지 않을 범위로 바람의 칼날을 날렸다. 하지만 바람의 칼날도 빛의 벽을 통과했다.

마법은 통과되지만 벽은 무너지지 않았고, 시련도 종료되지 않았다.

마법을 쓰면 반칙패로 시련은 종료되는 거 아니었어?!

다른 법을 써서 시험해 보려 했지만, 바람 마법과 똑같은 일이 일어나면 안에 있는 피나를 위험에 빠뜨리게 될 거다.

그렇다면 타격으로 부순다.

나는 벽을 향해 곰 펀치를 하지만, 빛의 벽에 막힌다.

무너지지 않는다.

"로지나 씨! 타로토바 씨!"

"나도 모르네."

"아가씨! 마법이 안 된다면 나이프로 베어봐. 아가씨라면 할 수 있잖나!"

"유나 언니!"

맞다. 무기 시련이라면 무기로 부술 수밖에 없다.

나는 나이프를 잡았다. 그리고 마력을 담아 네 번째 벽을 부수었다.

좋아. 나머지 하나다.

나는 그대로 시간을 두지 않고 마지막 다섯 번째 벽을 베었다. 하지만, 마지막 벽에 곰돌이 나이프가 튕겨 나갔다. 이어서 왼쪽에 든 곰순이 나이프를 휘둘러 내렸지만, 똑같이 튕겨졌다.

단단하다. 단단하다기보다는 고무와 같은 벽에 튕기고 있다는 감촉이다.

나는 몇 번이나 나이프를 휘둘렀다.

어째서 베이지 않는 거야. 왜 무너뜨리지 못하는 거야?

벽은 더욱 마력으로 증폭되고 있는 듯 하얗게 되어 벽 안에 있는 피나의 모습을 알 수 없게 되었다. 그렇지만 물이 늘어나고 있다는 건 알 수 있었다.

"아가씨, 진정하게. 그렇게 혼란스러운 마음으로 나이프를 휘두른다면 벨 수 있는 것도 못 베게 돼."

그런 말을 들어도, 피나가…….

"아직 시간은 있네. 심호흡하고 진정하도록, 그리고 가잘이 만든 나이프를 믿게. 그리고 아가씨의 나이프 다루는 솜씨를 믿게. 그 어느 쪽도 빠뜨리면 안 돼."

나는 몸의 힘을 뺀다. 그리고 심호흡을 했다.

물의 양은 늘어나고 있다. 하지만, 아직 괜찮다.

피나, 지금 구해줄게.

양손의 곰돌이 나이프와 곰순이 나이프에 마력을 담았다. 다리에 힘을 넣는다. 곰 인형 장갑이 머금은 나이프를 세게 쥔다. 나이프를 다잡는다. 내딛는 발에 힘을, 나이프를 휘두르는 팔에 힘을, 허리에 회전을, 나이프의 각도, 최고의 공격을 벽을 향해 휘둘러 내리친다. 빛의 벽에 x자가 생긴다.

튕기는 느낌은 없다. 빛의 벽을 부쉈다.

빛의 벽이 무너진다.

"피나! ……어라?"

빛의 벽은 무너졌고, 물도 사라지고, 그리고 피나라고 생각했던 것도 사라졌다. 빛의 벽 너머에는 아무것도 없었다.

뭐지?

설마, 속았나?

침착하게 생각해보면 마법진에 나이프를 꽂으면 종료됐을 일이네.

어쩐지, 여러 가지로 속은 기분이다.

441 곰 씨, 상품을 손에 넣다

빛의 벽을 무너뜨린 너머에 피나는 없었다.

처음엔 안심했지만, 서서히 속았다는 사실에 화가 치밀어 올랐다.

"로지나 씨! 뭐예요, 이번 시련! 혹시 시비 거는 거예요?"

"나한테 말해도 모르지. 애초에 그런 시련이 있었다는 건 몰랐다네. 벽을 무기로 무너뜨리는 시련은 본 적이 있지만, 이번처럼 사람이 갇혀 있는 건 처음이었어. 그래도, 길드 마스터인 타로토바는 알고 있었던 것 같던데."

"그래요?"

나는 로지나 씨에서 타로토바 씨로 시선을 옮긴다.

"그래, 과거에도 같은 시련이 일어났거든."

"그러면, 어째서 알려주지 않은 거예요? 그랬다면 이렇게 허둥대는 일도 없었을 텐데."

"시련이니까 말할 이유가 없지 않나. 무기의 성능, 사용자의 기술, 마지막으로 무기를 다루는 마음의 시련이네. 어느 것 하나가 빠져도 클리어할 수는 없어. 알려준다면 시련의 의미가 사라지지 않겠나."

"그건 그렇지만, 그래도 아까 그건 너무하지 않아요?"

피나를 인질로 잡다니, 나에게 있어서 최악의 시련이다.

떠올리는 것만으로도 화가 치민다. 이 분노는 어디에 풀어야 좋을까?

"누구에게나 나오는 게 아니라네. 우수한 무기, 우수한 사용자가 나타났을 때 마음을 시험하지. 나도 긴 세월 봐왔지만, 두 번밖에 없어. 아가씨는 시험의 문에게 인정받은 거야. 기뻐할 부분이라고."

기뻐하는 사람이 있나? 소중한 사람이 인질로 잡혀 있고, 최선을 다해 구해냈더니 「거짓말이야~」라는 말을 들으면 화만 날 뿐이다.

지금의 내 기분은 최악이다. 난동을 피우고 싶은 기분이다.

"자신의 소중한 사람이 이번처럼 붙잡힐지도 모른다네. 그때 냉정하게 대처할 수 있느냐를 시험받게 된 거지. 무기가 좋아도 마음이 어지럽다면 무기의 본래의 힘을 발휘할 수 없게 되네. 그걸 위한 시련이야."

누구라도 소중한 사람이 붙잡히는 일이 생긴다면 당황하는 건 어쩔 수 없지 않나?

사람의 마음은 그다지 강하지 않다. 소중한 사람이 눈앞에서 죽을 위기라면 당황한다. 그런데 냉정해지라니, 무슨 도 닦는 사람이야? 일반적인 사람에게는 무리지. 마법을 쓰면 시련도 끝날 거라 생각했더니 안 끝나고 말이야. 여러 가지로 당황해버렸다.

"그건 그렇고, 아가씨는 저 위에 있는 아가씨를 소중하게 생각했구나. 보통은 가족이나 연인이 나타날 법한데 말이야."

"피나는 소중한 여동생 같은 존재니까요."

부모님을 소중하게 생각한 적은 없고, 연인도 없다. 그러니 내게 부모님이 나타날 일은 없다. 나타난다고 하면 나를 이해해줬던 할아버지 정도려나. 이쪽 세계로 오고 할아버지에게만은 죄송스럽게 생각하고 있다.

피나가 소중한 존재가 되어 있다는 건 그렇지만. 곰돌이와 곰순이, 노아, 슈리도 소중한 존재다. 그렇게 생각하니 이쪽 세계로 오고 소중하게 여기는 사람이 늘어난 것 같다. 만난 사람들은 모두 친절하고, 지켜주고 싶다. 무엇보다 열심히 살고 있다. 딸에게 돈을 구걸하던 내 부모와는 다르다.

"여동생이라도 소중한 존재가 있다는 건 좋은 일이네. 그만큼 강해지지. 모험가와 같은 위험한 일을 하고 있으면 자신의 목숨을 없는 듯하는 사람이 많지. 돌아가는 장소에 소중한 사람이 있는 건 중요하네. 살아서 돌아가려고 하는 마음이 들지."

길드 마스터인 타로토바 씨의 말에는 무게가 있다. 분명, 타로토바 씨는 많은 무기 장인과 모험가를 봐왔겠지.

돌아가는 장소. ……그렇게 생각하니 내가 돌아갈 장소는 피나가 있는 장소일지도 모른다.

"참고로 그 저처럼 똑같은 시련을 한 사람은 어떻게 됐어요?"

나처럼 화를 내지 않았나. 보통이라면 화나지.

"물론, 비밀이라네. 아가씨도 다른 사람에게 알리고 싶지 않을 거 아닌가."

으으, 확실히, 이야기는 듣고 싶지만, 자신의 이야기가 알려지는 건 싫다. 그렇게 된다면 두 번 다시 이 마을에 올 수 없게 된다.

"게다가 시련의 내용은 얘기해선 안 된다는 규칙이거든."

그러고 보니 그런 규칙이 있었나?

"시련의 내용이 사전에 알려진다면 시련이 되지 않지. 그러니 시련의 내용은 아무에게도 말해서는 안 된다는 규칙이 만들어졌다네."

뭐, 미리 내용을 알고 있다면 대책도 세울 수 있을 테니 시련이 되지 않으려나. 정답을 미리 알고 있다면 시련의 의미가 없다.

그래서 로지나 씨와 가잘 씨, 골드 씨도 이야기하지 않았기 때문에 릴리카는 시련의 내용을 몰랐던 거군.

"그러니 아가씨도 이 안에서 일어났던 일은 아무에게도 이야기해선 안 돼."

"위에서 기다리는 피나랑 루이밍에게도요?"

떠벌릴 생각은 없지만, 기다려주는 피나와 루이밍에게는 이야기를 해주고 싶다.

"그렇지. 그 어린 아가씨들은 크게 되면 모험가가 되어 시험의 문에 도전할지도 모르니까 말이야."

피나가 모험가라…….

상상해보았지만, 안 어울린다. 가정을 지키는 쪽이 어울렸다.

그렇지만 해체 기술은 있단 말이지. 무기는 휘두르지 못해도 마법으로 싸우는 모험가가 될 가능성도 있다. 그래도 피나가 마물과 싸우는 모습은 상상이 잘 안 된다.

뭐, 중요한 건 시련을 받을 법한 사람에게는 말해선 안 된다는 모양이다.

"타로토바, 이야기는 여기까지 하기로 하지. 상품이 나오는 것 같던데."

"상품이요?"

로지나 씨가 엄지를 살짝 들어 올렸다. 로지나 씨의 엄지 끝을 보니 마법진이 빛나고 있다. 마법진은 지금까지와 다른 장소에 있다.

무기를 확인하는 마법진. 시련이 나오는 마법진. 마지막으로 눈앞의 빛나고 있는 마법진이다.

"상품이라니, 뭔가 받을 수 있는 거예요?"

상품을 받는 거면, 처음부터 말해주지. 그랬으면 타임 어택 같은 거 열심히 했을 텐데. 상품에 시련 클리어 시간도 영향이 있다면 분한데.

"그렇게 기뻐해도 별건 아니야."

그래?

뭐, 레어 아이템 같은 걸 원하진 않지만, 쓸 수 있는 거면 좋을 것 같은데.

"상품은 철이라네. 그 철을 써서 다음 시련을 향해 열심히 하라는 의미가 담겨 있지.”

뭐야~ 철이라니. 철이라면 이미 아이언 골렘의 소재를 들고 있어서 필요 없는데. 철을 받아도 쓸 일이 없다.

가잘 씨의 기념품으로 하면 되나? 가잘 씨의 나이프로 참가하기도 했고 말이다.

“설마, 특별한 철이거나?”

“아니야. 극히 평범한 철이지. 다만, 불순물이 섞이지 않아서 대장장이에게는 최고의 상품이라고 할 수 있지.”

아쉽지만 나는 대장장이가 아니다.

적어도 미스릴 나이프로 참가하는 사람이라면 미스릴을 받을 수 있게 해줘야 하는 거 아닌가?

나는 그런 말을 하자 안 나온단다. 아쉽군.

빛나는 마법진 쪽으로 다가갔다. 빛이 서서히 사라지고 마법진의 중심에 예상 밖의 물건이 나타났다.

“뭐지, 저건?”

타로토바 씨가 눈을 가늘게 뜨며 나타난 물체를 바라보았다.

나는 눈을 슥슥 비볐다.

최근에 눈이 나빠졌나. TV도 안 보고, 게임도 안 하고, 밤에 만화나 소설도 안 읽는다. 일찍 자고 일찍 일어나는 규칙적인 생활을 하고 있다. 가끔 온종일 빈둥거리는 일도 있지만, 기본적으로 눈이 나빠질 법한 일은 하지 않는다.

우리는 수수께끼의 물체가 있는 마법진의 중심으로 다가갔다.

"곰이군."

"그래, 곰이구먼."

두 사람이 말한 대로 마법진 중앙에는 곰 동상이 있었다.

크기는 내 가게에 있는 정도의 크기다.

로지나 씨와 타로토바 씨는 곰 동상을 만졌다.

"곰 철이네."

"틀림없이 곰 철이야."

철로 만들어진 곰이다.

모양은 어째선지 디폴트 된 곰이다. 내가 가게에서 만든 곰 동상의 모양을 하고 있다.

예상되는 건 내 기억을 읽은 건가? 내 기억을 읽고 만들어진 피나는 나를 속일 정도로 닮아 있었다. 곰 동상 정도는 간단하게 따라서 만들 수 있을지도 모른다. 하지만, 어째서 곰?

"설마, 철 모양이라는 거 사람에 따라서 달라요?"

"기본적으로 모양은 다르다네. 불규칙한 모양으로 나오지. 이런 식으로 형태가 확실한 건 처음이야."

"심지어 크군. 이렇게 큰 상품은 본 적이 없어."

곰 철은 곰돌이와 곰순이 정도의 크기다.

"그만큼 아가씨의 시련이 특별했단 건가."

"뭐, 그 정도의 시련이었으니까 말일세."

"그래도, 이거, 어떻게 운반해야 하나. 치우지 않으면 다음 시련이 불가능할 텐데."

로지나 씨와 타로토바 씨의 드워프 두 사람이 옮기려고 했지만 곰 철은 꿈쩍도 하지 않는다.

뭐, 이동만 시키면 되는 거라면 간단하다.

"괜찮아요."

내가 곰 철을 만지자 곰 박스 안으로 사라졌다.

곰 박스는 만능이다.

"그런 이상한 장갑은 아이템 봉투로 되어 있나?"

이상하다니 너무하시네, 곰이라고요. 뭐, 나도 처음엔 이상하다고 생각했지만 말이다. 다른 사람에게 곰을 이상하다고 들으니 반항심이 솟구쳤다.

내가 불만을 말하려 한 순간, 주위의 빛이 서서히 사라지듯 옅게 어두워졌다.

타로토바 씨가 주위를 보고 말을 했다.

"설마, 시험의 문이 닫히는 건가! 딱 한 번밖에 안 했건만."

"그만큼 아가씨의 대전이 마력을 소모하게 했다는 것이겠지."

"뭔가, 다른 사람의 일처럼 말하는군. 오늘부터 시험의 문에 도전하려고 수십 명의 무기 장인과 모험가가 찾아온단 말일세. 어떻게 한단 말인가!"

"그런 말을 해도 나는 모르네."

“자네가 아가씨를 데리고 오지 않았나.”

“확실하게 자네의 허락을 받았네만.”

너무하다, 책임을 서로에게 전가하기 시작했다.

“그렇긴 해도, 이렇게 대단한 아가씨일 줄은 몰랐지 않은가. 곰 옷차림이지 않나. 게다가 어린 여자아이에, 무기는 나이프지 않은가.”

저, 곰인데, 어리지 않아요.

“제길, 로지나도 뭔가 아이디어를 내게! 제한 시간은 윗방으로 돌아갈 때까지일세.”

타로토바 씨는 머리를 감싸 쥐며 걷기 시작했다. 그런 뒤를 나와 로지나 씨가 뒤따른다.

442 곰 씨, 마석에 마력을 담다

“그런데, 아이디어를 내라고 해도, 솔직하게 말하는 방법밖에 없지 않은가.”

“곰 아가씨가 시험의 문에 도전했더니 한 번 만에 시험의 문이 닫히게 됐다고 말한다고? 그런 말을 한다면 내 머리가 이상하다고 여겨질 걸세.”

타로토바 씨와 로지나 씨가 뒤를 돌아보며 뒤를 걷던 나를 본다.

“그건 동감일세. 도전했지만 금방 져버렸다, 라고 한다면 모르지만 말이야.”

“그런 곰 옷차림을 한 여자아이가 골렘과 싸웠고, 갑주 기사, 여러 명과 싸웠으며, 세 번째 대전에서는 대왕 도마뱀과 싸웠고, 자신의 복사본과 싸웠고, 마력의 벽을 무너뜨렸더니 시험의 문의 마력이 다했다고 말해도 아무도 믿지 않을 거야.”

너무들 하시네.

두 사람 모두 본인이 눈앞에 있는데 할 말 다 하시는구먼. 하지만, 나로서도 이야기가 알려진다면 곤란하다. 게다가 두 사람이 말한 대로 내가 대단한 시련을 넘어섰으며, 시험의 문의 마력을 다 소진했다고 해도 누구 한 명 믿지 않겠지.

항상 생각하는 거지만 겉모습이라는 건 중요하네.

"게다가 누가 만든 무기냐는 의문이 들 거야."

"그건 로지나 씨가…… 만든 거로는 할 수 없죠?"

"로지나가 무기를 만들지 않는다는 건 대장장이들에게는 알려져 있네. 그러니 무리가 있어."

"그럼, 사실을 말할 수 없다면 나머진 거짓말을 할 수밖에 없나?"

"그게 문제야. 모두가 그 나름대로 이해하고 내게 피해가 없는 방법으로 말일세."

이 사람, 도망칠 기세인데. 뭐, 타로토바 씨는 잘못이 없다. 물론, 로지나 씨가 잘못했다는 것도 아니고, 내 잘못도 아니다. 설마, 시험의 문의 마력이 다 떨어질 줄은 아무도 몰랐을 거다. 잘못은 마력을 소모하는 이런 시험의 문을 만든 인물이다.

그래도 모두가 이해하고 길드 마스터인 타로토바 씨에게 민폐가 끼치지 않을 방법이라. 그런 대단한 방법 같은 게 있으려나.

심지어 생각할 시간은 그다지 없다.

"시험의 문이 닫히면 못 나가요?"

"곧바로 닫히는 건 아니야. 다만, 어느 정도의 유예가 있을지는 알지 못하네. 보통은 시련의 종료가 끝을 나타내면 곧바로 나가도록 하고 있지. 갇히기라도 한다면 곤란하니까 말이야."

그렇겠네. 시험의 문이 닫힌다는데 남는 바보는 없겠지. 보통은 나가기만 하면 된다.

"그럼, 높은 랭크의 모험가가 도전했더니 마력이 소진된 거로

하는 건요?"

"보통, 높은 랭크의 모험가가 수습 대장장이의 무기를 써서 참가 같은 건 하지 않지. 게다가 그런 모험가가 있다면 화제가 돼. 누구냐며 추궁해도 대답할 수가 없어."

생각해봐도 부정적인 말만 돌아온다.

그런 거라면 마물이 나타난 거로 하면 어떤가 생각했지만, 모험가가 토벌하겠다며 모여들게 되기만 할 뿐이다. 시험의 문에 도전하는 모험가는 많이 있다. 게다가 문이 열리지 않는 이유가 설명되지 않는다.

"그럼, 동굴이 무너진 거로 하면 되지 않나요? 동굴이 무너져서 지나갈 수 없다고 하면 안으로 들어가지도 못하고 말이에요. 뭣하면 제가 마법으로 무너뜨릴까요?"

"그러지 말아주게."

타로토바 씨는 진심으로 싫은 표정을 지었다.

"딱히 진짜로 무너뜨릴 생각은 없어요. 아주 살짝 입구에서 보이는 정도로—."

시험의 문의 문이 언제 완전하게 닫힐지 알지 못하지만, 몇 명에게 보여준다면 소문이 날 거다.

"게다가 무너진 동굴을 보수하겠다는 말이 나오면 금방 탄로 날 거야."

뭐, 동굴이 막혀있다고 한다면 복구도 필요하다. 보여주기 식붕괴라면 보면 곧바로 들킬 거다.

“그 부분은 길드 마스터가 혼자서 고치겠다고 말하세요.”

“애초에 문이 닫히는 건 복구 같은 건 할 수 없잖아.”

“그리고 문이 닫히는 이유로는 되지 않아.”

내 생각을 타로토바 씨도 로지나 씨도 부정했다. 사람이 열심히 생각했는데 말이야.

“그럼, 어떻게 할래요?”

타로토바 씨와 로지나 씨는 계단을 오르면서 생각에 잠긴다.

정말로 생각하고 있는 건지, 이 아저씨들. 타로토바 씨든, 로지나 씨든, 이쪽 사람들은 사람을 속이는 건 잘 못 하는 것 같다. 그게 아니면, 내가 악랄한가?

“그러면, 마력이란 거 주입하는 건 못해요? 이 시련이라는 거 마력으로 움직이는 거잖아요? 뭣하면 제가 마력을 넣을게요.”

내 마력은 많이 있는 것 같으니까 수습 대장장이의 시련이라면 몇 번 정도는 할 수 있을지 모른다.

“.........”

“.........”

내 말에 타로토바 씨와 로지나 씨가 얼굴을 마주 본다.

“제가 이상한 말 했나요?”

“마법진을 써서 이 지형에 모이는 마력을 1년에 걸쳐 모으고 있네. 한 명이 마력을 주입한 정도로 어떻게 될 리가 없을 거야.”

“뭐, 그렇긴 해도, 마력에는 조금 자신은 있어서 수습 대장장이 몇 명 정도 몫의 시련이라면 할 수 있을 것 같아서요. 몇 명 정도의 몫이 생기면 얼버무릴 수도 있을지도 모르고…….”

“확실히, 몇 명 정도라도 시련을 실시할 수가 있다면 어물쩍 넘길 수 있을지 모르겠군. 올해는 모인 마력이 적다고 한다던가.”

“게다가 과거에도 하루 만에 문이 닫힌 적도 있고 말이야.”

내 새로운 제안에 로지나 씨와 타로토바 씨가 생각에 잠긴다.

“애초에 마력의 보충 같은 게 가능한가?”

“해본 적이 없어서 몰라요.”

뭐, 만드는 사람과 관리하는 사람, 사용하는 사람은 모두 다르니까. 게임을 만든 사람, 게임을 하는 사람, 게임으로 노는 사람, 정도로 차이는 있을지 모른다. 나도 게임 시스템에 대해서 질문을 받아봤자 알지 못한다.

하지만, 누가 이런 마법진을 만든 걸까? 나도 마법진 같은 거 못 만드나. 마법진을 만들 수 있는 스킬이 있다면 편리할 텐데, 그런 스킬은 배우지 않았다.

“그런데, 정말로 아가씨, 마력은 남아 있나? 그렇게 마력을 나이프에 담고 벽을 부수지 않았나.”

나는 마력을 손에 모아본다.

“괜찮아요. 아직 남아 있어요. 게다가 시험의 문이 닫힐 것 같은 건 적잖이 제 시련 때문인 것 같으니, 마력 주입 정도는 문제는 아니에요."

"아가씨가 걱정할 일은 아니라네. 잘못은 거기 아저씨지."

타로토바 씨가 로지나 씨를 가볍게 노려봤다.

"자네는 나보다 많은 모험가를 봐 와놓고 아가씨의 실력도 몰랐지 않나."

"알 리가 없지. 어떻게 봐도 곰 아가씨는 강하게 보이진 않아."

두 사람이 서로를 노려본다.

드워프는 완고한 사람이 많은 걸까.

나는 작게 한숨을 내쉰다.

"그래서, 마력은 주입할 수는 있어요? 없어요?"

못한다면 이 이야기 자체가 쓸모없어진다.

"그래, 그럴듯한 장소는 있지. 시험해 볼 가치는 있어."

타로토바 씨는 걸음을 조금 서둘러 계단을 올라간다. 그와 동시에 서서히 어두워졌다. 정말로 마력이 떨어진 모양이다. 이거 서둘러야겠다.

계단을 올라 통로를 나아가자 눈앞에 문이 있었다. 들어온 문이다. 시험의 문 입구이기도 하다.

하지만, 타로토바 씨는 왼쪽으로 걷기 시작했다.

"이쪽이네."

조금 걷자 암벽에 문이 있었다.

"로지나는 이곳에서 기다리게. 원래는 길드 마스터인 나만 들어갈 수 있는 장소라네. 아가씨는 이번만 특별히일세."

"알았네."

로지나 씨를 문 앞에 두고 방 안으로 들어갔다. 동굴에 옆 구멍을 판 것처럼 벽은 돌의 표면이 그대로 보였다. 넓이는 약간 큰 방 정도였다. 천장도 내 방 높이는 되었다.

"아가씨, 이쪽으로 와주게."

타로토바 씨에게 불리고 방 중앙으로 가자 마법진의 이쪽저쪽에도 대소를 포함한 마석이 놓여 있었다.

중심에 있는 마석이 가장 컸다. 내가 무찌른 크라켄의 마석만큼은 아니었지만, 충분히 큰 마석이었다. 마석의 색은 무색으로 크라켄의 마석처럼 파랗지 않은 모양이었다.

타로토바 씨는 허리를 숙여 마석을 확인했다.

"역시, 마력이 사라지고 있군."

마석은 색이 짙을수록 마력이 있고, 마력이 적어지면 색은 옅어진다.

무색의 마석의 경우엔 마력이 있으면 맑은 예쁜 색이 된다. 하지만 마력이 사라지면 불투명한 유리처럼 된다. 눈앞의 마석은 불투명한 유리처럼 되어 있다.

"그럼, 그 마석에 마력을 넣으면 되겠네요."

"그래, 부탁해도 되나."

나는 더블 곰 인형 장갑을 마석 위에 놓는다. 그리고 양손의 곰 인형 장갑에 마력을 담아 마석으로 주입했다. 서서히 마석의 탁함은 사라지고 투명한 것처럼 빛이 돌아온다.

그와 반대로 나의 몸에서 마력이 빠져나간다. 생각보다 마력을 빼앗아 간다.

그리고 복사본인 자신과도 싸웠고, 마력의 벽도 두꺼웠다. 스스로가 생각했던 것보다도 마력을 소모했던 걸지도 모른다.

이건 흰곰으로 갈아입어야 할지도 모르겠다. 하지만, 아무리 그래도 남 앞에서 옷을 갈아입을 수는 없다. 이래 봬도 15살 처녀이다. 간이 탈의실을 만들었다고 해도 갈아입고 싶지는 않다.

그러니 어떻게든 현상의 마력으로 충분하길 바란다.

내가 마력을 주입하고 있는데 어두침침했던 방이 밝아져 간다. 설마, 현재 진행형으로 내 마력이 사용되고 있나?

하지만, 사용되고 있다는 건 확실하게 마력이 주입되고 있다는 뜻이 된다.

나는 마력을 계속해서 주입했다. 꽤 되는 양의 마력을 주입하고 있다. 이거, 끝은 있나? 조금, 어지럽다.

타로토바 씨가 말을 건넨다. 나는 그 말에 반응하며 마석에서 손을 뗐다. 그리고 작게 심호흡을 했다. 마력을 너무 넣었는지도 모르겠다.

"아가씨, 괜찮나?"

"괜찮아요. 예상했던 것 보다는 좀 더 마력이 빠져나간 것뿐이에요."

타로토바 씨는 마석을 바라본다.

"마력이라면 이제 충분하네. 그 이상 넣으면 쓰러질 거야."

마석은 불투명한 유리와 같은 탁한 빛은 사라지고 맑아졌다. 이것으로 어느 정도까지 보충됐는지 알 순 없지만 충분한 모양이다.

"고맙네. 이것으로 조금은 시련도 할 수 있을 거야. 그건 그렇고 아가씨는 대단하군. 설마, 이렇게까지 회복할 줄은 몰랐어."

"도움이 되었다니 다행이에요."

원래는 내 시련 때문이니까.

443 곰 씨, 숙소로 돌아가다

무사히 시험의 문에 마력을 보충할 수 있었던 나와 타로토바 씨는 방을 나왔다. 문밖에서는 로지나 씨가 걱정스럽게 기다리고 있었다.

"보아하니, 잘 된 모양이군."

로지나 씨가 주위의 밝아진 모습을 보면서 말했다. 주위는 내가 방으로 들어갔을 때와 비교해서 밝아져 있었다. 제대로 내 마력이 쓰이고 있는 것 같다.

"이것으로 어떻게든 넘어갈 수가 있겠지. 문제는 얼마나 가느냐에 달렸어."

"뭐, 마력이 다 떨어지면 그때는 그때 맡기면 되지."

최악에 내가 마력을 추가하는 방법도 있지만, 귀찮으니 하고 싶지 않다.

"그건 그렇고 아가씨는 마력의 양도 많군. 마력을 그 정도로 가지고 있다면 보통은 마법사로서 살아가기 때문에 그렇게까지 나이프를 다루는 기술은 얻지 못할 텐데 말이야."

"듣고 보니 그렇군. 마력이 많으면 사람은 유리해지지. 그러니 마력이 많은 자는 무기를 사용하지 않고 마법을 사용하는 일이 많아져."

뭐, 원거리 공격을 한다면 안전하기도 하고, 마법을 쓴다면 그건 그 나름의 연습은 필요하다. 무기를 다루는 연습을 할 시간이 있으면 마법 연습을 하는 편이 나을 거다. 내가 알고 있는 여자 신입 모험가도 매일 마법 연습을 하고 있다. 무기를 다루는 연습을 한다면 마법의 연습을 소홀히 하게 된다. 「두 마리 토끼를 쫓는 자는 한 마리도 얻지 못했다」라는 속담이 있을 정도다.

그러니 마력이 많은 사람 중에서 무기를 다루는 사람은 적다.

그건 게임 세계에서도 똑같다고 할 수 있다. 마법사는 검으로 싸우지 않는다.

내 경우엔 솔로 플레이가 많았기 때문에 마법도 무기도 다루는 마법 검사가 메인이었다.

"게가다 그 나이에 그 정도의 기술은 간단하게는 익히지 못할 텐데 말이야."

게임을 하면서 익혔답니다.

이 세계와 달리 싸우고자 마음먹으면 24시간 할 수 있다. 마을 밖으로 나가면 마물이 있고, 결투장으로 가면 NPC와 플레이어가 있다. 현실 세계라면 체력이 떨어지거나 다친다면 한동안은 싸울 수가 없게 되지만, 게임이라면 회복약을 쓰면 체력은 회복되고, 시합이 종료되면 부상은 낫게 된다. 그러니 하루에 시합은 몇 번이고 할 수 있다.

현실 세계에서 다친다면 나을 때까지 연습은 할 수 없게 되고,

시합을 하게 된다면 체력을 소모해서 연이어 할 수는 없다.

고작 1년의 게임 세계에서도 나는 이쪽 세계의 주민들보다 많은 싸움을 경험했다. 이 세계에 몇 만의 마물을 쓰러뜨린 적이 있는 사람이 얼마나 있을까? 나만큼 각종 다양한 마물과 직업의 상대로 겨뤘던 경험이 있는 인물이 얼마나 있을까?

무엇보다 가장 큰 차이는 이쪽 세계에는 나만큼 죽은 적이 많은 사람은 존재하지 않다는 것이다. 보통은 죽음을 통해 뭔가를 배우는 것이 불가능하다. 하지만 나는 몇 번이나 죽었고, 죽게 되는 것을 통해 배운 것이 많이 있다. 그것이 이 세계의 사람과 나와의 크나큰 차이다.

그렇다곤 하지만 그 기술도 힘도 곰 장비가 없다면, 이쪽 세계에서 발휘할 수는 없지만 말이다. 이건 분명히 괴롭히는 거라니까.

나는 자신의 곰 인형 옷차림을 보자 한숨이 나왔다. 적어도 멋있는 장비였다면 좋았을 것을.

우리가 시험의 문을 나오자 피나와 루이밍이 달려왔다. 아무래도 밖에서 기다려줬던 모양이다.

"유나 언니!"

피나가 눈앞으로 다가온다. 나는 그런 피나를 가만히 쳐다본다.

"유나 언니?"

피나가 나를 이상하게 바라본다.

"진짜지."

"진짜요?"

피나가 작게 고개를 갸웃거렸다.

진짜인 것 같군. 그런 일이 있던 직후라 의심을 해버렸다. 뭐, 그때는 마법의 벽에 비친 실루엣과 목소리에 속았지만. 눈앞에 있는 건 틀림없이 피나였다.

나는 톡톡 하고 곰 인형 장갑으로 피나의 머리를 가볍게 쳤다. 내 의미 불명의 행동에 피나는 곤혹스러운 표정을 보였다.

"두 사람 모두 아무 일 없었니?"

갑자기 기억이 복사되는 듯한, 그런 이상한 일은?

"그게, 길드 직원분이 왔었어요."

피나의 뒤를 보니 제복을 입은 두 명의 길드 아가씨가 있었다. 그리고 길드 아가씨는 타로토바 씨에게 다가온다.

"길드 마스터, 어디에 가셨던 거예요! 왔더니 길드 마스터는 없고, 어린 여자아이가 있어서 이야기를 물었더니 시험의 문 안으로 들어갔다고 하잖아요."

"잠시, 시험의 문 내부를 확인하고 있었네."

"대장장이 로지나 씨와 곰 여자아이도 같이 말인가요?"

로지나 씨를 본 뒤 나를 바라본다.

"그건……."

"미안하네. 내가 억지를 부려서 부탁했네. 멀리서 온 지인이 시험의 문 내부를 보고 싶다고 해서 말일세."

타로토바 씨가 말문이 막혀 있자 로지나 씨가 구원의 손길을 뻗는다. 그리고 나를 흘깃 본다. 과연, 시험의 문에 도전했던 사실은 말할 수 없으니까 내가 억지를 부려 안으로 들어간 거로 하는 모양이다. 그런데 그건, 내 탓이 되지 않나?

"길드 마스터, 사실인가요?"

길드 아가씨 중 한 명은 조금 화가 난 듯이 타로토바 씨에게 묻는다.

"……미안하네."

"우리도 길드 마스터의 허락 없이는 들어가는 게 금지되어 있는데, 로지나 씨에게 부탁을 받았다고 여자아이를 안으로 들여보내시면 곤란하죠!"

길드 아가씨의 화난 표정에 타로토바 씨는 쩔쩔맨다.

"아니, 그게, 시련을 하는 모습을 보여줄 수 없으니까."

타로토바 씨는 변명하듯 말했다. 길드 마스터의 위엄이 없네. 그게 아니면 길드 아가씨가 똑 부러져 있는 건가.

"그래도, 규칙은 규칙이죠. 확실하게 지켜주세요."

"미안하게 됐네."

"나도 사죄하지."

"죄송해요."

타로토바 씨에 이어서 로지나 씨도 사죄하기에 나도 함께 사과

해둔다.

길드 아가씨는 작게 한숨을 내쉰다.

“애, 이 안에는 길드 마스터 이외엔 시험의 문에 도전하는 사람만 들어갈 수 있어. 우리도 들어가지 못하니까 안을 보고 싶다고 투정 부리면 안 된다.”

내가 어린아이로 보였던 걸까, 길드 여직원은 용서해준다.

뭐, 내가 시험의 문에 도전했을 거라 생각하진 않겠지.

“길드 마스터도 상대가 여자아이라고 해도 규칙은 지켜주세요.”

“그래, 알았네.”

“그럼, 슬슬 대장장이랑 모험가들이 올 거니까 도와주세요.”

길드 아가씨가 말한 대로 조금 지나자 그 기다란 계단을 올라온 대장장이와 모험가들이 건물 앞에 줄서기 시작했다.

“그럼, 참가자 접수를 시작하겠습니다.”

길드 아가씨가 문을 열더니 대장장이와 모험가가 짝을 이뤄 건물 안으로 들어갔다.

길드 아가씨 한 명이 테이블 앞에서 접수받고 다른 한 명이 밖에서 응대했다.

“어떻게, 무사히 시작할 수 있을 것 같구나.”

타로토바 씨는 대장장이와 모험가를 보고 기뻐했다. 양쪽 모두 젊어서 수습 대장장이와 신입 모험가일지도 모른다. 그리고 접수를 마친 한 그룹이 다가왔다.

“그럼, 나는 시험의 문으로 따라가야겠네.”

시험의 문 안으로 들어갈 수 있는 건 도전하는 대장장이와 모험가. 그리고 그걸 지켜보는 길드 마스터의 타로토바 씨뿐이다.

떠나려는 타로토바 씨에게 로지나 씨가 말을 걸었다.

“타로토바 이번엔 신세를 졌네. 언젠가 보답하지.”

“보답이라면 다음번엔 스스로 무기를 만들어서 참가해주게. 그러면 뭐라고 하지 않음세.”

“그래, 그때는 최고의 무기를 만들어 보이지.”

로지나 씨가 최고의 무기를 만든다고 했다.

설마, 그런 거야?

“다만, 그 아가씨를 참가시키려거든 마지막 날이어야 하네. 이것만큼은 양보 못 해.”

타로토바 씨는 로지나 씨의 말에 기뻐하더니 시험의 문에 도전하는 1조와 함께 문 안으로 들어간다.

타로토바 씨는 그렇게 말했지만, 나는 더는 참가할 생각은 없다. 또 성가신 일이 일어나도 곤란하다. 게다가 시험의 문의 시련은 통달했다.

“로지나 씨, 그럼 저도 갈게요.”

“그래, 아가씨가 좋은 광경을 보여줬어. 고맙네. 내일까지 부탁했던 건 다 만들어 둘 테니 가지러 오게.”

로지나 씨는 한동안 남아서 시련에 찾아오는 대장장이를 보고

간다고 했다.

나는 피나와 루이밍을 데리고 돌아가기로 했다.

"유나 언니, 그래서 시험의 문 시련은 어땠어요?"

계단은 착착 뛰어 내려가면서 피나가 묻는다.

루이밍은 나에게서 도망치듯 혼자서 계단을 내려가고 있다. 내가 같이 내려가 줄까? 라고 물으니 도망쳐버렸다.

"일단, 전부 클리어했어."

"유나 언니, 대단해요. 그래도 어떤 시련을 했는지는 말할 수 없겠죠."

계단 아래에 있는 피나가 뒤돌아보며 묻는다.

"뭐, 규칙이니까."

게다가 가짜 피나에 대해서 말하는 건 멋쩍음이 있다. 그리고 나 자신의 복사본에 대해서도 그렇고. 곰 인형 옷 vs 곰 인형 옷의 싸움을 상상하게 만드는 것도 창피하다.

"자세한 내용은 말할 수 없지만. 무기의 성능, 무기를 다루는 사람, 그리고 무기를 다루는 사람의 마음의 시련을 거쳤어."

나는 규칙을 방패삼아 자세한 내용은 어물쩍 넘기며 얘기해준다.

"마음의 시련이요. 어려울 것 같네요."

응, 어려웠어.

피나가 나타났을 땐 놀랐거든.

"그래도 유나 언니의 싸움은 보고 싶었어요."

"그건 저도예요."

피나의 말이 들렸는지 피나의 몇 계단 아래에 있던 루이밍이 동의했다.

"아아, 맞다. 유나 언니, 들어주세요. 루이밍이 멋대로 시험의 문 안으로 들어가려고 했어요. 제가 안 된다고 했는데 말이죠."

"아아, 피나, 말하지 말아줘. 안에는 들어가지 않았잖아."

아래에 있는 루이밍은 달려 올라오더니 피나의 입을 막으려 했다.

"잠깐이면 괜찮지 않을까, 라는 말을 했었어요."

"피나~."

"결국, 길드 사람이 와서 들어가지 못했지만, 안 왔더라면 분명히 들어갔을 거예요. 막는다고 고생했어요."

"그거야, 궁금하잖아?"

루이밍은 변명을 했지만, 그 마음은 모르는 건 아니다. 나도 알고 싶어서 긴 계단을 오르고 시험의 문까지 찾아와 로지나 씨의 말에 빌려 도전한 거다. 그러니 루이밍을 나무랄 수가 없다.

"그래도 모두, 우리를 쳐다보고 있었어요."

"내 옷차림 탓이겠지."

우리가 긴 계단을 내려가는 동안에 몇 그룹의 대장장이와 파트너인 모험가가 지나쳐 갔다. 그럴 적마다 우리를 이상한 눈초리로 쳐다봤다.

"저도 쳐다봤으니, 유나 님뿐만이 아니에요."

"네, 저도 쳐다봤어요."

"혹시, 대장장이도 모험가도 아닌 우리가 위에서 내려와서 이상했던 걸지도."

그들이 어떤 시련을 하게 될지 모르겠지만. 열심히 도전해주면 좋겠다.

"두 사람은 이제 어떡할 거야? 나는 숙소로 돌아가서 쉴까 생각하는데."

아무래도 정신적으로 피곤하기에 쉬고 싶다.

"그럼, 저도 돌아갈게요."

"나는 어떡하지?"

루이밍은 혼자 고민했다.

"로지나 씨에게 부탁했던 냄비 같은 것들을 받으면 돌아갈 예정이니까 원하는 걸 해도 돼."

"오늘은 아침이 일렀기도 하고, 나도 돌아가서 잘까."

루이밍이 작게 하품을 하자 이끌리듯 나와 피나도 하품을 했다.

확실히 오늘 아침을 이르긴 했다. 게다가 마력 소모도 있다. 나도 숙소로 돌아가면 자자.

숙소로 돌아오고 꼬맹이화 시킨 곰돌이와 곰순이를 소환하여 인형처럼 껴안고 자려고 했더니 피나와 루이밍에게 빼앗겨 혼자서 자게 되었다.

……쓸쓸하네.

444 토우야, 힘을 내다 1

제이드가 일어나기 전에 눈이 떠졌다. 나는 요 며칠간 초심으로 돌아가 검을 다루고 있었다. 이렇게 진지하게 검을 다루는 건 오랜만이다. 그런 이유도 있어서 밤에 잠은 잘 든다.

침대에서 내려와 옷매무세를 가다듬고 있는데 옆 침대에서 자고 있던 제이드가 일어났다.

"일찍이네."

"응, 시험의 문도 시작됐다고 하니까. 무엇보다 약속까지 시간이 없잖아."

약속은 시험의 문이 끝날 때까지다. 그때까지 쿠세로 아저씨의 시험을 클리어 해야 했다.

"가능하겠어?"

"가능하겠어, 가 아니야. 해야 하는 거지."

"그렇지, 모험가는 포기하면 그것으로 끝이니까."

"마물에게 둘러싸여 못 도망치게 될 때와 비교하면 큰일도 아니지. 뭣하면 시험을 클리어하면 시험의 문에 도전하는 건 내가 대신해줄까?"

제이드는 쿠세로 아저씨에게 부탁을 받아 시험의 문에 도전했다. 대장장이에게 인정받았다는 의미이기도 하다. 조금 분한 기분이 든다.

하지만, 그게 제이드와 나의 채워지지 않는 차이다.

"그렇지. 토우야가 쿠세로 씨의 시험을 클리어 할 수 있다면 부탁해볼까? 다만 그러려면 오늘이나 내일에는 합격해야 하겠군, 그래."

제이드가 농담을 하는 건 드문 일이다.

아니면 내 의욕을 북돋우기 위해서 하는 말인지도 모른다.

"그런 말해도 되겠어? 내가 활약해서 제이드가 나설 자리가 없어지게 될걸?"

"그렇게 되면 나도 편하지."

"지금 한 말 잊지 마."

젠장, 반드시 쿠세로 아저씨의 시험을 클리어해서 제이드에게 인정받아 보이겠어.

1층으로 내려가자 이미 아침 식사를 하는 멜과 세니아의 모습이 보인다.

"두 사람 모두 좋은 아침."

"벌써 먹고 있었어?"

나와 제이드는 멜과 세니아와 같은 자리에 앉아 아침을 주문했다.

"토우야는 오늘도 특훈?"

"그래, 어느 아가씨 덕분에 조금 알게 된 느낌이 들거든. 잊기 전에 검을 다루고 싶어."

“정말이지 유나는 대단하단 말이야. 그렇게 작은 체구로 마법도 무기 다루는 것도 능숙하다니.”

“믿기지 않아.”

멜과 세니아가 말한 대로 믿기지 않는 여자아이였다. 나는 이제껏 여러 모험가를 만나왔다. 하지만 그 아가씨만큼 규격 밖인 건 처음이었다.

우수한 마법사라고 해도 마법 연습은 필요하다. 멜도 곰 아가씨의 나이에는 아직 초보였다고 했다. 그 나이에 그 정도의 마법을 쓸 수 있고, 무기를 다루는 것도 뛰어나다니. 내가 아가씨의 나이였을 적을 떠올려 봐도 실력은 훨씬 못 미쳤다.

대단하다고밖에 할 말이 없다.

나도 모험가가 되기로 마음먹은 뒤에 검을 다뤄왔다. 예전의 나를 만날 수 있다면 더 성실하게 연습하라고 말하고 싶다.

“아가씨는 천재일지도 몰라.”

“그것만이 아니지. 유나는 실전에 익숙해. 싸우는 모습만 봤을 때 상당한 경험이 있다고.”

내 작은 혼잣말에 제이드가 대답했다.

“맞아. 유나는 마물과 싸워도 무서워하는 기색이 없잖아. 보통은 마물과 맞닥뜨리면 무서워하기 나름인데 말이지. 내가 유나의 나이일 때는 마물을 보면 무서워했던 기억이 있어.”

“그렇지만 유나가 모험가가 된 건 그때잖아?”

아가씨와 처음 만났을 때 랭크 D가 막 됐을 때다. 그 며칠 전에 마을에 나타나서 시비를 걸어온 모험가에게 되돌려 갚아 준 일로 모험가들 사이에서 곰 아가씨에 대해 소문이 퍼졌다.

처음엔 농담인가 싶어서 웃어넘기는 이야기 취급을 했다. 하지만 그 뒤로도 곰 아가씨의 소문은 들려왔다. 작은 체구로 고블린, 고블린 킹, 타이거 울프를 무찔렀다는 소문이 흘렀다.

마지막에 블랙 바이퍼를 혼자서 무찔렀다는 이야기를 들었을 땐 믿기지 않았다. 하지만 그건 마력을 많이 가지고 재능이 있기 때문이라고 생각했다. 그래서 무기를 다루는 것에는 지지 않을 거라 생각했다. 하지만, 아가씨는 나이프를 다루고, 검도 다뤘다. 심지어 그 나이에 나보다도 다루는 게 능숙했다.

제이드가 말한 대로 산전수전을 겪은 수가 다른 것 같은 기분이 든다.

그 곰 옷차림으로 봤을 땐 믿기지 않지만 말이다.

“유나는 모험가가 되기 전에 어디서 뭘 했었을까? 분명 어딘가에서 마법이나 무기 연마를 배웠겠지.”

“어쩌면 곰의 나라에서 온 걸지도 몰라.”

세니아가 바보 같은 말을 했다. 곰의 나라라니, 뭐야? 상상해보니 국민 전원이 아가씨 같은 곰 옷차림을 한 모습이 떠올라버렸다. 절대로 그런 나라 같은 곳엔 가고 싶지 않다.

“가보고 싶을지도…….”

아무래도 멜은 나와는 반대의 생각인 것 같다.

"그래서, 제이드는 오늘도 쿠세로 씨에게 가는 거지?"

"그래, 시험의 문에 관해 이야기할 게 있거든."

아침 식사를 마친 제이드와 멜은 쿠세로 아저씨가 있는 곳으로 향했다. 나와 세니아는 마을 밖으로 향했다.

"딱히 따라오지 않아도 되는데."

"제이드랑 멜이 토우야가 소란피우지 않게 잘 감시하라고 했어."

세니아는 그런 제이드와 멜의 말을 너무나도 정직하게 지키며 나를 따라온다.

"그래서 평소와 같은 장소에서 연습하는 거야?"

"그래."

연습하기 쉬운 장소가 있으면 좋겠다는 생각에 모험가 길드에 이 부근의 지형을 물었다. 그랬더니 작은 강이 있다는 사실을 알게 됐고 그곳에서 연습하고 있었다.

강에서 땀을 닦는 것도 가능하고 주위엔 나무들도 있어 그늘이 만들어져 있기도 하다. 사람도 없어서 연습하기에도 휴식하기에도 적합한 장소다.

나는 세니아와 강 근처까지 다다랐다.

나는 칼집에서 검을 빼고 휘두르기 시작했다. 생각대로 휘둘러졌을 땐 검이 가벼워진다. 미묘한 감각의 차이이지만, 확실하게 있다. 끝까지 휘둘렀을 때의 감각이 다르다. 그리고 그 감각을 잃기 전에 떨어져 있는 나무 막대를 몇 개 주워 지면에 꽂아 세운다.

나는 심호흡을 했다.

감각을 떠올리듯 걸으면서 순서대로 나무 막대를 베어간다.

첫 번째 나무는 깔끔하게 베었고, 두 번째도 베어졌지만, 세 번째, 네 번째 나무는 튕겨 날아간다. 이건 연격이 형편없는 탓이다.

베려면 힘만이 아니라 속도, 각도가 중요하다. 힘과 속도라면 제이드에게도 분명 밀리지 않는다. 그렇다면 생각되는 건 각도의 문제다.

멈춰있는 나무 막대 정도도 베지 못해서는 움직이는 상대 따위 벨 수 있을 리가 없다.

원래는 서로 움직이며 검을 휘두른다.

그러니 움직이며 실패할 법한 거면 안 된다. 제이드, 세니아, 곰 아가씨는 움직이면서도 공격을 가하는 것을 당연히 할 수 있다. 그래서 어떤 상황에서도 상대에게 대미지를 입힐 수가 있다.

움직이지 않는 대상물 상대에게조차 할 수 없다면 쿠세로 아저씨가 말한 대로 미스릴 검을 다룰 자격은 없다.

나는 말없이 검을 휘두르고, 나무 막대를 세워 베는 연습을 했다.

내가 묵묵히 검을 휘두르고 있는데 세니아가 말을 건넸다.

"토우야, 점심, 배고파."

"벌써 그런 시간이야?"

확실히 나도 배가 고프다. 알아차리지 못했다. 그만큼 집중했던 모양이다.

"준비했으니까, 먹어."

내가 검을 다루는 동안 세니아가 점심 식사를 준비해준 것 같다.

고맙다고 말해야겠군.

나는 강에서 타올을 적신 뒤 얼굴과 몸을 닦았다. 물이 차가워서 기분이 좋다. 땀을 닦아내고 세니아가 있는 곳으로 향했다. 그러자 이미 세니아가 혼자서 빵을 먹고 있는 모습이 보였다.

"벌써 먹고 있냐. 조금은 기다려줘도 되잖아."

조금 전에 고맙단 말하려고 했던 기분이 사라져버렸다.

"늦어. 서두르지 않으면 토우야의 몫도 먹어버릴 거야."

나는 세니아 앞에 앉아 빵을 집어 입에 넣었다. 배가 고팠기에 맛있다.

"보고 있어도 재미없잖아. 돌아가도 돼."

"괜찮아, 자고 있었거든."

"자고 있었냐!"

세니아와는 긴 세월 알고 지냈지만, 가끔은 뭘 생각하고 있는지 알 수가 없다. 하지만, 나무들이 그늘을 만들어 놔서 햇빛은 막아주지, 이렇게 강 소리를 들으면서 낮잠을 자기엔 최적일지도 모른다.

점심 식사를 마치고 연습을 재개하고 있는데 즐거워 보이는 어린아이들의 목소리가 들려왔다. 그 목소리는 서서히 커져 온다. 근처 나뭇가지를 밟는 소리가 들리더니 나무 뒤에서 드워프 꼬맹이 세 명이 나타났다.

"형, 누나, 뭐 하고 있어?"

"보이다시피, 검 연습을 하고 있지. 그것보다도 너희는 이런 곳에서 뭘 하고 있어."

"여긴 마물도 없어서 우리 놀이터야. 그래서 놀고 있는데 이쪽에서 사람들 목소리가 들리기에 보러 왔더니, 형이랑 누나가 있었지."

"형은 모험가야?"

"그래, 모험가야."

내가 그렇게 말하자 드워프 꼬맹이들은 기뻐하는 얼굴을 했다.

"멋있다."

"마물을 쓰러뜨린 적이 있어?"

"그럼, 당연하지."

"대단해."

"검, 보여줘."

"나도."

꼬맹이 중 한 명이 내가 쥔 검을 만지려 했다. 나는 곧바로 검을 들어 올렸다.

"갑자기 만지려고 하면 위험하잖아."

"죄송해요."

꼬맹이는 순순히 사과했다. 나는 위로 올린 검을 내렸다. 그리고 만져보고 싶어 했던 꼬맹이에게 내밀었다.

"괜찮아?"

"잠깐이라면. 무거우니까 조심해."

내가 내민 검을 양손으로 들었다.

"오오, 멋있다. 나도 언젠가는 이런 검을 만들고 싶어."

사용하는 게 아니라 만든다니, 드워프 꼬맹이답군.

"너는 대장장이가 되고 싶구나?"

"응! 맞아. 훌륭한 대장장이가 돼서 멋있는 검을 많이 만들고 싶어."

"그렇군, 열심히 해."

내가 머리를 쓰다듬어주자 기뻐했다.

"혹시 내가 멋있는 검을 만들면, 형, 사줘야 해."

"내 검도!"

"뭐야, 내가 멋있어서냐?"

아무래도 아이들이 봤을 때 나는 멋있는 모양이다. 멋있는 남자에게는 멋진 검이 어울리기 마련이니까.

"아니, 아버지가 단골손님은 소중히 하라고 했었어. 손님이 꺼려하는 대장장이는 삼류라고 말이야."

"그, 그렇구나. 그러면 손님이 떠나지 않을 법한 멋진 대장장이가 되어야겠네."

모험가도 삼류 대장장이가 만든 무기를 사고 싶지 않다. 목숨을 맡긴다면 우수한 대장장이가 만든 무기가 좋다.

"형, 연습하는 거 봐도 돼?"

"되지만, 재미없을 거야."

"괜찮아."

꼬맹이들은 떨어지더니 세니아가 있는 곳으로 간다.

나는 꼬맹이들이 멀어진 걸 확인하고 검을 휘둘렀다. 몇 번이고, 몇 번이고. 그럴 적마다 꼬맹이들의 즐거워하는 목소리가 들렸고, 나무를 벨 때면 환호성이 들렸다.

"형, 멋지다."

"무기가 좋은 거야."

"그럴 땐 내 솜씨가 좋은 거라고 말해야지."

"에이~."

젠장, 견학을 허락해줬지만, 하기 껄끄럽다.

하지만, 서서히 감각이 잡혀 온다. 나는 쿠세로 아저씨의 아들이 만든 무딘 검을 지면에 꽂았다.

심호흡하고 미스릴 검을 감아쥔다.

그때, 세니아가 소리친다!

"토우야! 뒤에!"

뒤를 돌아보자 그곳에는 커다란 짐승이 있었다.

445 토우야, 힘을 내다 2

세니아의 말에 뒤를 돌아보자 커다란 멧돼지가 있었다. 이마에 나이프 정도 길이의 뿔이 있다. 빅 보어다. 크기는 곰 아가씨의 곰 정도는 된다. 다리는 빨라 나의 다리는 물론, 아이들의 다리로는 도망칠 수는 없다.

어쩌면 좋을지 사고를 굴렸다. 지금은 지시를 내릴 제이드는 없다. 후위에서 어드바이스를 해주는 멜도 없다.

이곳에선 나와 세니아, 그리고 지켜야 하는 꼬맹이가 세 명 있다.

한 마리라면 세니아와 함께 싸운다면 무찌르지 못할 상대는 아니다. 빅 보어의 특징은 돌진과 머리에 달린 뿔. 그리고 도망치려 해도 끝까지 쫓아온다. 무찌를 방법은 빅 보어의 돌진을 피하고 지나치는 찰나에 공격을 가하는 방법이다.

다만, 내가 도망쳤을 때 그대로 꼬맹이들 쪽으로 향해 달려간다면 끝장이다.

무찌른다면 일격으로 결정지어야 했다.

지금은 할 수밖에 없다.

내가 세니아에게 말을 걸려 한 순간, 구석 나무들 뒤에서 두 마리째의 빅 보어가 나타났다.

농담이겠지.

아무리 그래도 빅 보어를 두 마리 동시에 일격으로 무찌르는 것 따윈 할 수 없지 않은가.

나는 생각했다. 어쩌면 좋지?

후후, 그런 거 대답은 처음부터 정해져 있었다.

누군가가 주의를 끌고 남으면 꼬맹이들은 도망칠 수 있다.

"세니아, 꼬맹이들을 데리고 도망쳐!"

나는 빅 보어의 주의를 끌기 위함과 세니아에게 말을 전하기 위해 큰 목소리로 외쳤다.

"토우야…… 내가 남을게. 토우야보다 내가 남는 편이 나아."

"확실히 나보다 세니아가 더 강해. 하지만 나도 남자야. 여자를 남기고 도망칠 수 있을 리가 없잖아. 빅 보어의 주의는 나에게 끌려 있기도 하고 말이야. 게다가 세니아가 움직이면 옆의 꼬맹이들에게로 시선이 쏠릴 거야. 나는 신경 쓰일 게 없다면 상관없어!"

나는 빅 보어의 주의를 끌기 위해 큰 목소리로 설명했다.

"……토우야."

"그리고 미스릴 검을 다루기엔 최고의 연습 상대가 왔잖아. 가로채지 말아 줄래?"

나는 빅 보어를 보면서 세니아에게 말했다. 당장에라도 덮쳐올 것 같다. 그르렁거리는 소리를 높이며 내 상태를 주시했다.

"토우야, 바보 같은 생각 하는 거야?"

"바보라니 너무하는군. 그냥, 저 뿔이 연습에는 최적이잖아."

나는 빅 보어의 하얀 뿔을 보았다.

"지금의 토우야에게는 무리야. 위험해."

빅 보어는 공격을 가할 때 뿔에 마력을 모아 빨갛게 된다. 그때의 뿔은 대단히 단단하고 빅 보어의 돌진력과 합쳐진다면 철 갑옷 정도는 관통시킬 정도이다. 그리고 마력이 다 모인 상태에서 뿔을 베어내면 뿔은 빨간 채로 남아 귀중한 소재가 되기도 하고, 동상으로서 장식되는 일도 있어 비싸게 거래된다.

"그리고 빅 보어가 여기에만 있을 거라고 단정 지을 수 없잖아. 꼬맹이들을 데리고 도망치는 건 나한텐 무리야. 그래도 세니아라면 할 수 있을 거 아냐."

떨고 있는 꼬맹이들을 지키면서 마을로 도망치는 건 나에게는 불가능하다. 하지만, 세니아라면 만일 다른 마물과 조우하더라도 괜찮을 거다.

세니아는 나와 떨고 있는 꼬맹이들을 번갈아 보았다. 그리고 한마디, 「알았어」라고 말해줬다. 세니아는 꼬맹이들에게 말을 건네고 도망치자고 말했다. 나는 두 마리의 빅 보어의 주의를 끌기 위해 지면에 돌아다니는 돌을 빅 보어를 향해 발로 차서 날리고 소리쳤다.

"세니아, 가!"

세니아는 고개를 끄덕이더니 꼬맹이들을 데리고 천천히 움직이기 시작했다.

"너희들의 상대는 나다!"

목소리를 높여 스스로에게 기합을 넣는 것과 동시에 세니아의 모습이 보이지 않을 때까지 빅 보어의 주의를 끌었다.

"그르렁."

빅 보어는 으르렁거리더니 뿔이 빨개졌다. 빅 보어는 나를 목표로 돌진해왔다. 나는 오른쪽으로 도망쳐 돌진을 피했다.

저 빨간 뿔을 베어낸다면 미스릴 검을 가지는 것을 인정받을 거다.

내가 빨간 뿔을 지닌 빅 보어를 보고 있는데 두 마리째가 공격을 가해왔다. 나는 어떻게든 돌진을 피했다. 세니아 쪽을 확인하니 이미 모습은 보이지 않는다. 나머진 세니아가 도망친 쪽에 다른 빅 보어가 없을 것을 빌 뿐이다.

나는 심호흡을 하고 마음을 진정시켰다.

빅 보어는 두 마리다. 돌진을 당한다면 단순하게는 끝나지 않을 거다.

똑똑하게 봐. 눈을 피하지 마, 집중해.

두 마리의 빅 보어는 좌우, 앞뒤로부터 커다란 몸을 살려 들이닥쳐 왔다. 단조로운 공격이지만 몸집이 커서 멀리서부터 타이밍을 가늠하기가 어렵다.

가장 어려운 점은 크기다.

빅 보어의 몸은 커서 크게 피해야 했다. 하지만, 몸을 크게 움직이며 피한다면 검을 휘두를 타이밍이 어려워진다.

게다가 문제인 건 한 마리를 피해도 곧바로 다른 한 마리가 압박해온다는 것이다.

조금만 방심하면 목숨을 잃을 우려가 생긴다.

검을 감아쥔다.

내가 쥐고 있는 건 미스릴 검이다.

빅 보어가 공격해온다. 나는 빅 보어의 돌진을 옆으로 피했다. 하지만 피한 곳을 다른 한 마리의 빅 보어가 뒤에서부터 동격을 가해온다.

피할 수는 있지만, 검을 휘두를 수가 없다.

혼자가 되니 파티 멤버의 소중함을 알 것 같다. 멜의 마법으로 주의를 끌고, 공격을 가했다. 제이드가 정면에서 싸우고 있을 때 옆, 뒤에서부터 공격을 가했다. 지금 생각하니 덕을 본 상황에서 싸웠다는 것을 다시 한 번 깨닫는다. 내 실력이 불안했기에 안전한 곳에서 공격하도록 해줬던 걸지도 모른다.

웃기지 마, 나는 강해질 거다.

반드시 제이드가 정면을 부탁하게끔 해주지.

그러니 빅 보어 두 마리 정도도 무찌르지 못해서야 어떻게 하겠나.

하지만, 공격 타이밍이 잡히지 않는다.

최소한의 움직임으로 피하고 공격을 가하는 것이 제일이지만, 잘 되지 않았다.

열 받지 말고, 냉정해져.

그렇지만, 열 받아 있는 건 나만이 아닌 모양이다.

빅 보어가 그르렁거리는 소리를 높이더니 뿔이 빨개진다. 빅 보어의 다리가 지면을 차더니 나를 목표로 돌진해왔다.

빨라!

하지만, 이 타이밍이라면 가능하겠어.

빅 보어의 빨간 뿔을 타겟으로 미스릴 검을 휘둘러 내리치려 한 순간, 약간의 사각에서 다른 한 마리의 빅 보어가 압박해오는 것이 보였다. 나는 곧바로 몸을 틀어 피했지만, 커다란 빅 보어의 몸이 나를 튕겨 올렸다. 몸에 격한 통증이 인다. 스치기만 했을 뿐인데 이 정도의 충격이라니.

젠장, 한 마리라면 어떻게든 될 텐데, 두 마리를 상대하기엔 나로서는 무리인가!

내가 몸을 일으켜 서자 이번엔 반대쪽 구석에서 풀을 가로질러 무언가가 다가오는 소리가 들렸다.

세 마리째의 빅 보어인가!

세니아 쪽으로 가지 않았다는 것만으로 아직 다행이라고 생각해!

올 테면 와봐라!

두 마리든 세 마리든 매한가지!

하지만, 풀숲에서 모습을 보인 건 검은 곰이었다.

446 곰 씨, 토우야를 구경하러 가다

시험의 문에서 돌아온 우리는 점심까지 잤다.

그리고 숙소 식당에서 점심을 먹고 있는데 제이드 씨와 멜 씨가 찾아왔다.

알고 보니 제이드 씨는 쿠세로 씨가 있는 곳으로 가서 시험의 문에서 쓸 검 등을 조정하고 왔다고 했다.

제이드 씨가 검을 잡기 쉽게 만들거나 무게 확인, 검의 길이, 중심, 여러 가지를 확인할 것이 있다고 했다.

중심이 다르면 검을 휘두르는 방식도 변한다고 했다.

게임 내에서는 중심의 설정은 없었다. 신경 쓰였던 건 검의 길이와 무게 정도다.

"그런데, 하루 만에 가능해요?"

"그러게, 이상한 버릇이 있는 검이 아니라면, 몇 번 검을 다루다 보면 익숙해지긴 해."

일류 모험가라면 역시…….

"유나는 계속 숙소에 있던 거야?"

"아침 일찍 잠깐 밖에 나갔었어요."

"그랬구나."

어디에 갔는지는 묻지 않아서 이곳에 없는 두 사람에 관해 물어보기로 했다.

"토우야랑 세니아 씨는요? 같이 없었어요?"

"토우야는 마을 밖에서 특훈 중이야. 세니아에게는 감시를 부탁했어."

아아, 그러고 보니 미스릴 검의 시험이 있었지.

"쿠세로 씨의 시험에는 합격할 것 같아요?"

"유나가 토우야 앞에서 시범을 보여준 모양이더라. 그래서 조금은 감을 잡을 것 같다고 했어."

얼마 전, 토우야에게 부탁을 받아 검을 잘라냈던 게 도움이 된 모양이다.

"유나, 그 녀석을 위해서, 고마워."

제이드 씨에게 감사 인사를 받으니 근질거리는 게 있다.

하지만, 쿠세로 씨의 시험은 시험의 문이 닫히기 전까지다.

오늘 아침의 일을 생각하면 시간이 얼마 없는 것 같은 기분이 들었다.

혹시, 나 때문에 쿠세로 씨의 시험에 떨어져 버릴지도 모른다.

이대로 시험에 떨어지기라도 한다면 꿈자리도 뒤숭숭할 것 같으니 토우야의 상태를 보러 가기로 했다.

"두 사람은 숙소에 남아도 됐는데……."

토우야가 있는 곳에 간다고 피나와 루이밍에게 말하자 두 사람도 따라오겠다고 하기에 함께 마을 밖으로 가고 있다.

"저도 토우야 씨가 신경 쓰여서요."

"게다가 숙소에 남아 있어도 할 일이 없잖아요."

뭐, 두 사람이 좋다면 나로서는 문제는 없다.

마을에서 멀어진 나는 곰돌이와 곰순이를 소환했다.

"그럼, 곰돌이, 곰순이, 부탁할게."

""크~응.""

내가 곰돌이를 올라타고 피나와 루이밍에게는 곰순이를 타도록 한 뒤 토우야가 있는 곳을 향해 출발했다. 그렇다곤 해도 저번과 같은 장소인 작은 강에서 연습하고 있을 테니까 그다지 멀지는 않다.

숲속으로 들어가 전진하고 있는데, 곰돌이가 걸음을 멈추고 「크~응」 하고 운다.

"곰돌이랑 곰순이, 무슨 일이에요?"

루이밍이 멈춘 곰돌이와 곰순이에게 관해 물어온다.

우는 방식이 미묘해서 알기 어렵다.

마물이 나타났을 때 같은 긴급한 울음 방식도 아니고, 혹시, 사람?

나는 탐지 스킬을 사용해보았다.

역시, 근처에 사람이 있어서 알려준 모양이다.

반응은 네 개.

토우야와 세니아 씨라면 반응은 2개일 거다.

곰돌이와 곰순이를 보이기라도 한다면 놀랄 테니까.

어떻게 할까 생각하고 있는데 그 반응이 다가온다.

길에서 벗어나 지나쳐 가려고 생각했는데 곰돌이와 곰순이가 재차 「「크~응」」 하고 운다. 「왜 그래?」라고 물으려는데 피나와 루이밍이 입을 연다.

"세니아 씨에요."

"정말이네, 아이들이랑 같이 달려와요."

확실히 세니아 씨와 아이들이 달리고 있다. 가끔 뒤를 돌아보기도 하고 있다.

"무슨 일 있었나?"

우리는 세니아 씨 쪽으로 향했다.

길에서 떨어진 장소에서 나오자 세니아 씨가 우리를 향해 나이프를 겨눈다.

"유나?"

"곰!"

세니아 씨는 안도의 표정을 보이고 나이프를 내렸다.

드워프 아이들은 곰돌이와 곰순이에 놀라 세니아 씨의 뒤로 숨었다.

"이 곰은 위험하지 않아. 안심하렴."

세니아 씨가 아이들을 진정시켰다.

"세니아 씨, 무슨 일 있어요? 어쩐지 허둥대는 것 같던데요."

게다가 함께 있어야 하는 토우야가 없었다.

그리고 아이들은 불안한 얼굴을 하고 있다. 곰돌이와 곰순이를 보고 나서 그러는 게 아니다.

"빅 보어가 나타나서 토우야가 홀로 싸우고 있어."

"빅 보어요?"

빅 보어라는 거 커다란 멧돼지였던가?

나는 세니아 씨에게서 이야기를 들었다.

아무래도 토우야가 검 연습을 하고 있는데 빅 보어가 나타났다고 했다. 세니아 씨도 함께 싸우려 했지만, 아이들이 있기도 해서 토우야가 아이들과 함께 도망치라고 했다고 했다.

나는 다시 한 번 탐지 스킬을 써서 주위를 확인했다.

마물의 반응은 없다.

조금 더 떨어져 있는 모양이다.

"유나, 이 아이들을 부탁할게."

"설마, 토우야가 있는 곳으로 돌아가려고요?"

세니아 씨는 작게 끄덕였지만, 아이들은 세니아 씨의 옷을 붙잡고 놓으려 하지 않았다.

세니아 씨는 아이들을 보며 곤란한 표정을 짓는다.

"그럼, 제가 토우야가 있는 곳에 다녀올게요."

"유나가?"

"그래서 토우야를 금방 구해올게요. 게다가 곰돌이가 같이 있으면 금방 도달할 수 있을 테니까요."

탐지 스킬에 마물의 반응이 없다는 건 탐지 스킬 범위 밖이라는 뜻이 된다. 그렇게 되면 떨어진 곳이라는 의미다. 세니아 씨가 달려가는 것보다 내가 곰돌이로 달려가는 편이 빠르다.

"하지만……."

"제 실력은 알고 있죠?"

세니아 씨는 드워프 아이들을 본 뒤 나를 바라본다.

그리고 결정했다.

"그럼……."

나는 세니아 씨에게서 한 가지 부탁을 받았다.

토우야는 빅 보어와 겨루고 있다. 그것도 터무니없는 싸움 방식을 취하려고 하고 있단다. 빅 보어의 뿔은 마력을 담으면 단단해진다. 토우야는 그 마력이 담긴 뿔을 미스릴 검으로 베려고 하고 있을지도 모른다고 했다.

세니아 씨로부터 만일 토우야가 얼토당토않은 짓을 하려고 들면 막아달라고 부탁을 받았다.

"유나, 부탁할게."

"맡겨주세요. 피나랑 루이밍은 세니아 씨랑 같이 마을로 돌아가. 곰순이는 다들 마을 근처까지 보내주면 내가 있는 곳으로 합류하고."

"크~응."

곰순이는 「맡겨줘」라고 운다.

정말로 의지가 된다.

"유나 언니, 조심하세요."

"유나 님, 무리하시면 안 돼요."

나는 모두가 가는 모습을 지켜본 뒤 토우야가 있는 장소를 향해 곰돌이를 달리게 했다.

그리고 세니아 씨와 헤어지고 곧바로 탐지 스킬로 사람과 빅 보어의 반응이 나타났다. 이게 토우야인가?

나는 최고 속도로 토우야가 있는 장소로 곰돌이를 달리게 했다.

그건 그렇고 제이드 씨에게 들은 바로는 이 마을 주변에는 마물이 없다고 했는데. 토우야도 운이 없군.

447 토우야, 힘을 내다 3

검은 곰을 탄 곰 아가씨가 나타났다.

"어째서 이곳에?"

빅 보어를 경계하며 묻는다.

"세니아 씨에게 듣고 도우러 왔는데."

"세니아는!"

"곰순이랑 같이 마을로 돌아갔어."

그 말에 안도했다.

무사히 돌아갔군. 그래서 아가씨가 와준 건가.

"그래서, 도움은 필요해?"

아가씨는 빅 보어에게 시선을 보낸다.

빅 보어는 아가씨를 향해 위협하듯 으르렁거렸다.

"어쩐지 나한테 시비를 거는 것 같은 느낌이 드는데."

아니, 아가씨한테 거는 게 아니라 타고 있는 곰에게 거는 거겠지.

곰 아가씨가 곰에서 내렸다.

"아가씨, 기다려줄래. 이 녀석들은 나한테 맡겨줘."

"두 마리 모두?"

"그래."

세니아와 꼬맹이들이 무사하단 걸 알았으니 마음 편히 싸울 수 있다.

그렇지만, 빅 보어는 아가씨를 향해 달리기 시작했다.

그 앞에 아가씨의 곰이 가로막아 서서 빅 보어의 돌진을 막아낸다.

"공격해도 돼?"

아가씨는 가볍게 묻는다.

빨간 뿔을 베고 싶지만, 나는 냉정하게 생각했다.

역시 무찌를 수 있는 찬스를 놓칠 수는 없다.

게다가 지금의 나는 빅 보어를 두 마리 동시에 정면에서부터 무찌를 실력은 갖추고 있지 않다.

"내가 할 수 있게 해줘."

비겁할지도 모르지만, 움직이지 못하는 빅 보어의 뒤에서부터 공격을 가했다. 빅 보어의 몸에 검을 꽂는다. 살이 두껍다. 나는 힘껏 검을 눌렀다. 빅 보어는 요동치기 시작했다. 나는 검을 빼내고 빅 보어의 몸을 향해 검을 내려쳤다. 나에게서 경계를 푼 빅 보어가 잘못한 거다. 생과 사를 건 싸움이다. 상대를 동정할 정도로 나는 강하지도 않고, 착하지도 않다.

검에 찔린 빅 보어의 커다란 몸이 무너져 내렸다.

이것으로 남은 건 한 마리다.

아가씨 쪽을 보자 아가씨는 무언가 아쉬운 얼굴을 짓고 있다.

"왜 그래?"

내가 무찌른 게 불만인가?

“평범하게 무찌를 거면 내가 빨간 뿔을 베도록 해줬으면 좋았겠다고 생각했어.”

내가 쓰러뜨린 게 불만은 아니었던 모양이다.

하지만, 그렇게 간단하게 빅 보어의 빨간 뿔을 자르게 해주면 좋겠다는 말은 하지 말아 주지. 만일 눈앞에서 아가씨가 손쉽게 빅 보어의 빨간 뿔을 베어내기라도 한다면 정신적으로 견뎌낼 수 없었을지도 모른다. 「아아, 천재에겐 상대가 안 되는구나」라고 생각해버릴 거다.

“그건 미안하게 됐네. 아가씨에게는 미안하지만, 이 빅 보어도 내가 무찌를 거야.”

나는 남은 한 마리의 빅 보어로 시선을 보낸다. 빅 보어는 동료가 죽어서인지 그르렁 소리를 높이며 빨간 뿔이 더욱 빨개졌다. 지금의 나로서는 하나라도 더 경험이 필요하다. 게다가 한 마리뿐이라면 내 연습 상대로 삼을 수 있다. 그렇기에 아가씨에게 양보할 수는 없었다.

하지만 아가씨의 입에서 예상 밖의 말이 나온다.

“그럼, 나는 다른 빅 보어를 쓰러뜨리고 올게. 일단 곰돌이를 두고 갈 테니까 무슨 일 있으면 도와달라고 해. 곰돌이도 토우야가 위험하면 도와줘.”

잠깐만, 지금 아가씨는 뭐라고 했지.

나는 빅 보어를 향하고 있던 시선을 아가씨에게로 보냈다.

“어이! 다른 빅 보어라니, 무슨 말이야!”

설마, 아직, 더 있나?

“나랑 수다 떨 상황이 아닐 텐데. 제대로 상대를 보지 않으면 본인이 쓰러뜨린 빅 보어처럼 뒤에서 공격당할 거야.”

아가씨의 말에 곧바로 시선을 되돌리자 빅 보어가 나를 향해 달려오고 있었다.

나는 아슬아슬하게 피했다.

다음으로 아가씨 쪽을 봤더니 검은 곰만 남아 있었다.

뭐야, 정말로 아직 있나? 심지어 사람이 고생하고 있는데 간단하게 무찌르러 다녀오겠다니.

하지만, 아가씨 덕분에 1대 1이 됐다. 게다가 아가씨의 곰이 있다고 생각하니 안심이 된다. 이런 상황 속에서 빨간 뿔을 못 자른다면 남자가 아니다.

나는 미스릴 검을 감아쥔다.

빅 보어가 으르릉거리더니 마력을 모으기 시작한 뿔이 빨개졌다.

준비가 끝났다고 말하고 싶은 건지 나를 향해 돌진해온다. 나는 아슬아슬할 때까지 끌다가 옆으로 피하고 마력이 담긴 빨간 뿔을 향해 미스릴 검을 휘둘렀지만, 검이 튕겨나온다. 단단하다. 화가 난 것도 있어서 뿔에 많은 마력이 모여 있다. 조금 전보다 뿔이 빨개져 있다.

"크~응."

그렇게, 걱정스럽게 울지 마. 모처럼 네 주인님이 준 연습 상대야. 네가 나설 차례는 없어. 거기서 지켜봐 주면 돼.

나는 걱정스러워하는 곰을 가볍게 보고 웃어 보인다.

검을 벴을 때의 일을 떠올려봐. 우연이라곤 해도 몇 번인가 벴었잖아.

그때의 감각을 떠올려.

나는 빅 보어의 돌진을 몇 번이고 피하면서 타이밍을 쟀다.

나는 들이닥쳐 오는 빅 보어의 공격을 아슬아슬하게 피하려 했지만, 빅 보어의 몸이 근소하게 내가 피하려고 했던 쪽으로 흘러들어온다.

피할 수 없어.

몸이 튕긴다. 위험해. 아까와 달리 충격이 강하다. 지면으로 내동댕이쳐진다. 서둘러 일어서려 해봤지만, 격한 통증에 곧바로 일어서지 못했다.

얼른 일어나지 않으면 바로 공격을 해올 거야.

팔과 다리에 힘을 줬다.

일어서!

도망쳐!

나는 몸에게 명령했다.

체중에 힘을 담아 일어섰다. 그리고 빅 보어를 보자 나를 향해 돌진해왔다. 피할 수 없다. 그렇게 생각한 순간, 검은 물체가 빅 보어에 몸을 부딪친다.

아가씨의 곰이 옆에서부터 빅 보어를 공격했다. 나를 구해줬다. 검은 곰에게 몸통 박치기를 당한 빅 보어는 옆으로 쓰러졌다. 검은 곰은 「크~응」 하고 울며 나를 걱정스럽게 바라보고 있다.

"고마워."

나는 아가씨의 곰에게 고맙단 말을 했다.

설마, 정말로 내가 위험할 때 도와줄 거라곤 생각도 못 했다. 곰이 지켜봐 주고 있었다고 생각하니 이상한 기분이 들지만, 구사일생한 건 사실이다.

나는 자신의 실력의 형편없음에 분해졌다. 어째서 나는 이렇게 나약한 거지?

분하다.

그렇다고 해서 여기서 멈춰 설 수는 없다.

떠올려라, 아가씨가 벴던 방식. 무엇보다 옆에서 봐왔던 제이드의 검술을.

곰에게 튕겨 나간 빅 보어가 몸을 일으켰다.

아가씨의 곰이 나를 지키려는 듯 가로막고 서 있다.

"괜찮아, 비켜줘."

"크~응."

"그렇게, 걱정스럽게 울지 마."

곰을 뒤로 물리고 빅 보어 앞에 서서 검을 감아쥔다.

"네 녀석의 상대는 나다!"

빅 보어를 향해 소리쳤다.

곰을 향해 있던 빅 보어의 의식을 내게로 쏠리게 했다.

빅 보어가 으르렁 소리를 높이며 돌진해온다.

마음을 진정시켜. 집중해. 검을 잘라냈던 때의 감각을 떠올려. 아가씨의 검술을 떠올려. 제이드의 검술을 떠올려봐. 나라면 할 수 있어.

빅 보어의 돌진을 피하고 빅 보어의 빨간 뿔을 향해 휘둘렀다.

통했다, 라고 생각한 순간, 빅 보어의 머리가 움직였다. 그 탓에 뿔의 위치가 바뀌었고 검이 튕긴다.

옆을 빠져나간 빅 보어는 몸을 반전시키더니 지체 없이 공격해 왔다.

나는 다리에 힘을 담아 검을 잡은 순간, 작은 돌에 다리가 걸려 균형을 잃었다.

곤란해.

빅 보어가 압박해온다.

"크~응."

나와 빅 보어 사이에 곰이 끼어들어 빅 보어의 돌진을 막는다.

그리고 곰은 그대로 빅 보어를 옆으로 쓰러뜨렸다.

정말로 대단한 곰이다.

“또 구해줬구나.”

“크~응.”

곰은 기쁘게 운다.

나는 쓰러진 빅 보어를 바라봤다.

지금의 나로서는 움직이는 빅 보어의 뿔을 베는 건 무리다. 하지만 쓰러진 빅 보어의 뿔 정도도 베지 못하면 어떡하겠나.

나는 심한 통증의 몸을 무리하게 움직여 쓰러진 빅 보어에게 다가간다. 빅 보어는 몸을 일으키려 했지만, 몸이 커다란 탓에 느리다. 나는 힘껏 발을 내디디고 손에 힘을 담아 머릿속에 검술을 떠올리며 빨간 뿔을 향해 미스릴 검을 휘둘러 내리쳤다.

빨간 뿔은 두 동강이 났고, 나는 그대로 검을 연속으로 휘두르며 빅 보어의 목덜미에 검을 안쪽까지 깊숙이 찔렀다.

빅 보어의 움직임은 멈췄다.

……끝났다.

나는 빨간 뿔을 주웠다.

……벴다. 웃음이 스며 나온다. 지금까지 중 최고의 움직임이었다. 하지만, 움직이지 않는 빅 보어의 뿔을 벴을 뿐이다. 0.5인분 취급을 당해도 어쩔 수 없다. 더 열심히 해야겠어.

나는 지켜봐준 아가씨의 곰에게로 시선을 옮긴다.

“곰돌이라고 했지. 고마워.”

내가 감사 인사를 하자 기쁘게 「크~응」 하고 운다.

젠장, 귀엽게 울다니, 세니아와 멜이 귀여워하는 게 이해된다.

나는 보답을 겸해서 머리를 쓰다듬었다. 뭐지, 이 부드러움은? 기분 좋아.

아무도 안 보고 있지?

나는 주위를 확인했다. 아무도 없는 것을 확인하고 곰돌이의 몸에 얼굴을 묻는다.

오오, 대단히 기분 좋잖아. 뭐야, 이 폭신폭신한 촉감은. 몸이 피곤해서인지 괜스레 힐링되어 간다. 이대로 잠들면 기분이 좋을지도 모르겠다. 그런 유혹에 져서 내가 눈을 감은 순간.

"토우야, 뭐 하는 거야?"

나는 곧바로 눈을 뜨고 곰돌이에게서 얼굴을 떼어냈다. 그리고 목소리의 주인공을 찾았다. 그곳에는 흰 곰을 탄 세니아가 있었다.

"어째서 세니아가 이곳에?!"

"걱정돼서 왔지. 그랬더니 토우야가 곰돌이를 껴안고 있었잖아."

세니아가 곰돌이와 나를 보았다.

"아, 아니야."

내가 곰돌이에게서 떨어지자 곰돌이는 슬프게 「크~응」 하고 울었다.

"아니, 아니라고."

나는 곰돌이에게도 아니라고 말했다.

"뭐가 아니라는 거야?"

"크~응."

나는 세니아와 곰돌이를 번갈아 본다.

"아니라고~~~~~~~~~~~~."

내 외침이 숲속에 울렸다.

그런 뒤, 세니아를 데리고 온 흰 곰 쪽은 곰 아가씨가 있는 곳으로 향했다. 들어보니 흰 곰이 아가씨가 있는 곳으로 가는 걸 세니아가 부탁해서 따라왔다고 했다.

이 검은 곰인 곰돌이도 그렇고 흰 곰인 곰순이도 그렇고 사람의 말을 이해하고 게다가 주인의 지시를 따르고, 위험한지 아닌지를 분명하게 판단했다. 진짜로 곰이 맞는지 생각하게 된다. 무엇보다도 그 만졌을 때의 기분 말이다. 그건 최고급의 모피에 둘러싸인 것 같은 느낌이었다. 그 모피에 둘러싸여 자고 싶다고 생각하게 돼버렸다.

하지만, 곰돌이를 안고 있는 장면을 세니아에게 들킨 건 곤란했다.

"세니아, 그건 상처를 입은 나를 곰돌이가 지탱해주고 있던 것뿐이야."

내 치료를 하는 세니아에게 변명하듯 설명했다.

"행복하게 안겨 있던데."

"기분 탓이겠지."

"크~응."

곰돌이가 「그래?」라는 듯한 얼굴로 나를 보는 기분이 든다. 사람의 말을 이해할 수 있어서 입장이 곤란하다. 상처 입을 말을 할 수도 없다.

세니아는 미소를 지으며 내 손으로 시선을 옮긴다.

"뿔, 잘라냈어?"

내 손에는 빅 보어의 빨간 뿔이 쥐어져 있었다.

"그래, 이것도 곰 아가씨와 곰돌이 덕분이지."

"곰돌이?"

내가 곰의 이름을 말하자 파고든다.

"아가씨의 곰은 두 마리 있잖아. 그걸 구별한 것뿐이야."

"평소엔 검은 곰, 흰 곰이라고 말하잖아."

세세한 부분을 기억하고 있네.

"기분 탓이겠지."

나는 곰돌이 쪽을 보았다.

"너는 주인이 있는 곳으로 가지 않아도 돼? 이젠 괜찮아."

"크~응."

대답했지만, 움직이려 하지 않는다. 주인인 아가씨가 있는 곳엔 흰 곰이 갔으니까 자신은 가지 않아도 된다고 생각하는 건지, 아가씨의 말을 지키며 내 옆에 있는 건지는 표정으로는 이해할 수 없다.

"유나는 어떻게 됐어?"

"다른 빅 보어가 있으니까 무찌르러 가겠다고 말하고 갔어."

"그거, 도우러 가야겠네."

세니아가 내 말을 듣고 몸을 일으켰다.

그때 초목을 가로지르는 소리가 들리는가 싶더니 흰 곰을 탄 아가씨가 나타났다.

"아가씨, 무사했구나."

"토우야는 무사해?"

세니아에게 치료를 받고 있던 나를 보고 고개를 갸웃거렸다.

"그래, 아가씨가 두고 가준 곰 덕분에 살았어."

내가 곰돌이를 보자 곰돌이는 기뻐하며 주인인 아가씨에게로 달려갔다. 아가씨는 흰 곰에게서 내리고 곰돌이의 머리를 쓰다듬었다.

"고마워."

"크~응."

곰돌이는 주인인 아가씨에게 칭찬을 받고 기뻐했다.

그때 곰돌이는 나를 구해줬던 건 나라서가 아니라 주인인 아가씨의 명령이니까 구해줬던 거란 걸 새삼 이해했다.

제길, 난 쓸쓸하지 않아.

"그래서 다른 빅 보어는 어떻게 됐어."

"응, 주위에 세 마리가 있어서 쓰러뜨리고 왔어."

아가씨는 간단하게 울프를 무찌른 것처럼 말했다. 그리고 아가씨는 곰의 얼굴을 한 장갑에서 빅 보어를 꺼냈고, 나아가 손에는 세 개의 빨간 뿔이 있었다.

나는 고생했는데 아가씨는 빅 보어의 빨간 뿔을 손쉽게 손에 넣었다. 분명 아가씨는 움직이는 빅 보어의 뿔을 베었음에 틀림이 없다. 나는 곰돌이가 쓰러뜨려 준 상태에서 뿔을 베었다.

이게 천재와 범인의 차이다. 이 차이를 메꾸는 건 힘들다.

그 전에 제이드와 세니아, 멜의 옆에 나란히 설 수 있도록 해야 했다. 그 여정은 길 것 같았다. 나는 손에 쥔 하나의 빨간 뿔을 바라봤다. 우선은 첫 번째 발걸음이다.

448 곰 씨, 빅보어를 쓰러뜨리다

토우야에게서 벗어나 숲속을 달려 다른 빅 보어가 있는 곳으로 향했다.

원래라면 걱정거리를 없애고 난 뒤 다른 빅 보어가 있는 곳으로 가고 싶었지만, 토우야가 도움은 필요 없다고 했다.

게임에서도 다른 플레이어가 싸우는 마물을 가로채는 건 매너 위반이다. 도움을 청한다면 싸우겠지만, 거절당하면 마물에게 공격을 할 수는 없다.

나는 생각한 끝에 곰돌이에게 토우야를 부탁하고 혼자서 다른 빅 보어를 무찌르러 가기로 했다.

게다가 다른 빅 보어가 다른 사람을 공격한다면 큰일이다.

세니아 씨와 함께 있던 아이들처럼 다른 사람이 있을지 모른다.

나는 탐지 스킬을 써서 몇 마리의 빅 보어의 반응이 있는 곳으로 향했다.

발견했다.

빅 보어가 천천히 걷고 있었다.

뒤에서 공격하고 쓰러뜨려도 됐지만, 빨간 뿔이 궁금해서 빅 보어의 앞으로 돌아갔다.

뿔은 빨갛지 않았다.

빅 보어는 나를 보더니 으르렁 소리를 올려 돌진해왔다.

사람을 보자마자 공격을 해오는 건 위험하다.

역시, 무찔러야 했다.

나는 빅 보어의 돌진을 가볍게 피했다. 마법을 날려 쓰러뜨리는 것도 가능하지만, 어차피 무찌를 거라면 빨간 뿔을 베고 싶었다.

나는 빅 보어를 향해 가볍게 마법을 날리며 도발했다. 빅 보어는 으르렁거렸고, 뿔이 빨개지기 시작했다. 마력이 뿔에 담겨 빨개지는 모양이네.

나는 곰 박스에서 곰돌이 나이프를 꺼낸다. 그리고 빅 보어가 돌진해오는 것을 아슬아슬한 타이밍에 피하고 빨간 뿔을 목표로 곰돌이 나이프를 휘둘렀다. 빨간 뿔은 팍, 잘리더니 지면에 나뒹굴었다. 그리고 달려 나간 빅 보어는 멈추고 뒤를 돌아보더니 분노한 듯이 신음했다. 투우처럼 다리로 지면을 박찰 준비를 했다.

뿔을 베는 것만으로는 싸우는 걸 멈추지 않는 모양이다.

빅 보어는 또 으르렁거리는 소리를 높이더니 지면을 차고 나를 향해 돌진해온다. 하지만, 조금 전의 강력함은 없다. 안쓰럽지만, 사람을 보자마자 공격해오는 광폭한 마물은 방치할 수는 없다.

나는 빅 보어에게 얼음 화살을 날렸다. 얼음 화살은 정수리에 꽂히고 빅 보어는 움직임을 멈추고 쓰러진다.

빅 보어가 움직이지 않는 것을 확인한 뒤 아이템 봉투에 담았고, 지면에 떨어져 있던 빨간 뿔을 줍곤 다음 빅 보어가 있는 곳으로 향했다.

그리고 남은 빅 보어가 있는 곳으로 향하고 있는데, 도중에 곰순이가 합류해줬다.

곰순이는 착실하게 피나와 세니아 일행을 마을까지 돌려보내준 모양이다.

나는 합류한 곰순이와 함께 남은 빅 보어를 무찔렀다.

물론, 빅 보어를 무찌를 땐 빨간 뿔을 얻었다. 손에 넣을 수 있는 건 손에 넣어 두는 게 내 모토다.

탐지 스킬로 주위에 빅 보어가 더 없다는 걸 확인한 후, 나는 토우야가 있는 곳으로 돌아갔다. 그곳에는 분명 헤어졌던 세니아 씨가 토우야를 치료하고 있었다.

"아가씨, 무사했나?"

"토우야는 무사해?"

어쩐지 헤어졌을 때보다 상처를 입은 모양인데.

"그래, 아가씨가 두고 가준 곰 덕분에 살았어."

곰돌이는 내가 있는 곳으로 다가온다. 내가 부탁한 걸 잘 지켜준 것 같다. 나는 곰돌이의 머리를 쓰다듬는다.

"고마워."

"크~응."

곰돌이는 기뻐했다.

“그런데, 어째서, 세니아 씨까지 있는 거예요? 마을까지 돌아갔던 거 아니에요?”

“바보가 걱정돼서 곰순이가 돌아갈 때 태워달라고 했어.”

세니아 씨는 토우야를 본 후 곰순이를 바라보았다.

“바보라니, 나를 말하는 건가.”

“여기에 바보는 한 명밖에 없는걸.”

그렇게 말하면서도 세니아 씨는 토우야의 팔에 붕대를 감고 있다.

“그래서 다른 빅 보어는 어떻게 됐어.”

“주위에 세 마리가 있어서 쓰러뜨리고 왔어.”

나는 곰 박스에서 빅 보어와 빨간 뿔을 세 개 꺼냈다. 그러자 토우야는 자신이 가지고 있는 빨간 뿔로 시선을 옮겼다. 토우야도 빨간 뿔을 잘 확보할 수 있었던 모양이다.

“나는 고생해서 겨우 하나 무찔렀는데.”

세니아 씨에 의해 빙글빙글 휘감겨진 붕대가 토우야의 고생을 말하고 있다.

“토우야는 너덜너덜해졌네.”

“조금 실수해서 튕겨 날아갈 것뿐이야.”

“조금?”

세니아 씨가 붕대가 감긴 부위를 손가락으로 찌르자 토우야는 아파하는 얼굴을 지었다.

"……조금이야."

누가 봐도 알 수 있을 법한 오기를 부렸다. 세니아 씨가 말하기로는 타박상뿐이라고 했다.

"몸만은 튼튼해. 부럽네."

세니아 씨는 붕대 위로 톡톡 손가락으로 찌른다. 그럴 적마다 토우야는 이를 꽉 깨물고 참고 있었다. 아프면 아프다고 오기 부리지 말고 말하면 될 것을.

"그럼, 빅 보어는 세니아 씨랑 같이 쓰러뜨린 거야?"

"나, 혼자서 했어."

"크~응?"

"……둘이서 했어."

곰돌이가 울자 토우야가 고쳐 말했다.

뭐지?

"아가씨의 곰에게 조금 손을 빌렸어."

들은 바로는 곰돌이 덕분에 빨간 뿔을 벨 수 있었다고 했다.

"토우야, 곰돌이에게 안겨 있었어."

"세, 세니아?!"

"곰돌이에게 안겨?"

"곰돌이는 안 줄 거야."

세니아 씨는 곰돌이에게 안겼다.

"아무도 안 뺏어."

곰돌이는 곤란한 듯「크~응」하고 울었다.

"애초에 곰돌이는 내 것인데요."

내가 선언하자 곰돌이는 기뻐하며 울었고, 곰순이가 슬픈 듯 운다.「물론 곰순이도 내 것이지」라고 말해주자 곰순이도 기뻐했다.

"그래서, 유나, 빅 보어는 또 있는 거야?"

곰돌이를 안고 있는 세니아 씨가 묻는다.

"이 주변에는 없는 것 같은데, 조금 떨어진 곳은 모르겠어요."

어디까지나 탐지 스킬의 효과 범위 내에서의 이야기다.

"주변에 없다니, 그런 걸 아는 거야? 마치 곰 같네."

"크~응."

"네 얘기가 아니야."

곰돌이가 울자 곧바로 토우야가 부정했다.

"그럼, 일단 모험가 길드에는 보고하는 편이 좋겠네."

원래는 마을 근처에는 마물은 안 나온다고 했다. 그래서 아이들의 놀이터가 되어 있다고 세니아 씨가 알려줬다. 게다가 마물의 출현 보고는 모험가의 역할이기도 하다고 했다.

그러고 보니 그런 룰이 있었지.

모험가가 막 되었을 때 그 보고를 하지 않으면 헬렌 씨에게 꾸중을 들었던 건 까마득한 추억이다.

하지만, 그때는 알지 못했으니 어쩔 수 없다.

토우야의 치료도 마친 우리는 곰돌이와 곰순이를 타고 마을로 돌아왔다. 일단 부상자이기에 토우야에게도 탈 거냐 물었는데 굉장히 고민하는 얼굴을 하는가 싶더니 「괜찮아, 스스로 걸을래」라고 거절했다.

하지만 마을에 가는 동안 곰돌이를 탄 세니아 씨 쪽을 흘깃 보고 있었다.

왜 그러지?

우리가 마을로 돌아오자 제이드 씨와 멜 씨가 달려오는 모습이 보였다.

"토우야, 괜찮아?"

"뭐야, 그렇게 걱정하고 있어."

"그거야, 피나와 루이밍에게 이야기를 들었으니까 그렇지."

아무래도 피나와 루이밍에게서 이야기를 듣고 달려와 준 모양이다.

"빅 보어 정도로는 괜찮아."

"그렇다고 치기엔 다쳤지."

"토우야, 정말로 괜찮은 거야?"

"조금 튕겨 날아간 것뿐이야. 게다가 곰 아가씨의 곰돌이가 도와줬어."

""곰돌이?""

제이드 씨와 멜 씨가 고개를 갸웃거렸다.

확실히 위화감이 있지만, 토우야가 곰돌이의 이름을 부르고 있었다.

모두가 토우야에게로 시선을 보낸다.

"아가씨의 검은 곰 말이야! 세니아, 얼른 모험가 길드에 보고하러 가자."

토우야는 뭔가를 어물쩍 넘어가려는 듯이 세니아 씨와 함께 모험가 길드를 향해 걷기 시작했다.

나도 함께 가야 하나, 라고 귀찮아하고 있는데 토우야와 세니아 씨가 내가 무찌른 빅 보어도 겸해서 보고해준다고 했다.

토우야 왈, 「곰 아가씨가 빅 보어를 무찔렀다고 해도 아무도 안 믿어」

세니아 씨 왈, 「반대로 유나에 대해 설명하는 게 귀찮아」

라고 들었다. 보고하러 가지 않고 끝나는 건 편해서 좋지만, 뭔가 슬프다.

나중에 들은 이야기로는 모험가에 의해 주위의 탐색이 이루어지게 됐다고 했다.

빅 보어가 나타난 원인은 불명확했지만, 먹을거리를 찾으러 온 무리였던 게 아닌가 하고 세니아 씨는 말했다.

숙소로 돌아오자 피나와 루이밍이 맞아줬다. 두 사람은 나를 보더니, 안심한 듯 곁으로 달려온다.

"유나 언니가 강한 건 알지만, 역시 걱정돼요."

"곰돌이랑 곰순이가 있어도 마물과 싸우는 건 위험하잖아요."

두 사람에게는 걱정을 끼친 모양이다.

여러 일이 있었기에 숙소로 돌아온 나는 방에서 쉬기로 했다. 피나와 루이밍에게는 외출해도 된다고 말했지만, 꼬맹이화 시킨 곰돌이와 곰순이와 놀고 있다.

방에서 느긋하게 있는데 누군가 문을 두드렸다.

"나야."

토우야의 목소리다. 문을 열자 항아리를 안고 있는 토우야가 서 있었다. 모험가 길드에 보고하고 돌아왔다고 했다.

"뭐야?"

설마, 빅 보어의 토벌에 참여하라는 따위의 말은 아니겠지.

일단, 마을 주변엔 확인했던 터다. 있다고 해도 마을에서 벗어나야 했다. 귀찮아서 거절하고 싶었다. 그런데 토우야의 입에서 나온 말은 달랐다.

"꿀이야. 곰에게 줘. 오늘의 보답이야."

토우야는 손에 든 항아리를 나에게 건넸다.

아무래도 곰돌이에게 줄 꿀을 가지고 와준 모양이다.

"곰돌이에게?"

"흰 곰에게도 줘. 세니아를 데리고 와줬잖아. 게다가 한 쪽에만 주면 불쌍하잖아. 오늘은 고마웠다고 말해줘."

토우야는 그 말만 하더니 자신의 방으로 돌아갔다.

"곰돌이, 곰순이, 토우야가 고마움에 대한 보답이래."

나는 꼬맹이화 되어 침대 위에서 피나와 루이밍과 놀고 있는 곰돌이와 곰순이에게 말을 걸었다. 내가 꿀이 든 항아리를 들고 침대로 다가가자 곰돌이와 곰순이가 다가왔다.

"토우야 씨, 뭐를 가지고 온 거래요?"

"꿀이야. 곰돌이랑 곰순이에게 주는 보답이라네. 곰돌이, 곰순이, 먹을래?"

""크~응.""

먹겠다고 말하기에 나는 숟가락을 꺼내 꿀을 곰돌이 입으로 옮긴다.

"맛있어?"

"크~응!"

맛있나 보다.

다음으로 또 꿀을 숟가락으로 떠서 곰순이의 입으로 옮긴다.

곰순이도 맛있게 먹는다.

"아아, 유나 님, 저도 하고 싶어요."

"저도……."

내가 곰돌이와 곰순이에게 꿀을 주고 있는 모습을 본 루이밍과 피나가 자신들도 해보고 싶다고 했다.

"그럼, 침대 위에 꿀을 흘리면 안 되니까 테이블에서 해."

"""네!"""

피나는 곰돌이를, 루이밍은 곰순이를 안고 테이블로 향했다. 나는 테이블 위에 항아리를 두고 숟가락 하나를 더 꺼내 피나와 루이밍에게 건넸다.

두 사람은 무릎에 안은 곰돌이와 곰순이에게 병아리 모이 주듯이 꿀을 먹인다.

"어쩐지, 힐링이 되네요."

"곰돌이랑 곰순이는 귀여워요."

"너무 많이 먹이면 안 돼."

뭐, 괜찮긴 하겠지만, 주의만 해둔다.

다 먹은 후에는 곰돌이와 곰순이의 입 주변이 엉망진창이 되어 있었다. 송환하려고 했지만, 오늘의 보답을 겸해서 목욕탕에서 씻겨주기로 했다.

449 곰 씨, 구경꾼이 되다

빅 보어를 토벌한 다음날, 토우야가 대장간의 쿠세로 씨가 있는 곳으로 시험을 치러 간다고 하기에 함께 가기로 했다.

몸은 이제 괜찮은 모양이다.

"딱히 다들 안 따라와도 돼."

맨 앞을 걷는 토우야가 뒤를 돌아보았다.

"시간 여유 있어."

"여유 있으니까."

"시간 많아."

"유나 언니가 가니까."

"유나 님이 가서."

"나는 파티 리더로서 가는 거야."

뭐, 결국은 시간 보내는 구경꾼이다. 게다가 며칠 뒤엔 돌아가기로 되어 있어서 궁금한 건 확인해두고 싶다.

토우야는 우리의 말에 작게 한숨을 내쉬곤 포기한 듯 걷기 시작했다.

우리는 아침 일찍부터 우르르 쿠세로 씨의 대장간으로 찾아갔다.

"왔니."

"좋은 아침이에요. 시험 보러 왔어요."

시험의 기회는 세 번. 세 번 중 한 번이라도 쿠세로 씨의 아드님이 만든 철검을 미스릴 나이프로 벨 수 있다면 합격이 된다. 야구라면 일류 타자라는 말을 듣겠지만, 검의 시험으로서 합격 라인이 무른지 빡빡한지 알 수 없다.

"그래서, 가능할 것 같고?"

"이걸 봐줘요."

토우야는 두 동강 난 검과 빅 보어의 빨간 뿔을 꺼낸다.

몇 번에 한 번은 검 베기에 성공한다고 하는데. 그 확률이 어느 정도로 높아졌는지가 관건이다.

"조금, 빅 보어의 소문을 들었는데, 네가 해줬던 거니."

"뭐—."

"거짓말, 열심히 한 건 유나지."

토우야의 말에 곧바로 세니아 씨가 부정했다.

"아니, 나도 열심히 했어. 두 마리 확실하게 무찔렀잖아."

"어제, 들은 이야기로는 곰돌이가 빅 보어를 누르고 있을 때 공격했다고 했는데."

"읏, 그건……."

"다른 빅 보어는 유나아 쓰러뜨렸고 말이야."

"……그래도 빅 보어의 빨간 뿔을 벤 건 사실이잖아."

토우야는 세니아 씨에게 빅 보어의 빨간 뿔을 들이민다.

"유나는 세 개, 너는 하나."

"으으……."

세니아 씨의 말에 토우야는 어깨가 처진다.

"자, 나도 한가하지 않아. 하는 거냐, 안 하는 거냐."

"당연히 하죠."

토우야는 준비하기 시작했다.

……그리고 시험의 결과.

"잠깐, 기다려요. 뭔가 잘못된 거예요."

시험은 세 번 연속 실패했다.

"한 번 더, 딱 한 번만 더 하게 해주세요. 맞다, 분명 칼날이 나갔던 걸 거예요."

"깔끔한걸."

"토우야, 어제 스스로 관리했잖아."

같은 방의 제이드가 폭로했다.

"쿠세로 아저씨, 부탁해요. 한 번 더 기회를……."

토우야는 손을 맞대며 쿠세로 씨에게 부탁했다.

"알았네, 딱 한 번만이다."

쿠세로 씨는 어쩔 수 없다는 듯 승낙했다.

그리고 결과는 네 번째도 실패했다.

그런 뒤 토우야의 한 번 더, 가 몇 번이고 이어졌고, 열 번째에서 성공하여 시험에 합격할 수 있었다.

이거, 붙었다고 봐야 하나?

성공률, 3할 3푼 1리와 1할은 꽤 다르다. 야구 게임에서도 1할 타자와 3할 타자와는 하늘과 땅 차이이다. 1할로는 1군이 될 수 없다.

"빅 보어의 빨간 뿔과 그 부상을 참작해서 합격시켜주지. 제이드, 확실하게 이 녀석을 지켜봐야 해."

"알고 있어요."

그리고 쿠세로 씨는 제이드 씨에게 다시 한 번 말을 건넸다.

"그래서 제이드, 너는 준비는 순조로운가? 괜찮다면 지금부터 시험의 문으로 가지."

오늘은 시험의 문의 시련이 시작하고 이틀째.

시험의 문이 막혔다는 이야기는 들리지 않았으니 시련은 이루어지고 있는 모양이다.

"언제든지, 갈 수 있어요."

"그렇다면, 갈까. 얼른 끝내서 이 녀석의 검을 만들어야 하니까 말이야."

이대로 시험의 문의 시련에 도전하는 듯해서 우리도 같이 따라가기로 했다.

제이드 씨가 도전하는 모습을 볼 수는 없지만, 제대로 시련이 열리고 있는지 신경 쓰이니까 말이다.

그리고 긴 계단의 아래까지 다다랐다.

"몇 번을 보았지만, 이 긴 계단만은 피하고 싶네."

"응, 이 위에 시험의 문을 만든 사람, 바보야."

멜 씨와 세니아 씨는 성가시다는 듯 계단을 올려다본다.

뭐, 들은 이야기로는 지형이나 마력의 흐름 같은 여러 이유도 있었다고 하니, 어쩔 수 없으려나. 성가신 건 동의하지만 말이야.

"토우야는 숙소에서 쉬어도 좋아. 아직 몸이 성치 않잖아."

"딱히, 이 정도는 부상에 속하지도 않으니까 걱정 마. 뭣하면 내가 대신해줄까? 시험에도 붙었으니 말이야."

"그건 덤에, 덤에 덤을 받은 거잖아."

아무래도 토우야가 쿠세로 씨의 시험에 합격하면 제이드 씨가 쿠세로 씨에게 말을 거들어서 시련을 바꿔준다고 말했던 모양이다.

"무슨 그런 제멋대로인 걸 약속한 거야."

"죄송해요. 토우야가 시험에 붙으면 좋겠다고 생각해서."

"뭐, 토우야가 10번 중 10번 성공한다면 내가 머리를 조아리며 부탁을 했겠지만."

그만큼 우수하다면 부탁하겠지.

"그래도 한 번이니까."

"한 번이라고 말하지 마, 성공은 성공이잖아."

"그래도 마물과 싸웠을 때 기회는 10번이나 되지 않아. 그 전에 내가 쓰러뜨릴 테니까."

"게다가 이쪽에 기회가 있다는 건 상대에게도 그와 똑같이 공격 기회가 있다는 뜻이야."

턴 게임이 아니라 일괄적으로 말할 수는 없지만, 힘이 동등하다면 자신만 기회가 있는 건 아니다. 격이 아래라면 매번 자신의 턴일지도 모르지만. 힘이 동등, 또는 상대 쪽이 우위라면 공격의 기회는 상대 쪽이 많을지도 모른다. 많다는 뜻은 위험이 늘어난다는 의미다.

그러니 자신에게 공격 기회가 있다면 서둘러 그 기회를 제 것으로 만들어야 했다. 기회를 빠르게 제 것으로 하지 못한다면 자신만이 아니라 동료들도 위험에 빠지게 된다.

"언젠가 제이드에게 「부탁해」라는 말을 하게끔 만들지."

"그래, 기다릴게."

제이드는 웃으면서 말했다.

그리고 우리는 긴 계단을 올라 시험의 문 앞까지 다다랐다.

"드디어 도착했네요."

피나가 어제에 이어서 자신의 힘으로 끝까지 올라왔다.

"자, 물."

"유나 언니, 고마워요."

피나는 꿀꺽꿀꺽 물을 마셨다.

"아아, 좋겠다. 유나, 나도 줘."

"나도."

"저도 주세요."

멜 씨와, 세니아 씨, 루이밍도 물을 원하기에 컵을 꺼내 물을 따라준다.

"아가씨, 내게도."

"나도 부탁해."

제이드 씨와 쿠세로 씨에게도 부탁을 받아 결국 모두에게 물을 준비해주게 되었다.

한숨 돌린 우리는 시험의 문으로 향했다.

점심 가까운 시간이기도 해서 이미 몇 명 모험가와 대장장이의 모습이 있었다. 무사히 이틀째를 맞이하고 있는 모양이다. 이것으로 내 책임은 사라졌을 거다.

하지만 역시라고 해야 하나. 시련의 모습을 볼 수가 없으니 견학자는 없다.

뭐, 견학도 할 수 없는데, 자기가 좋아서 긴 계단을 올라오진 않겠지. 나도 곰 장비가 없었다면 절대로 오르고 싶지 않았을 거다. 애초에 곰 장비가 없다면 내 체력으로는 올라올 수는 없을 거다. 에스컬레이터나 엘레베이터나 리프트를 설치해주면 좋을 정도다.

"그럼, 다녀올게."

"금방 돌아오면 안 된다."

토우야의 말에 제이드 씨는 「그래」라고 대답하고 쿠세로 씨와 시험의 문으로 향해 접수할 줄에 섰다. 순서를 기다리고 있는데 길드 마스터인 타로토바 씨가 나를 발견하고 어째서인지 한숨을 내쉬었다. 그리고 대장장이와 모험가를 데리고 시험의 문 안으로 들어간다.

뭐였던 거지.

그리고 제이드 씨의 순서가 되어 쿠세로 씨와 함께 시험의 문 안으로 들어갔다.

"아아, 나도 도전해보고 싶었는데."

"수습 대장장이였다면 시켜주지 않을까?"

"그럼, 수습 대장장이가 착각할 거 아냐?"

"무슨 말이야?"

"내가 쓰면 검의 성능 이상의 힘을 발휘해버리잖아. 그럼, 수습 대장장이를 위한 게 아닌 게 되어버린다고."

"………."

토우야의 말을 들은 모두의 입이 열린 채 그대로다.

어디서부터 그런 자신감 흘러넘치는 말이 나올까.

토우야답다고 한다면 토우야답긴 하지만, 이 꺾이지 않는 점이 토우야의 장점일 걸지도 모르겠다.

그런 토우야 일행과 바보스러운 대화를 나누면서 제이드 씨와 쿠세로 씨를 기다리고 있는데 그들이 돌아왔다.

"제이드, 어땠어?"

"……아아, 그게, 뭐지. 뭐, 그 나름대로."

뭔가 말이 시원치 않다. 설마 잘 안 됐나?

그리고 제이드 씨는 내가 있는 곳으로 오더니 어째서인지 내 머리 위로 손을 올려둔다.

뭐야?

"쿠세로 아저씨, 어땠어요?"

"으~음, 이번 시련은 평소와 달랐네. 길드 마스터는 상대가 나올 적마다 머리를 감싸 쥐고 있었어."

제이드 씨가 대답해주지 않기에 토우야가 쿠세로 씨에게 물었는데, 쿠세로 씨도 말이 시원치 않다.

"뭐, 시련의 내용은 말할 수 없어."

"조금 정도는 괜찮잖아."

"다만, 빡빡한 시련이었던 건 틀림없지."

제이드 씨와 쿠세로 씨는 마지막까지 말을 시원하게 하지 않았다.

어째서인지 나를 흘깃흘깃 쳐다보고 있다.

물어봐도 눈을 피하기만 할 뿐이었다.

뭘까. 굉장히 궁금해지는데.

450 제이드, 시련에 도전하다

나는 동료들과 헤어지고 쿠세로 씨와 함께 시험의 문으로 향했다. 두 그룹 정도 줄 서 있다. 때마침 시련이 끝난 한 그룹이 대장장이 길드의 길드 마스터와 나왔다.

모험가와 대장장이는 분한 얼굴을 짓고 있었지만, 길드 마스터는 한숨을 내쉬며 지친 얼굴을 하고 있었다.

길드 마스터는 매번 동행하게 되어 있어서 지친 걸지도 모른다. 힘든 일이다.

그리고 우리의 순서가 됐다.

"다음은 쿠세로군. 작년과 다른 모험가인 것 같구만."

길드 마스터가 나를 보았다.

설마, 길드 마스터는 시련에 도전한 모험가의 얼굴을 모두 기억하고 있는 건가?

"맞네, 다쳤다고 해서 말일세. 그래서 이번엔 나에게 검을 부탁하러 온 녀석에게 부탁하게 됐지."

"그랬군. 그건 운이 없었지만, 열심히 해주게."

나와 쿠세로 씨는 길드 마스터와 함께 시험의 문을 지나쳐 통로를 나아가 계단을 내려갔다. 전에 시험의 문에 딱 한 번 도전한 적이 있다. 저번과 아무것도 변한 게 없다.

계단을 내려가니 마법진이 있었고, 그곳에 무기를 꽂는 것으로 시련이 시작된다.

"준비가 다 되는대로 시작해주게."

"알겠습니다."

나는 쿠세로 씨가 만든 검을 마법진에 꽂았다. 그러자 마법진이 빛나고 전방의 흙이 솟아올랐다.

"제이드, 나타났어."

나는 마법진에서 검을 빼고 자세를 잡았다.

나타난 건 커다란 곰이었다.

곰은 앉아 있기만 할 뿐 움직이지 않는다. 단순한 동상인 것 같다.

"………."

어째서 곰인 거지?

멈춰있는 대상물을 벤다고 해도 원래라면 벽이나 바위였을 거다.

그런데, 왜, 곰?

쿠세로 씨는 놀랐고 길드 마스터는 한숨을 내쉬고 있었다.

이 아무런 저항 없이 앉은 곰을 베야 하는 건가?

곰은 흙덩어리로 마력에 의해 경화만 되어 있는 동상이다. 이건 시련에서 검의 날이 잘 드는지와 다루는 자의 기술을 묻는 것이다.

그러니 눈앞의 곰을 베야 했다.

나는 움직이지 않는 곰에게 다가가 잡은 검에 힘을 담았다. 그리고 마력으로 경화된 곰 동상을 향해 검을 휘둘러 내렸다. 곰의 몸통은 오른쪽 어깨부터 사선으로 베어졌다.

곰 동상은 무너져 내렸고 첫 번째 시련이 끝난다.

대단히 죄책감이 급습했다. 베서는 안 되는 걸 베어버린 느낌이다.

시험의 문 앞에서 헤어진 유나와 유나의 소환수인 곰들의 얼굴이 떠오른다.

자신에게 이건 시련이라고 되뇐다.

조그마한 마음의 틈이 시련의 실패를 불러일으킨다.

마음을 진정시키자 다음 시련이 시작된다.

지면이 솟아오른다. 나타난 건 복수의 작은 곰이었다.

유나의 작은 곰이 머릿속에 떠오른다.

진정시킨 나의 마음이 어지러워진다.

진정해. 가볍게 숨을 내쉬고 마음을 진정시킨다.

“제이드!”

쿠세로 씨가 소리쳤다.

작은 곰들이 움직인다.

다음 시련은 움직이는 대상물을 정확하게 벨 수 있느냐의 시험인 것 같다.

꼬마 곰들이 내 주위를 달리며 맴돈다.

내 마음은 혼란스럽다. 꼬마 곰이 공격을 해왔지만, 대처가 늦다.

평소라면 벨 타이밍인데 반응이 늦어져 베지 못하기도 했다.

전에 비슷한 시련이 있었지만, 울프였다.

어째서 이번엔 곰인 거야!

나는 눈앞으로 압박해오는 꼬마 곰을 벴다.

“제길.”

한 마리만이 아니다. 모든 곰을 베야 했다.

나는 숨을 헐떡이며 꼬마 곰을 모두 벴다.

자신이 나쁜 사람이 된 기분이다. 무리하게 나쁜 짓을 하는 것 같다. 나쁘다는 걸 알면서도 해야 하는 죄책감. 그런 감정이 내 마음을 흩트려 놓는다.

마음의 시련도 있다고 알고 있었지만, 첫 번째, 두 번째 대전에서 이루어진 적은 없었을 거다.

이것도 시련 중 하나라면 최악의 시련이다.

“제이드, 안색이 안 좋은데 괜찮은가?”

쿠세로 씨가 걱정스럽게 묻는다.

“네, 괜찮아요.”

나는 심호흡을 하고 마음을 다시 진정시킨다.

이건 시련이다. 유나의 곰과는 상관없어.

세 번째 대전의 시련은 커다란 곰이었다.

또다시 내 마음을 흔드는 상대다.

유나의 곰과 대치하는 듯한 느낌이다. 나는 마음을 추스른다. 어째서 이런 시련이 됐지. 혹시, 내 마음을 읽어내고 곰의 형태로 만드는 걸지도 모른다.

곰이 공격을 가했다.

나는 곰의 공격을 피하면서 틈을 살핀다.

싸움에 한창인데 유나의 귀여운 곰들의 얼굴이 머릿속에 떠올랐고, 나아가 「크~응」 하고 우는 목소리마저 들려온다.

나는 머리를 흔들며 머릿속에 떠오른 곰을 떨쳐냈다.

지금은 눈앞의 곰에게 집중하자.

눈앞의 곰과 유나의 곰은 관련 없다.

만들어진 곰도 못 쓰러뜨린다면, 광폭한 곰이 나타났을 때 정말로 벨 수 없게 될 거다.

나는 마음을 독하게 먹고 곰과 싸웠다.

정신은 피곤하고 칼끝이 무뎌졌지만, 어떻게든 세 번째 대전의 시련도 클리어 할 수 있었다.

네 번째 대전이 시작된다.

땅이 솟아올랐다.

부탁하마. 제발 이 이상 곰만은 그만해주길.

내 부탁은 반은 닿았지만, 반은 그렇지 않았다.

네 번째 곰의 옷차림을 한 여자아이였다. 틀림없이 유나의 모습을 띠고 있었다.

어째서 유나가 나타났지?

설마, 내 마음속에 있는 유나의 강함에 대한 질투심이 만들어낸 걸지도 모른다.

유나는 강하고 어떤 마물에게도 맞선다.

내가 무찌르지 못할 거로 생각했던 마물도 쓰러뜨렸다.

그러니 내 앞에 유나가 나타난 것일지도 모른다.

나는 검을 내리고 쿠세로 씨에게 시련의 포기를 선언했다. 쿠세로 씨는 아무런 말없이 「알았네」라고 한 마디만 대답해줬다. 나는 마법진에 검을 꽂았다. 이것으로 시련은 종료다.

지쳤다.

가능하다면 두 번 다시 하고 싶지 않다.

"분명, 제이드라고 했지. 자네, 곰 옷차림을 한 여자아이를 아는가? 시련을 받기 전에 함께 있던 것 같던데 말이야."

내가 검을 칼집에 넣자 길드 마스터가 말을 걸어왔다.

"네, 알고 있어요."

길드 마스터의 말투에서 봤을 때 그는 유나를 알고 있는 모양이다.

"그래서, 관둔 건가?"

"그것도 있지만, 가짜라곤 해도 그녀와 싸우는 게 무서웠던 걸지도 모르겠어요. 그녀는 강해요. 진심으로 싸워서 지기라도 한다면 낙담할 거예요."

"자네, 랭크 C라고 했지. 그런 자네가 봤을 때도 아가씨는 그 정도로 강한가?"

길드 마스터의 말에 쿠세로 씨도 묻는다.

"강해요. 무기를 다루는 모습을 확실하게 본 건 아니지만, 익숙하다는 건 알고 있죠. 게다가 마법의 기술도 대단해요. 무엇보다 마음이 강해요. 다 큰 남자여도 마물과 싸우는 건 무서운 법이죠. 그걸 아무렇지 않게 싸워요. 그런 상황에 익숙한 달인인 것 같아요."

혼자서 블랙 바이퍼와 싸우러 가는 것도 이해가 안 가고, 웜과도 아무렇지 않게 싸운다. 거대한 스콜피온도 무찌른다. 만일 내가 혼자였다면 도망쳤을 거다. 싸우려 하지도 않을 거다. 뒤에서 도와주는 동료, 위험할 때는 말해주는 동료. 그런 신뢰할 수 있는 동료가 있기에 강력한 마물과도 싸울 수 있다. 그러니 혼자서 싸울 수 있는 유나는 강하다.

하지만, 그 곰 옷차림에서 봤을 땐 강하다고는 상상도 되지 않지만 말이다.

그리고 시련의 상품인 철이 나왔다. 그건 작은 곰 형태를 띠고 있었다.

길드 마스터가 유나에 대해 알고 있다는 것은 이번 시련은 유나와 연관되어 있을지도 모른다는 뜻이다. 하지만, 유나가 어떻게 얽혀 있는지 묻기가 두려워 말을 아낀다.

나는 철 곰을 손에 들었다. 그러자 공간이 어두침침해졌다.

"올해의 시련은 이것으로 종료군."

길드 마스터는 무언가 안도한 듯한 표정을 보인다.

"어쩐지 올해는 빠르지 않나?"

"작년엔 하루 동안 하기도 했었는걸. 가끔은 그런 해도 있는 거지. 자, 위로 돌아가도록 하자고."

길드 마스터는 우리의 등을 친다.

돌아온 길드 마스터가 종료했단 사실을 보고하자, 다음으로 기다리고 있던 대장장이는 분해서 어쩔 줄 몰랐다.

모두 이틀째에서 끝날 줄은 몰랐겠지.

나와 쿠세로 씨가 모두가 기다리는 장소로 이동하자, 유나가 나를 보는 모습이 보였다. 나는 어쩐지 유나의 머리 위로 손을 올려뒀다.

451 곰 씨, 냄비와 프라이팬을 받다

시험의 문은 제이드 씨가 마지막 도전자가 되며 끝을 알렸다.

기다리고 있던 사람에겐 미안하지만, 무사히 마칠 수 있어서 다행이다. ……무사히 마쳤겠지?

제이드 씨 일행과 헤어진 나는 피나와 루이밍을 데리고 로지나 씨가 있는 곳으로 향했다.

부탁했던 물건을 받기 위해서다.

“로지나 씨에게 냄비를 받으면 돌아가는 거죠.”

“꽤 오래 있었으니까 슬슬 돌아가야지.”

곰 폰을 써서 슈리와 티루미나 씨에게 정기적으로 연락은 했었다.

하지만, 겐츠 씨가 걱정하고 있는 모양이니 슬슬 돌아가는 편이 낫다.

게다가 루이밍은 집에 연락하지 않았다.

루이밍의 가족에게도 연락해주고 싶었지만, 엘프 마을에서 곰 폰을 가지고 있는 건 루이밍 뿐이라 연락은 불가능했다.

그러니 짐을 받아들면 돌아갈 생각이었다.

가게 안으로 들어가자 가게를 지키고 있는 릴리카가 맞아주었다.

“모두, 어서 와.”

"로지나 씨는? 오늘 부탁했던 게 다 만들어진다고 들었는데."

"완성됐어. 안쪽 방에 있으니까, 따라와."

우리는 릴리카의 뒤를 따라 구석 방으로 간다. 방으로 들어서자 우리가 부탁했다고 여겨지는 냄비와 프라이팬 등의 조리도구가 쌓여 있었다.

"이쪽이 유나, 이쪽이 피나, 이쪽에 가장 많은 게 루이밍이 부탁했던 거야. 확인해줄래?"

가장 적은 게 나, 다음으로 많은 게 피나, 가장 많은 게 루이밍이다.

나는 자택용과 예비 곰하우스용으로만 샀다. 그리고 현재로서는 사용할 예정은 없지만, 피나가 고아원용으로 커다란 냄비를 부탁했기 때문에 나도 같이 부탁해버렸다.

피나는 자택용과 가게용, 고아원용.

루이밍은 모친인 탈리아 씨가 마을을 돌아 주문을 받아왔기 때문에 가장 많았다.

"피나, 확인하면 말해. 내 아이템 봉투에 넣을 테니까."

나는 흰 곰 인형 장갑을 빼끔거렸다.

"네."

피나와 루이밍은 메모를 보면서 체크하기 시작했다.

나도 확인했다. 냄비와 프라이팬, 다른 조리도구. ……아마, 부탁했던 건 모두 준비된 것 같다. 대충 주문했더니 기억이 나지 않는다. 뭐, 급하게 사용할 예정인 건 없으니 다소 다르더라도 문제는 없다.

"나는 괜찮아."

수가 가장 적어서 금방 끝났다.

"제 몫도 괜찮아요."

피나도 확인이 끝난 모양이었다.

"아아, 잠깐 기다려."

나와 피나는 확인을 마쳤지만, 루이밍은 수가 많아서 끝나지 않았다.

"천천히 해도 돼. 그럼, 유나랑 피나는 비용을 확인해주고 OK면 사인을 부탁할게."

나와 피나는 비용이 적힌 영수증을 확인하고 사인했다.

"피나, 돈은 넉넉하니? 부족하면 내가 낼게."

가게에서 쓰는 거다. 내가 돈을 내도 상관없다.

"괘, 괜찮아요. 어머니께 확실하게 돈 받았으니까요."

피나는 아이템 봉투에서 돈을 꺼냈다. 나도 돈을 꺼냈다.

릴리카는 돈을 확인했다.

"응, 딱 맞네."

나는 자신의 몫과 피나의 몫의 조리도구를 곰 박스에 담았다.

"저도 확인했어요. 괜찮았어요."

많은 메모를 가진 루이밍이 확인을 마쳤다. 그리고 가격을 확인하고 돈을 냈다.

"루이밍도 돈은 괜찮고?"

가장 수가 많아서 지급할 돈도 가장 많았다.

"네, 모두 돈을 확실히 넉넉하게 준비해주셨거든요. 게다가 저렴하게 해주셔서 괜찮아요."

"릴리카, 정말로 싸게 해주셔도 되는 거야?"

"괜찮아, 재료비에서 확실하게 계산했으니까 이익은 분명하게 있어. 아버지의 술을 못 사는 정도지."

릴리카는 웃는 얼굴로 말했지만, 그 얘긴 드워프에게 있어서 사활이 걸린 문제가 되지 않나?

드워프라면 술을 많이 마신다는 이미지가 있다. 나는 마음속으로 로지나 씨에게 「얼마나 애통하십니까」라고 중얼거렸다.

우리가 돈을 내고 조리도구를 아이템 봉투에 넘는데 구석 문이 열리고 로지나 씨가 나온다.

"아가씨들, 왔었군."

로지나 씨는 하품했다.

"참, 유나, 들어봐. 아버지, 모두에게 부탁받은 걸 다 만들더니 갑자기 검을 만들기 시작했지 뭐야."

그 말에 나를 포함하고 피나, 루이밍도 놀랐다.

"뭐, 가잘과 골드의 나이프를 보고, 아가씨가 싸우는 걸 봤더니 아주 조금이지만 만들고 싶어졌던 것뿐이야."

로지나 씨는 조금 쑥스럽게 말했다.

"그럼, 무기를 만드는 대장장이로 돌아가는 거예요?"

"솜씨가 무뎌져서 쉽게는 돌아가지 못해. 그래도 지금까지처럼 냄비를 만들면서 느긋하게 만들기로 했네. 가잘과 골드가 돌아왔을 때 부끄러운 모습을 보이고 싶지 않으니까 말이야."

"아버지……."

로지나 씨의 말에 릴리카는 기뻐했다.

"아가씨들은 왕도로 돌아가는 거랬나?"

"네."

왕도에는 돌아가지 않지만.

이 마을에서 산 집에 설치한 곰 이동문으로 엘프의 숲으로 이동하고, 루이밍을 돌려보낸 뒤 그대로 크리모니아로 돌아갈 예정이다.

하지만, 그런 사실을 모르는 로지나 씨는 내가 왕도로 간다고 생각하고 있다.

"그래서, 아가씨에게 부탁이 있는데 말이야."

로지나 씨는 릴리카를 잠깐 본 뒤 나를 바라본다.

"뭐죠?"

"릴리카를 가잘이 있는 곳으로 데려가 주지 않겠나?"

"아버지!"

로지나 씨의 말에 릴리카가 소리쳤다.

나도 놀랐지만, 릴리카도 처음 듣는 모양이다.

"언제까지고 가잘이 떠난 것에 우물쭈물하고 있을 거냐. 가잘을 만나고 와라. 그 녀석을 좋아하잖아."

"……."

릴리카는 입을 다물어버렸다.

릴리카, 가잘 씨에게 호감이 있는 느낌은 들었는데, 역시나 좋아했던 거구나.

"가게라면 걱정하지 마라. 그리고 차이면 돌아오도록 해."

"아버지, 그래도 어머니는요?"

"이미 허락은 했어."

로지나 씨의 뒤에서 모친인 위오라 씨가 나온다.

"릴리카, 다녀오렴. 가게는 둘이서도 괜찮기도 하고, 사람이 부족하다면 고용하면 돼."

"그렇지만……."

"게다가 너도 어른이지 않니. 좋아하는 걸 하렴. 가잘의 지인인 유나가 온 건 무언가의 연이야."

"게다가 아가씨라면 어느 모험가들보다 강하니까 안심하고 너를 맡길 수 있어. 무엇보다 아가씨는 여자아이니, 그 점도 안심할 수 있지."

뭐, 제이드 씨 일행처럼 남녀 혼합형 파티라면 모르지만 소중한 딸을 남자 모험가에게 맡기는 건 불안하긴 하겠지.

"그래도 갑자기 그런 말하셔도. 유나도 곤란할 거예요."

곤란하다고 한다면 곰 이동문을 못 쓴다는 점이다. 하지만, 로지나 씨에게는 신세를 지기도 했고, 가잘 씨와 골드 씨의 스승이기도 하다. 거절은 하고 싶지 않았다.

"저는 괜찮아요. 하지만, 릴리카가 차이면 어떻게 되는 거예요?"

릴리카의 마음은 안다. 하지만 가잘 씨의 마음은 모른다. 어쩌면 내가 모를 뿐 가잘 씨에게는 사귀는 여자가 있을지도 모른다. 만일 릴리카가 차이기라도 한다면 나로서는 그게 가장 곤란하다. 연애 경험이 없는 나에게 릴리카를 위로하는 일 같은 건 불가능하다.

"유나~ 어째서 그런 말을 하는 거야."

릴리카는 내 몸을 친다. 아프진 않지만, 그런 장면이 만들어진다면 곤란한 건 나니까 말이다. 남자에게 차인 여자를 위로한 적 따위 없다. 과연 피나에게 부탁할 수도 없지 않은가.

흘깃 피나를 본다. 아직 10살 여자아이이다. 연애 경험은 없겠지?

"뭐, 그때는 성가시겠지만, 다시 데리고 돌아와 주게. 호위 비용은 확실하게 내지."

낙담하는 릴리카와 함께 돌아오는 장면을 상상하는 것만으로도 꺼려지는데. 그렇게 되면 곰 이동문을 써서 데리고 오는 게 가장 좋을지 모른다.

"으으, 어째서 차이는 게 전제처럼 되는 거야? 딸을 보내는 거 아니었어요?"

"가잘이 릴리카를 소중히 여겼던 건 알고 있지. 다만, 여동생처럼 봤던 것도 알고 있어."

"으으."

"그래도 편지에 너를 걱정하는 내용이 적혀 있었어. 지금도 소중하게 생각하고 있는 건 틀림없지. 나머진 릴리카, 너의 마음 먹기 나름이야."

"아버지……."

"그러니 다녀오렴."

"아버지, 어머니, 정말 괜찮겠어요?"

릴리카는 로지나 씨와 위오라 씨를 본다.

"다녀와."

"내 마음이 변하기 전에 가라."

딸인 릴리카에게 두 사람은 등 떠미는 말을 했다.

아버지답게, 어머니답게 부드러운 눈으로 릴리카를 본다.

"아버지, 어머니, 고마워요."

릴리카는 두 사람에게 안긴다.

"자, 오늘은 일하지 않아도 되니 채비를 하고 오렴."

"네!"

릴리카는 방에서 나간다.

"아가씨, 미안하지만, 딸을 잘 부탁하겠네."

로지나 씨는 머리를 깊숙이 숙인다.

"만일 가잘 녀석이 릴리카를 버린다면 나 대신 한 대 때려주게."

"그거라면 내 몫도 부탁해."

로지나 씨와 위오라 씨에게 가잘 씨를 때릴 권리를 두 대 받았다. 하지만 내가 힘껏 때리면 큰일이 나겠지.

그렇다곤 해도 멀리까지 찾아온 여자를 차는 거다. 그 정도의 각오는 해야지.

그리고 우리는 릴리카의 준비를 돕기로 했다.

"으으, 가지고 갈 짐이 많아. 하지만, 왕도에서 사면 돈이 드니까. 게다가 가잘에게 여자친구가 있으면 쓸모없어지겠지."

"짐이라면 내 아이템 봉투로 옮겨줄게. 그러니까 가잘 씨에게 차여도 괜찮아."

"유나, 그럴 땐 차이지 않을 테니까 걱정하지 말라고 말해주겠니."

그런 말을 들어도 가잘 씨의 마음은 모르니 무책임한 말은 할 수 없다.

릴리카는 옷을 중심으로 짐을 준비했다. 그걸 내가 곰 박스에 담아간다.

"정말로 지인에게 왕도로 간다고 말 안 해도 돼? 뭣하면 출발을 조금 더 늦춰도 돼."

"말했다가 가잘에게 혹시 차이기라도 한다면 돌아오기 껄끄러워지잖아. 그러니까 왕도에 남는 게 정해지면 편지를 쓸 거야."

그렇긴 하네. 왕도에 있는 남자가 있는 곳으로 간다고 말했다가 차여서 돌아오면 창피해서 마을로 돌아올 수 없게 되겠지.

뭐가 어찌 됐든 릴리카도 불안한 걸지도 모른다.

그리고 릴리카의 출발 준비를 마치고 저녁 식사에 초대를 받았지만, 릴리카가 왕도에 살게 된다면 가족끼리 식사할 수 없게 될 거다.

무엇보다 가족이 대화를 나눌 소중한 시간을 뺏고 싶지는 않았기에 정중하게 거절했다.

릴리카와는 내일 아침, 숙소에서 만나기로 약속을 하고 우리는 숙소로 돌아갔다.

참고로 왕도까지의 호위 비용에 관한 이야기는 정중하게 거절해뒀다.

그 이유는 내가 철 곰을 받았기 때문이다. 원래는 시험의 문에서 나온 철은 대장장이의 물건이 된다. 그걸 내가 받게 돼서 계산기를 두드려봐도 내가 너무 많이 받는 게 된다.

그러니 호위 비용은 안 받기로 했다.

452 곰 씨, 엘프 마을로 돌아가다

다음날, 아침 일찍 릴리카가 숙소로 찾아왔다. 짐은 이미 내 곰 박스에 담겨 있어서 작은 가방만 가지고 있고 가벼운 차림을 하고 있다.

"릴리카, 일찍 왔네."

"그게, 아버지가 「차이면 곧바로 돌아와」, 「차이면 내가 좋은 남자 찾아줄게」 같은 말을 하잖아."

"그만큼 릴리카가 걱정된 거겠지."

"어제는 멋있다고 생각했는데."

뭐, 하룻밤 지나니 역시 쓸쓸해졌겠지. 그만큼 사랑받고 있다는 의미다. 어디처럼 말도 없는 부모도 있다. 그런 경우도 생각하면 그래도 좋은 거라고 생각했다. 그래도 딸한테서 떨어지지 못하는 아버지도 곤란하지만.

릴리카가 왔기에 우리도 출발 준비를 했다.

"모두, 잊은 물건은 없지."

"네."

"괜찮아요."

1주일 정도 동안 신세를 진 방을 뒤로하고 1층으로 내려가자 제이드 씨 일행의 모습이 보였다.

아무래도 배웅을 해줄 모양이다.

제이드 씨의 일행은 토우야의 검에 관련한 것도 있어서 당분간은 이 마을에 남게 되었다.

“아가씨에겐 신세를 졌네. 곰들에게도 안부 전해주고.”

“꿀, 맛있게 먹더라고요.”

“그랬군.”

토우야는 조금 기뻐했다.

“으으, 곰돌이랑 곰순이에 타고 싶었는데.”

“후후, 나는 탔지. 상당히 부드러웠어.”

멜 씨의 말에 세니아 씨가 의기양양한 얼굴을 짓는다.

“그런데, 로지나 씨에게 이렇게 귀여운 따님이 있었구나.”

“심지어 가잘 씨의 여자친구.”

릴리카는 여자친구라는 말을 듣고 조금 쑥스러워했지만, 부정하지는 않았다.

“여러분도 가잘을 알고 있군요.”

“왕도에서는 꽤 유명한 대장장이거든요. 모험가라면 아는 사람도 많아요.”

가잘 씨가 칭찬받는 것 같자 릴리카가 기뻐했다.

“릴리카 씨가 왕도에 가는 거면 거기서 또 만날 수 있겠네요.”

“앗, 그게, 그땐 잘 부탁드릴게요.”

뭐, 그건 릴리카가 왕도에 살게 되었을 때의 이야기다. 또 이쪽으로 돌아올 가능성도 있다.

"으으, 그런데, 유나, 먼저 돌아가네."

"곰돌이랑 곰순이에 타고 돌아가고 싶었는데."

멜 씨와 세니아 씨가 아쉬워했다.

유감스럽지만 함께 돌아간다고 해도 곰돌이와 곰순이는 정원 초과다. 멜 씨와 세니아 씨를 태울 공간은 없다.

"토우야를 두고 유나랑 돌아가는 방법도 있어."

"그거네!"

"그거네! 가 아니지."

세니아 씨와 멜 씨의 말에 토우야가 화낸다.

"멜도 세니아도 그만해. 유나, 이번엔 토우야가 여러 신세를 진 것 같네. 다음번에 또 크리모니아로 갈게."

"그래, 그때는 식사 정도는 쏠게. 토우야의 돈으로 말이야."

"어째서 내가……."

"토우야가 유나에게 가장 신세를 졌으니까."

"으으."

멜 씨의 말에 토우야는 반론하지 못하고 끙끙거렸다.

"그럼, 저희는 갈게요."

"유나, 피나도, 루이밍, 릴리카 씨, 또 봐요."

제이드 씨 일행과 헤어지고 마을을 나섰다.

"저기, 정말로 곰을 타고 가는 거야?"

릴리카가 묻는다.

"당연하지. 마차는 늦잖아."

곰 버스라는 방법도 있지만, 마력을 사용하기도 하고 무엇보다 운전해야 하니까 귀찮다. 곰돌이와 곰순이 위에서라면 자고 있어도 달려준다.

게다가 곰 버스로는 엘프의 숲을 지나갈 수는 없다.

나는 마을에서 조금 떨어지자 곰돌이와 곰순이를 소환했다.

"정말로 소환이라니 신기해. 아무것도 없던 곳에서 나타나다니 말이야."

"음, 그럼, 처음엔 나와 피나가 곰돌이, 루이밍과 릴리카가 곰순이에 타자."

"처음엔?"

내 말에 릴리카가 고개를 갸웃거렸다.

"도중에 바꿔 탈 거야. 그렇지 않으면 곰순이가 토라지거든."

"곰순이랑 곰돌이는 유나 언니를 많이 좋아해서 한쪽만 계속 타면 토라져 버려요."

피나가 내 말을 덧붙여준다.

"곰이 토라진다. ……귀엽네."

릴리카는 곰순이에게 다가간다.

"유나는 아니지만, 부탁할게."

"크~응."

곰순이는 대답하더니 허리를 숙이고 릴리카가 타기 쉽게 해줬다.

"고마워."

"앗, 저도."

릴리카는 곰순이를 타고 그 뒤에 루이밍이 탔다. 나와 피나도 곰돌이를 타고 출발했다. 목적지는 엘프 마을, 루이밍의 집이다.

우리를 태운 곰돌이와 곰순이는 달리기 시작했다.

"릴리카, 속도를 올릴 건데, 무서워지면 말해줘."

"응, 알았어."

속도를 올렸지만, 릴리카는 확실하게 곰순이를 붙잡고 떨어지지 않으려 했다.

"그렇게 힘을 주지 않아도 돼요. 가볍게 타고만 있어도 안 떨어지니까요."

"응."

릴리카는 힘을 빼고 곰순이를 탔다.

우리를 태운 곰돌이와 곰순이는 마을 길을 달렸고, 도중부터 초원을 가로질러 숲속으로 들어갔다. 숲속도 길을 헤맬 일도 없이 나아간다.

"유나 님, 어째서 헤매지도 않고 달릴 수 있는 거죠?"

"곰돌이랑 곰순이가 길을 기억하고 있거든."

곰돌이과 곰순이는 한 번 지나온 길이라면 외우고 있다. 그러니 지시를 내리지 않아도 목적지까지 데려다준다.

올 때는 루이밍의 애매한 기억력으로 천천히 나아간 길도, 곰돌이와 곰순이는 헤매지 않고 달려간다.

우리를 태운 곰돌이와 곰순이는 산속 다리를 건넜다. 내가 갈 때 만든 다리다.

"벌써 여기까지 돌아왔네요."

갈 때와 돌아갈 때는 속도가 달랐다. 진행 방향을 안다면 빠르다.

갈 때는 1박 2일이었지만, 저녁 무렵에는 엘프 마을 근처까지 돌아왔다. 이대로 간다면 오늘 중에 도착할 수 있겠다. 다만, 숲속은 깜깜했다. 곰 라이트를 쓰면 더 갈 수 있지만, 무리해서 오늘 중에 엘프 마을을 갈 필요도 없다. 무엇보다 밤중에 마을에 도착하면 민폐다.

"그럼, 오늘은 이 근처에서 야영하고 내일 아침에 마을로 갈까."

"마을까지 금방이에요."

"밤중에 돌아가면 민폐잖아. 그럴 바에 아침에 마을로 돌아가는 편이 좋지 않겠어."

"아버지와 어머니라면 괜찮을 거예요."

"내가 싫어. 루이밍, 혼자서 갈래."

여기서 헤어지면 새까만 숲속을 혼자서 걸어가게 된다. 게다가 곰돌이와 곰순이가 없으면 길을 헤맬 가능성도 있다. 아는 길이라도 암흑이라면 길을 잃기도 했다.

"유나 님, 짓궂으세요."

그런 말을 해도 밤 중에 남의 집에 갈 정도로 뻔뻔함은 가지고 있지 않다. 간다면 잘 곳도 빌리게 된다. 만약 방을 빌리지 않더라도 곰 하우스를 써야 할 상황이 된다면 이곳에서 야영하는 것과 다를 것 없다. 귀찮은 행동을 주거니 받거니 하는 정도라면 이곳에서 1박 하는 편이 낫다. 무엇보다 곰 하우스 쪽이 마음이 편해서 잘 수가 있다.

"으으, 알겠어요."

"그럼, 여기서 야영하는 건가?"

릴리카가 주위를 둘러본다.

숲속이다. 어두침침해져 짐승이 근처로 다가올지도 모른다.

"위험하지 않아?"

"집을 꺼낼 거니까 괜찮아."

"집?"

나는 주위를 보고 조금 넓은 장소로 이동하곤 곰 박스에서 곰 하우스를 꺼낸다.

릴리카는 놀랐지만, 그런 릴리카를 데리고 집 안으로 들어왔다. 그리고 식사 준비를 하자 놀랐고, 목욕탕이 있는 사실에 놀랐으며, 따뜻한 이불에서 잘 수 있다는 점에 놀랐다.

그리고 릴리카는 딱 한마디, 「내가 아는 야영과 달랐어」라고 말했다.

다음 날, 엘프 마을을 향해 출발했다.

마을 근처였던 것도 있어서 금방 도착했다.

"먼저 무믈토 씨가 있는 곳에 가고 싶은데 괜찮아?"

"저도 돌아왔다고 보고할 거라 괜찮아요."

"무믈토 씨라니?"

무믈토 씨에 대해 모르는 릴리카가 묻는다.

"제 할아버지이자, 마을의 장로세요."

"그렇구나."

마을 입구에 도착하자 나는 곰돌이와 곰순이를 송환했다. 소환한 그대로라면 아이들에게 둘러 싸여버리기 때문이다.

그런데.

"곰 언니다~."

이상하네, 곰돌이랑 곰순이가 없는데 나는 아이들에게 둘러싸인다.

"모두, 유나 님에게서 떨어져."

"아~."

"할아버지, 가 아니라 장로님이 말씀하셨잖아. 유나 님이 와도 민폐 끼치면 안 된다고 말이야."

"으으."

아이들은 슬퍼했다.

어른이었다면 한 대 쳐서 날려버리겠지만, 아이들을 상대로 그런 짓은 할 수 없다.

“그럼, 무믈토 씨의 집까지 같이 갈까.”

짧은 거리지만, 내 말에 아이들은 기뻐했다.

“으으, 유나 님, 죄송해요.”

“유나, 인기가 대단하네.”

릴리카가 아이들에게 둘러싸인 나를 본다.

“뭐, 이런 복장을 하고 있으니까.”

아이들은 약속한 대로 무믈토 씨의 집까지 오더니 떨어졌다.

루이밍이 말을 건네며 집 안으로 들어간다. 그 뒤를 우리는 따라갔다.

“아가씨, 루이밍이 신세를 졌군, 그래.”

무믈토 씨가 조금 미안해했다.

“할아버지, 저 때문이 아니에요. 어머니 때문이죠.”

“그랬지.”

“그래서, 거기 드워프 아가씨는?”

무믈토 씨가 릴리카를 본다.

“릴리카라고 해요. 왕도에 가는 길이라 유나를 따라왔어요.”

릴리카는 인사했다.

자, 지금부터 본론이다.

"무믈토 씨, 잠시 부탁이 있는데요."

"부탁?"

"우리를 왕도로 이동시켜주시겠어요."

"유나?"

내 말에 릴리카는 고개를 갸웃거렸다.

사실은 어젯밤에 곰 이동문을 써서 남몰래 무믈토 씨의 집에 다녀왔다. 그때 약간의 부탁을 했다. 곰 이동문을 써서 왕도에 가고 싶지만, 릴리카에게는 곰 이동문에 대해 알리고 싶지 않았다. 그러니 엘프의 장로인 무믈토 씨의 힘으로 왕도로 이동시켜주는 것처럼 보여달라고 부탁했다.

그런 내 부탁을 무믈토 씨는 흔쾌히 받아들여 줬다.

"실은 엘프 마을의 장로인 무믈토 씨에게는 신기한 힘이 있어서 순식간에 왕도로 갈 수 있거든요."

"어머, 그런 게 가능해?"

릴리카는 놀란 표정을 짓는다. 뭐, 순식간에 왕도에 갈 수 있다고 한다면 놀라겠지.

"무믈토 씨, 부탁해도 될까요?"

"마을을 구해준 아가씨의 부탁이라면 거절하지 못하지. 다만, 우리 엘프의 비밀이기도 하네. 곰 아가씨 일행은 이미 알고 있지만, 그쪽의 아가씨에게는 보여줄 수는 없지. 미안하지만, 눈을 가렸으면 좋겠는데, 괜찮겠나?"

무믈토 씨가 예정대로 이야기를 진행 시켜준다. 곰 이동문을 보이고 싶지 않아서 눈을 가린 후 사용하기로 했다.

“그게, 그러니까, 곧바로 가잘을 만날 수 있다는 뜻이에요? 아직 마음의 준비가 되지 않았는데…….”

갑작스러운 말에 릴리카가 혼란스러워했다. 왕도까지 아직 시간이 있을 거라 생각했던 모양이라 동요하는 것 같다.

보통이라면 가능 방식을 의심할만한 부분인데 의심도 없다.

“그럼, 지금 곧바로 해도 되겠나?”

“네, 부탁할게요.”

“잠깐, 마음의 준비가…….”

“마음의 준비라면 집을 나올 때 했잖아.”

“그렇지만, 그렇지만…….”

나는 진심으로 사람을 좋아한 적이 없어서 이해되지 않지만, 차이는 게 무서운 모양이다.

하지만, 릴리카의 마음의 준비를 기다릴 정도로 나는 친절하지 않다.

“무믈토 씨, 부탁할게요.”

“그럼, 이 방으로.”

나는 소란스러운 릴리카를 데리고 방으로 이동했다.

“여기는?”

방으로 들어서자 무믈토 씨가 새삼 준비한 것으로 보이는 마법진이 바닥에 그려져 있었다.

설마, 무믈토 씨가 이렇게까지 준비해줬을 줄은 몰랐다.

"그럼, 눈가리개를 해도 되겠나?"

나는 천을 꺼내 릴리카에게 건넸다.

"잠깐, 기다려."

"그럼, 10초 셀게요. 1, 2, 3, ……."

"짧아, 짧다고!"

"5, 6, 7."

"피나는?"

"피나도 알고 있어요. 9, 10."

"자, 눈 가려."

나는 다시 천을 내민다.

릴리카는 천을 가만히 쳐다본 뒤, 심호흡하고 천을 받아들었다. 그리고 무믈토 씨를 봤다.

"정말로 왕도까지 갈 수 있는 거죠?"

"그래, 그건 약속하지."

"그럼, 잘 부탁드릴게요."

릴리카는 각오하더니 무믈토 씨에게 고개를 숙인다.

"릴리카 씨, 힘내세요. 릴리카는 귀여우니까 괜찮을 거예요."

"루이밍, 고마워."

루이밍은 릴리카를 본 후, 피나를 봤다.

"피나, 아직 보여주고 싶은 곳이 많이 있으니까 놀러 와야 해."

"응, 놀러 올게."

각자 작별 인사를 했다.

그리고 릴리카는 손에 든 천으로 자신의 눈을 가렸다.

나는 눈앞에서 손을 흔들어 보였지만 반응은 없었다. 확실하게 안 보이는 모양이다. 안 보인다는 사실을 확인한 나는 곰 이동문을 꺼낸다.

"그럼, 가지."

무믈토 씨가 주문으로 보이는 말을 외기 시작했다.

나는 곰 이동문의 문을 열었다.

"조금 걸을 테니까, 내 손을 잡아."

"응."

릴리카가 내 손을 잡고 곰 이동문 안으로 천천히 들어왔다.

453 곰 씨, 큐피트 곰이 되다

나는 릴리카의 손을 당기면서 조금씩 걸어 곰 이동문을 지나 왕도에 있는 곰 하우스로 이동했다. 그 뒤로 피나가 따라온다.

루이밍은 손을 흔들고 있다.

나는 곰 이동문을 숨기기 위해 릴리카의 손을 놓았다.

"유나?"

목소리가 불안하다.

"잠깐 기다려."

나는 곰 이동문을 닫고 곰 박스에 담았다.

"이제 눈가리개는 빼도 돼."

내가 말하자 릴리카가 가리개를 푼다.

"여긴?"

"왕도에 있는 내 집이야."

"왕도에 있는 유나의 집? 그럼 이곳은 정말 왕도인 거니?"

릴리카는 이리저리 방을 둘러보았다. 조금 전의 무믈토 씨네 집의 방과는 다르지만 아직 실감이 되지 않는 모양이다.

"밖에 나가면 알 거야."

우리는 곰 하우스에서 나왔다. 그리고 시선을 조금 옮기자 크게 우뚝 서있는 성이 보였다.

"성……그렇다면, 정말로 가잘이 있는 왕도?"

"이번 순간 이동에 대해선 무믈토 씨에게 민폐가 될 테니까 아무에게도 말하면 안 돼. 가잘 씨에게도 로지나 씨에게도 말이야."

"물론, 아무에게도 말 안 할게."

릴리카는 약속하더니 신기한 듯 빙그르르 도는 것처럼 주위를 보았다. 그러자 필연적으로 눈에 들어오는 게 있었다.

"곰?"

릴리카의 시선이 곰 하우스 앞에서 멈춘다.

"유나는 정말로 곰을 좋아하는구나."

여기서 아니라고 말하면 곰돌이와 곰순이가 울 것 같으니 부정은 할 수 없다. 게다가 곰은 싫어하진 않는다. 곰은 내 생활의 일부가 되어 있다. 그리고 이제와서 부정할 일이 아니다.

하지만, 입 밖에 꺼내는 건 창피하기에 나는 긍정도 부정도 하지 않고 도망치기로 했다.

"뭐, 나에 대해선 됐으니까 가잘 씨가 있는 곳으로 가자."

"응."

우리는 가잘 씨네 가게로 향했다.

여기까지 와서 도망치지는 않겠지만, 피나에게는 릴리카의 손을 잡도록 말해놨다. 피나의 손을 뿌리치고 도망치진 않겠지.

그리고 주위로 시선을 빼앗겨 길을 잃지 않게 하는 목적도 포함되어 있다.

그리고 평소처럼 왕도를 걷고 있는데 내게 시선이 모이며 「곰」, 「곰」, 「곰」, 「곰」이라는 단어가 들려온다.

"유나, 하나 물어봐도 될까?"

"뭔데?"

질문의 의도는 알지만, 물어본다.

"왕도에서 유나 같은 옷차림을 하는 사람은 더 없어?"

"………."

내가 입을 닫고 있자 릴리카는 피나에게로 시선을 옮긴다.

"그게, 없어요."

피나가 말하기 어려운 듯 대답했다.

"그렇구나. 어쩌면 왕도에선 유나 같은 옷차림을 한 사람이 또 있을 줄 알았는데, 없는 모양이네. 그래도 사람들이 이만큼 쳐다보면 창피할 거야."

이미 나는 창피하다는 감정은 버렸다. 어느 쪽이냐 따지자면 포기했다고 말하는 쪽이 올바를지도 모르겠다. 먼발치에서 쳐다보는 것 정도라면 무시하면 되고, 시비를 걸어온다면 대처를 할 뿐이다.

"피나는 신경 쓰이지 않아?"

"이제 익숙해요. 게다가 유나 언니의 곰은 귀엽거든요."

"뭐, 확실히 귀엽긴 하지만."

일단 우리는 시선을 받으면서 가잘 씨의 대장간으로 향했다.

"이곳에 가잘이 있는 거지."

우리는 가잘 씨의 가게 앞에 섰다.

"있어. 그럼, 들어간다."

나는 문을 열고 가게 안으로 향해 외쳤다.

"가잘 씨~"

"유, 유나?!"

갑자기 내가 가잘 씨의 이름을 부르자 릴리카가 당황했다.

"그거야, 안 부르면 안 나올 거 아니야?"

"아직, 마음의 준비가—."

"그건, 왕도에 올 때도 했던 거 아냐."

게다가 이 대화는 곰 이동문을 지날 때도 했다. 몇 번이나 받아주는 건 성가시다.

"그래도……."

"누구지?"

가게 안에서 가잘 씨의 소리가 들렸고, 다가왔다. 그와 동시에 릴리카가 도망치려고 했다. 하지만, 피나가 릴리카의 손을 확실하게 붙잡고 있어서 도망치지는 못했다.

"릴리카 언니, 어디에 가는 거예요?"

"피나, 부탁이야, 못 본 척 해줘."

“안 돼요.”

가잘 씨의 목소리를 들은 릴리카가 도망치려 했지만, 피나가 딱 잡고 놓치지 않았다. 피나에게 릴리카의 감시를 부탁해둔 게 정답이었다.

“뭐야, 곰 아가씬가. 오늘은 어쩐 일이지?”

“가잘 씨를 만나고 싶다는 사람이 있어서 데리고 왔어요.”

“나를?”

“피나, 부탁이니까 놔줘.”

“이 목소리는?”

가잘 씨는 가게에서 나온다. 그 앞에는 도망치려하는 릴리카의 모습과 손을 잡은 피나의 모습이 보였다.

“릴리카?”

“가잘!”

“어째서 릴리카가 이곳에?”

“가잘 씨를 만나러 왔어요.”

도망치려는 릴리카를 대신해 내가 대답했다.

“저기, 그건, 가잘이, 걱정돼서, 조금이지만 말이야. 그리고 유나가 왕도로 돌아간다고 하기에 따라온 것뿐이야.”

어라, 츤데레?

여기까지 와서 그런 반응이야? 귀찮군.

애니메이션이나 만화에서 본 츤데레는 귀엽게 보였지만, 현실에서 보니 귀찮은 여자로밖에 안 보인다.

츤데레는 이차원 한정이군.

“그래서, 일부러 왕도까지 온 거야?”

“안 돼?”

“안 되는 게 아니라…….”

가잘 씨는 약간 곤란한 표정을 보였다.

“가잘이 좀처럼 루도니크로 돌아오지 않은 게 잘못이지. 가끔은 돌아와.”

“미안, 일 때문에 바빴어.”

남자가 자주 하는 대사다.

하지만, 이대로라면 이야기가 전혀 진행되지 않는다.

“릴리카.”

나는 이야기를 진행 시켰으면 좋겠다고 눈으로 호소했다.

“아, 알았어.”

릴리카는 작게 심호흡을 하고 가잘 씨에게 다가갔다.

“가게는 혼자 하는 거야?”

“그래.”

“누군가, 고용하진 않았고?”

“지금은 그럴 생각은 없어.”

아아, 진짜로 귀찮다.

“가잘 씨, 릴리카는 마을로 못 돌아가니까 여기서 일하게 해줘으면 좋겠대요."

"유나?!"

이야기가 진행이 안 되기에 릴리카의 등을 뒤에서 떠민다.

"무슨 말이야?"

"즉, 릴리카는 가잘 씨를 만나고 싶어서 여기까지 왔다는 거예요. 이렇게까지 말하면 알고 있겠죠."

영구 취업을 하러 왔다고는 말하지 않았지만, 이 정도까지 말한다면 알겠지?

"릴리카……."

"안 될까?"

"그건……."

휙휙, 우측 스트레이트.

"그게 아니면, 내가 있으면 방해가 되니?"

휙휙, 어퍼.

"그건……."

휙휙, 휙. 레프트, 레프트, 라이트. 가벼운 잽에서부터 우측 스트레이트.

"안 돼?"

휙휙, 휙휙. 레프트, 라이트, 레프트, 라이트.

"그 전에 한 가지 확인해도 될까?"

"뭔데?"

휙휙, 휙휙.

"아니, 릴리카에게가 아니라, 어째서 아가씨는 릴리카 뒤에서 주먹을 휘두르고 있는 거야?"

"신경 쓰지 마세요. 그냥, 가잘 씨가 릴리카를 찼을 때 때릴 연습을 하는 중이니까."

휙휙, 스트레이트.

나의 스트레이트 곰 펀치가 바람을 가른다.

꽤 좋은 느낌이다. 기분 좋게 때릴 수 있겠어.

"어째서 그렇게 되는데?"

"로지나 씨에게 확실히 허락받았어요."

"사부님께?"

"만일 딸을 찬다면 한 방 때려주게, 라고 말이에요. 그리고 위오라 씨에게도 부탁받았으니 두 방이네요. 제 몫을 넣어도 된다면 세 방이려나."

휙휙, 휙휙.

"아버지, 어머니, 언제……."

나는 섀도복싱처럼 빠른 움직임으로 곰 인형 장갑 펀치를 반복했다. 그럴 적마다 곰 인형 장갑이 공기를 가른다.

"잠깐, 그건 이상하지. 어째서 아가씨의 몫이 있는 거야?!"

"아니, 여기까지 릴리카를 데리고 온 제 수고도 있지 않을까 싶어서요."

실제론 곰돌이와 곰순이을 타고, 곰 이동문을 써서 돌아오기만 했지만, 1박 2일이다. 그래도 그 사실을 가잘 씨는 모른다.

하지만, 릴리카를 찬 뒷 일을 생각한다면 한 방 정도는 때려도 될 거다.

분명 견딜 수 없는 기분이 들어 위로의 말을 건네야 할 거다.

그 일을 생각하면 한 방으로는 부족한 정도다.

"아가씨, 알고 있나. 그건 협박이라는 거야."

"협박이라고 느낀다는 건, 그렇다는 뜻인가요?"

나는 힘껏 스트레이트 곰 펀치를 휘둘러 공기를 가르는 소리를 낸다.

가잘 씨는 머리를 긁적이며 생각에 잠긴다.

"릴리카, 정말로 괜찮겠어? 여기서 일한다는 건 사부와는 쉽게 만날 수 없게 되는 거야."

"응, 가잘과 함께라면."

릴리카는 고민도 없이 즉답했다.

"…알았어."

가잘씨의 그 말에 릴리카는 만면의 미소를 지었다.

내 주먹이 나설 일은 없었던 모양이다.

"가잘 씨."

"뭐지?"

"그리고 한 가지 더 전할 말이 있어요. 한 번은 돌아오라고 하셨어요. 늦어도 아이가 생기기 전이 낫다고 말이에요."

"아, 아버지!"

릴리카는 쑥스러운 듯 소리친다.

"가잘, 아버지가 농담하신 거야. 농담."

릴리카는 얼굴이 새빨개지면서 부정했다.

"그렇지, 한 번 돌아갈까."

"……가잘."

릴리카가 기뻐했다.

아무래도 원만히 해결된 모양이다.

로지나 씨의 일과 시험의 문의 일도 이야기하고 싶었지만, 지금은 둘끼리 있게 해주자.

나는 릴리카로부터 맡았던 짐을 곰 박스에서 꺼내고 돌아가기로 했다.

"유나, 고마워."

"그래, 또 무슨 일 있으면 와줘. 이번 일도 포함해서 보답하지."

"그땐 부탁할게요."

나와 피나는 가게를 뒤로했다.

"릴리카 씨, 기뻐하는 것 같아서 다행이에요."

피나가 제 일처럼 기뻐했다.

정말로 차이지 않아서 다행이다. 제아무리 곰 치트 장비라도 여자를 위로하는 기능은 붙어있지 않다.

"그러게, 이대로 결혼해주면 좋겠네."

"네."

결혼하면 뭔가 축하 선물을 해주고 싶다.

그때를 위해 뭔가 생각해두자.

"유나 언니, 이제 어떻게 할 거예요?"

"피나를 데려다줘야 하니까, 일단 크리모니아로 돌아갈 거야."

피나를 길게 잡아둘 수도 없다.

나는 곰 하우스로 돌아가 릴리카에게 보이지 않도록 정리했던 곰 이동문을 다시 설치했다. 그리고 곰 이동문의 문을 열어 크리모니아로 이동했다.

"10일 정도였지만, 여러 일이 있어서 길게 느껴졌어요."

피나에게 있어서는 엘프 마을에서 루이밍과의 만남. 그리고 제이드 씨 일행과의 재회. 드워프 마을에서는 로지나 씨와 릴리카를 만나고 마을을 탐색. 이어서 나를 따라 시험의 문을 견학하기도 하고 토우야의 미스릴 검의 일 등으로 농후한 열흘이었다.

당분간은 느긋하게 보내고 싶다.

하지만, 무믈토 씨에게 곰모나이트에 대해 들어야 하니 한 번은 엘프 마을로 가야 했다.

무엇보다 곰 이동문을 무믈토 씨의 방에 방치한 그대로다.

454 곰 씨, 크리모니아로 돌아가다

나와 피나는 왕도의 곰 하우스에서 크리모니아로 돌아왔다.

"그럼, 고아원으로 가볼까."

"네!"

어제, 슈리와 티루미나 씨에게 돌아간다는 사실을 곰 폰으로 전했더니 오전 중이라면 평소처럼 고아원에 있다고 해서 나와 피나는 고아원으로 향했다.

고아원 근처에 다다르자 아이들이 활기차게 노는 모습이 보인다. 그중에서 슈리의 모습도 있었고, 우리를 발견했다.

"언니!"

슈리는 피나를 향해 달려왔고, 피나는 달려오는 슈리를 달려오는 피나를 품에 안았다.

"다녀왔어."

나도 아이들에게 둘러싸였다.

나는 슈리와 아이들에게 티루미나 씨가 있는 장소를 물었다.

티루미나 씨는 원장 선생님과 이야기 중이라고 아이들이 알려줬다.

나는 아이들을 뒤에 거느리는 느낌으로 고아원 안으로 들어갔고, 티루미나 씨와 원장 선생님이 있는 곳으로 향했다.

방에는 원장 선생님과 티루미나 씨, 어린아이들이 있었다. 어린아이들은 곰돌이, 곰순이 인형을 안고 있었다. 곰 인형 덕분에 우는 일이 줄었다고 원장 선생님에게 들었다. 도움이 되는 모양이라 다행이다.

"티루미나 씨, 돌아왔어요."

"어머니, 다녀왔습니다."

피나는 티루미나 씨가 있는 곳으로 달려갔다.

"어서 와. 유나, 피나는 얌전히 있었니?"

티루미나 씨는 딸의 머리를 쓰다듬으며 물었다.

"여전히, 좋은 아이였어요."

"어머니, 저 민폐 같은 거 안 끼쳐요."

"아무렴. 그렇지만, 피나는 주위에 폐를 끼치고 싶지 않아서 스스로 무엇이든 하려고 하는 점이 있잖아. 그게 상대에게는 걱정을 시키는 일이 되기도 하고 불안하게 만들 때도 있지."

"……어머니."

"그래도, 그것도, 내가 피나에게 지나치게 의지했기 때문이기도 하지."

피나는 지병을 앓던 모친과 여동생을 위해 혼자서 열심히 지내왔다. 피나는 남에게 의지하는 게 익숙하지 않을지도 모른다.

"그러게요, 제가 어부바해주려고 했는데 거절하기도 했거든요."

"유, 유나 언니!"

"어머나, 흥미로운 얘기네."

나는 간단하게 드워프 마을에서의 일을 얘기했다. 엘프 마을에서 루이밍이라는 여자아이와 친구가 되었다는 이야기, 크리모니아에 있던 모험가들을 만났던 이야기, 골드 씨의 스승을 만났던 이야기, 대장장이의 시련이 있었던 이야기, 긴 계단이 있어서 어부바해주려고 했는데 거절당했다는 이야기.

티루미나 씨는 즐겁게, 슈리는 부럽게 듣고 있었다.

"그리고, 이게 피나에게 부탁했던 조리도구들이에요."

곰 박스에서 고아원에서 쓸 조리도구를 꺼냈다.

"유나, 고마워."

티루미나 씨가 조리도구를 확인했다.

"혹시, 고아원에서 쓸 건가요?"

원장 선생님이 조리도구를 보고 묻는다.

"네, 고아원에 있는 건 낡은 게 많아서 사용할 때 망가져 버리기라도 한다면 큰일일 테니까, 드워프 마을에 간다는 유나랑 같이 가는 피나에게 부탁했었어요."

낡은 조리도구를 사용하는 건 위험하기도 하고, 작은 냄비를 몇 개나 사용하는 건 힘들다.

게다가 냄비와 프라이팬을 들고 있을 때 손잡이가 떨어지기라도 한다면 안에 든 내용물에 따라선 화상을 입어버릴 수도 있다.

"나이가 드니 물건을 버리기 어려워지네요."

원장 선생님은 물건을 소중히 해서 그다지 가지고 싶은 건 말하지 않는다.

그래서 티루미나 씨에게는 고아원에서 필요한 물건이 있으면 달걀 수익을 써서 사도 된다고 했다.

이번 냄비 등의 조리도구가 그중 하나다.

"티루미나 씨, 고맙습니다."

"사온 건 딸과 유나잖아요."

"피나, 유나 씨, 고마워요. 이것으로 안심하고 요리할 수 있겠네요."

"저는 어머니에게 부탁만 받았는걸요."

"저도 피나에게 듣기 전까지 생각도 못 했으니 고맙단 말은 티루미나 씨에게 하셔야죠."

"후후, 티루미나 씨에게 돌아와 버렸네요."

원장 선생님은 웃는다.

"세 사람 모두 고마워요."

원장 선생님은 우리 모두에게 감사 인사를 했다.

"원장 선생님 조리도구 외에도 뭔가 불편한 게 있으면 말해주세요."

그런 뒤, 리즈 씨와 니프 씨가 찾아왔고, 냄비 등 조리도구를 보고 크게 기뻐했다.

다음으로 나는 티루미나 씨와 피나, 슈리와 함께 안즈네 가게로 향했다.

"스프를 대량으로 만드는데 큰 냄비의 수가 부족했어요. 새로운 프라이팬, 칼도 기쁘네요. 유나 씨, 고맙습니다."

안즈는 사온 큰 냄비와 칼을 기뻐하며 바라보았다.

"인사라면 티루미나 씨에게 해."

"티루미나 씨, 고마워요."

"전부터 갖고 싶어 했잖아."

원장 선생님에 이어서 안즈도 기뻐해 줘서 좋을 따름이다. 정말로 사 오길 잘했다.

이것도 티루미나 씨와 피나에게는 감사할 일이다.

안즈의 가게를 뒤로 한 우리는 다음으로 모린 씨의 가게로 갔다.

모린 씨의 가게에서도 포테이토 칩과 감자튀김 등, 튀김용의 냄비와 세세한 조리도구 등을 두고 왔다.

"편해지겠네. 유나, 티루미나 씨, 고마워요."

"따로 필요한 게 생기면 부담 없이 말해주세요."

"고마워, 그땐 잘 부탁할게."

『곰 씨 쉼터』를 뒤로한 나는 마지막으로 티루미나 씨의 집으로 향했다. 그리고 곰 박스에서 티루미나 씨의 집에서 사용할 조리도구를 꺼냈다.

"긴 세월 써왔던 게 망가졌는데, 이거로 안심하고 요리할 수 있겠네. 피나가 아깝다고 못 사게 했거든."

"그거야, 예전부터 써왔던 거니까—."

원장 선생님과 같은 사고방식이다.

"그래도 낡은 건 손잡이가 헐렁해져서 위험하기도 하고, 수리에도 한계가 있으니까."

피나답다고 하자면 피나답다. 돈이 들어왔다고 해서 생각 없이 사버리면 안 된다.

나는 예전부터 갖고 싶은 물건은 뭐든 사 왔다. 조금은 피나를 본받아야겠네.

하지만, 이세계로 온 자신의 행동을 되돌아봐도 이 성격은 간단하게는 바뀔 것 같지도 않다.

돈은 써야지 경제가 돌아가니까, 라고 자신에게 변명해둔다.

참고로 티루미나 씨에게 빅 보어의 빨간 뿔을 기념품으로 주려고 했더니 필요 없다는 말을 들어버렸다.

"우리에겐 그런 비싼 뿔을 장식하는 취미는 없어. 먹는 게 좋지."

라고 말해서, 다음번엔 빅 보어 고기를 가져다주기로 약속했다. 물론 해체하는 건 피나의 역할이다. 슈리도 「할래~」라고 말해서 다음엔 두 사람에게 부탁하기로 했다.

모든 냄비와 프라이팬을 전달한 나는 혼자서 대장간의 골드 씨가 있는 곳으로 갔다.

“어라, 유나, 어서 와. 오늘은 무슨 일이야?”

가게를 지키고 있던 골드 씨의 부인인 넬트 씨가 맞아준다.

“루도니크 마을에 다녀와서 이거, 로지나 씨로부터의 편지예요.”

“골드! 골드!”

넬트 씨는 안쪽을 향해 소리쳤다.

“뭐야, 소란스럽게.”

“유나가, 루도니크에 가서 로지나 아저씨에게 편지를 부탁받아 와줬어.”

골드 씨는 놀란 표정을 보였다.

넬트 씨는 골드 씨에게 편지를 건넸다. 받아 든 골드 씨는 봉투를 뜯어 편지를 읽었다.

골드 씨의 표정이 서서히 변하더니 콧물을 훌쩍였다.

“그랬군. 아가씨, 고맙네. 내가 만든 나이프를 보여줬군.”

“골드, 뭐라고 적혀 있었어?”

“아직 멀었지만, 매우 좋은 나이프라고 말이야.”

“다행이네.”

그런 뒤 나는 릴리카의 일과 가잘 씨의 일을 이야기해준다.

“그렇군, 릴리카가 왕도에 있군. 언제 왕도로 가볼까.”

“그러게, 나도 릴리카랑 가잘을 만나고 싶어.”

루도니크 마을과 달리 왕도라면 비교적 간단하게 갈 수가 있다.

두 사람은 넷이서 있었던 때의 추억을 즐겁게 나누고 있었다.

나는 방해가 되지 않도록 조용히 가게 밖으로 나가려 했다.

하지만, 두 사람이 알아차렸다.

"아가씨, 고마워."

"다음번에 보답할 테니까, 오렴."

나는 「네, 그때는 부탁할게요」라고 말하고 가게를 뒤로했다.

좋은 일을 한 뒤엔 기분이 좋다.

나는 곰 하우스로 돌아갔다.

원래는 이대로 침대로 다이빙을 해서 느긋하게 있고 싶은 심정이지만, 무믈토 씨네 집에 곰 이동문을 설치한 그대로라서 회수를 하러 돌아가기로 했다.

게다가 곰모나이트에 대해서도 물어봐야 했다.

455 곰 씨, 곰모나이트를 장비하다

곰 이동문을 써서 무믈토 씨의 집으로 돌아갔다.

이동문이 놓인 방에는 아무도 없었다. 뭐, 그 뒤로 왕도에 갔고, 릴리카를 가잘 씨가 있는 곳에 보내고, 크리모니아에서는 고아원, 『곰 씨 쉼터』에 『곰 씨 식당』, 피나네 집에 들리고, 그런 뒤 골드 씨가 있는 곳에 들리니 시간도 지났다.

나는 곰 이동문을 정리하고 무믈토 씨가 있는 평소와 같은 방으로 향했다.

“아가씨, 돌아왔나?”

컵을 들고 차를 마시던 무믈토 씨가 있었다.

“무믈토 씨, 고마워요. 덕분에 살았어요. 그런데, 설마 마법진을 준비하실 줄을 몰랐어요.”

“어젯밤에 이야기를 듣고 준비해봤네.”

조금 웃음을 보이는 무믈토 씨.

그래도 그 덕분인 것도 있어서 릴리카는 의심하지도 않고 무믈토 씨 덕분에 왕도에 올 수 있었다고 생각하고 있다. 뭐, 곰 인형 옷차림을 한 나의 힘이라고 하는 것보다는 엘프의 신비한 힘이라는 편이 설득력이 있다.

“루이밍은 없나요?”

방에는 무믈토 씨밖에 없다.

"루이밍이라면 사 온 물건을 마을에 나눠주러 갔어."

그랬구나.

나중에 루이밍을 만나러 갈까. 하지만, 그 전에 무믈토 씨에게 묻기로 했다.

"참, 무믈토 씨에게 봐줬으면 하는 물건이 있는데요."

나는 둥근 광석, 곰모나이트를 두 개 꺼내서 무믈토 씨에게 보여줬다. 무믈토 씨는 곰모나이트를 받아서 확인했다.

"이건 정령석인가? 심지어 흰색?"

로지나 씨가 말했던 대로 정말로 정령석인 모양이다.

하지만, 이름은 곰모나이트란말이지.

"어디서, 이걸?"

"우연히, 얻을 기회가 있어서요. 그래서 다른 사람에게 물었더니 엘프가 자세히 한다고 들었거든요."

"분명히 정령석에 대해선 우리 엘프가 잘 알지."

"이걸 가진 사람을 강화해주는 돌이라고 이해하면 되나요?"

뭐, 게임에서는 항상 등장하는 장비템이다.

"정령석에는 속성이 있어서 바람의 정령석이라면 바람 마법이 특출난 자가 가지고, 불의 정령석이라면 불의 마법이 특출난 사람이 가지면 효과가 발생하지. 그래서 자신에게 맞는 정령석을 갖고 있지 않으면 의미는 없네. 우리처럼 바람 마법이 뛰어난 자가 불의 정령석을 가지고 있어도 효과는 없어."

뭐, 게임에서도 장비템에는 상성이 있어서 장비가 만들어지거나 만들어지지 않기도 했다.

"그래도, 이건 흰색—."

그러고 보니 처음 봤을 때도 마석의 색에 놀랐다.

"흰색은 희귀한 거예요?"

흰색이라는 건 속성이 뭘까?

빛이 되려나?

하지만, 이 경우엔 곰이란 말이지.

"어느 것도 물들지 않은 흰색. 신의 색이라고도 불리네."

무믈토 씨의 말에 나는 기침했다.

아니, 아니, 이건 곰모나이트니까, 말하자면, 곰의 정령석이란 말이지.

하지만, 신님으로부터의 선물이니 꼭 틀린 말도 아닐지 모른다.

이대로라면 신의 정령석이라고 생각하게 되어버리기 때문에 부정해두기로 했다.

"이거, 사실은 지인에게 받은 건데요, 곰모나이트라고 들었거든요."

지인=신님.

만난 적은 없지만, 지인인 건 틀림없다.

"어쩌면, 곰모나이트라고 불렀으니까, 곰의 정령석이라고 생각하는데 말이죠."

스킬에 대해서는 말할 수 없어서 그렇게 전달해둔다.

"곰의 정령석?"

무믈토 씨는 내 말에 곰모나이트와 나를 번갈아 본다.

"뭐, 믿기지 않는 건 어쩔 수 없지만, 이게 곰의 정령석이라고 한다면 이걸 제가 몸에 지니면 강화가 된다는 거로 이해하면 되나요?"

이건 스스로「저는 곰 속성이니까 곰 정령석을 장비해도 괜찮겠죠」라고 말하는 것 같은 모양새다. 뭐, 처음부터 곰모나이트라는 이름부터 내 전용 장비 아이템이라고는 생각했지만 말이다.

"아가씨가 곰 속성이고, 이 정령석이 곰의 정령석이라면, 그렇게 되지. 그렇지만, 이대로라면 정령석의 힘의 반정도만 나올 걸세."

"그래요? 그럼, 어떻게 정령석의 힘을 이끌어내는데요?"

가지고 있으면 될 거라고 생각했는데 효과는 반감된다고 했다. 기왕 장비할 거면 효과는 강한 편이 좋다.

"조금 전의 마법진이 있었던 방에서 할 수 있지. 괜찮다면 끌어내 줄까?"

"괜찮나요?"

"아가씨에게는 마을을 구해줬던 은혜가 있지 않나."

무믈토 씨의 말에 순순히 정령석의 힘을 꺼내기 위해 조금 전의 마법진이 있는 방으로 이동했다.

방에 들어서자 무믈토 씨는 구부려 앉아 바닥에 놓인 카펫의 끝을 손에 들더니 빙글빙글 돌려 마법진이 그려져 있던 카펫을 돌돌 말았다. 그리고 벽 쪽 선반을 정리했다. 선반에는 말린 카펫이 가득 있었다.

무믈토 씨는 많은 카펫을 하나하나 바라보았다.

카펫을 펼치고는 말아서 돌려놓는 작업을 행했다.

카펫에는 제각각 다른 마법진이 그려져 있다.

"어느 것이었지?"

라고 말하면서 정령석과 계약이 가능한 마법진의 카펫을 찾는 무믈토 씨.

"이곳에 있는 카펫은 모두 마법진이 그려져 있나요?"

"그렇네. 그래서 찾는데 고생을 하지."

그렇다면 효과가 적힌 메모라도 써두면 좋을 텐데, 라고 생각했지만, 만일의 경우를 생각하면 없는 편이 나을지 모른다.

"그럼, 조금 전의 마법진도 무언가의 마법진이었나요?"

"그건 피로를 해소하는 마법진이네."

그런 마법진도 있구나. 그렇게 되면 이곳에 있는 많은 카펫의 효과가 궁금해진다. 어떤 마법진이 있을까?

알려달라고 말하면 알려주실까?

이런 종류의 물건을 보니 전직 게이머의 피가 요동친다.

"이 카펫에 그려진 마법진은 어떻게 만드는 거예요?"

"마력을 입힌 실로 엮은 거네. 마력이 쉽게 통하기도 하고 몇 번이고 재사용할 수가 있지."

확실히 매번 복잡한 마법진을 그리는 건 귀찮지. 마법진을 봐도 너무 복잡해서 기억할 수는 없다. 지면에 그리기엔 여러 가지로 귀찮아질 것 같다. 카펫에 엮어놓으면 절단만 되지 않는다면 펼치기만 하면 쓸 수 있다.

"……이거다."

내가 카펫을 신경 쓰고 있는데 무믈토 씨는 한 장의 카펫을 꺼내 바닥에 펼쳤다. 그곳에는 조금 전의 피로에서 회복시키는 것과는 다른 모양의 마법진이 그려져 있었다.

무믈토 씨는 마법진이 그려진 카펫 앞에 섰다.

"그럼, 아가씨, 가운데 원이 있는 곳에 정령석을 두고 오른쪽 끝에 있는 원형 부분을 만져 마력을 보내주겠나."

마법진은 중심에 원형이 있고, 나머진 복잡한 모양이 그려져 있었다.

나는 손에 든 두 개의 곰모나이트를 봤다.

"……아가씨?"

"확인차 묻는데요. 계약이라는 거 제가 아니어도 되는 거죠?"

"그건 곰의 정령석이지 않은가. 아가씨 이외에 누가 계약을 한단 말인가?"

평범하게 생각해서 전 세계를 찾아봐도 곰모나이트와 계약할 수 있는 사람은 나 정도이다. 달리 있다면 보고 싶다.

하지만, 사람이 아니라면 마력을 가지고 곰 속성을 가진 주인은 있다.

나는 통상 사이즈의 곰돌이와 곰순이를 소환했다. 넓은 방이지만, 곰돌이와 곰순이를 일반 사이즈로 소환하니 좁게 느껴진다.

"그 계약이라는 거 이 아이들에게도 할 수 있을까요?"

곰모나이트는 가지고 있는 자를 강화해준다. 나는 곰 장비 덕분에 방어력도 공격력도 높다.

곰돌이와 곰순이도 다른 곰에 비하면 강하다. 보통의 마물을 상대로도 지지 않는다. 하지만, 타르구이에서 와이번과 싸웠을 때의 일을 생각하면 불안해진다. 곰돌이가 와이번의 공격을 받았을 때의 일을 떠올리면 지금도 무섭다. 곰돌이와 곰순이는 나를 지키려고 했다. 만일 곰돌이와 곰순이에게 무슨 일이 생긴다면 나는 견딜 수 없을 거다.

게다가 곰돌이와 곰순이에게는 피나와 다른 사람들의 호위를 부탁하는 일도 많다. 그런 생각을 하니 내가 다소 강해지는 것보다도 곰돌이와 곰순이가 강해지는 편이 나을 것 같다.

게임에서도 소환수를 성장시키는 것은 중요하다.

"아무리 그래도 지금까지 동물과 계약한 적은 없지만, 그 아가씨의 곰에게 마력이 있고, 속성이 곰이라면……."

마력은 있고, 속성은 틀림없이 곰이지.

"그럼, 곰모나이트……가 아니라, 정령석의 등록은 이 아이들에게 부탁할게요."

"아가씨가 그래도 된다면 나는 상관없네만."

나는 마법진의 한가운데에 곰모나이트를 하나 둔다.

"그럼 먼저 곰돌이부터일세. 거기에 마력을 보내주게."

"크~응."

곰돌이는 걸어가 무믈토 씨가 지시한 장소에 앞다리를 둔다. 그리고 곰돌이가 마력을 마법진에 보내자 마법진이 빛이 났고, 마력이 중앙의 곰모나이트로 모인다. 마치 곰돌이의 마력이 곰모나이트에 들어간 느낌이다. 마법진의 빛은 사라졌다.

"이거로 끝인가요?"

무믈토 씨는 끝났다고 대답해서 나는 곰모나이트를 줍고 교환하듯 또 다른 곰모나이트를 뒀다.

"그럼, 다음은 곰순이."

"크~응."

곰순이는 곰돌이와 교체되듯 마법진 앞으로 이동했다.

그리고 곰돌이와 똑같이 하얀 앞다리를 마법진에 두고 마력을 보낸다. 마법진은 빛났고, 곰순이와 곰모나이트의 계약도 끝났다.

나는 각자의 곰모나이트에 곰 관찰경을 사용했다.

그곳에는 충격적인 글이 적혀 있었다.

곰모나이트 : 곰돌이가 장비하면 신체 능력이 올라 마법을 쓸 수

있게 된다.

곰모나이트 : 곰순이가 장비하면 신체 능력이 올라 마법을 쓸 수 있게 된다.

곰돌이와 곰순이가 마법을 쓸 수 있게 돼?

그게 사실이라면 꽤 파워업이 됐을 거다.

“곰돌이, 이쪽으로 와.”

곰돌이가 내 옆으로 다가온다.

그리고 고개에 달린 리본을 풀고 그 리본 안에 곰모나이트를 넣어 리본을 고쳐 묶었다.

“크~응.”

고맙다고 말하듯이 운다.

“그럼, 다음은 곰순이야.”

“크~응.”

곰돌이와 교대로 곰순이가 내 앞에 다가왔다.

그리고 곰돌이와 똑같이 목에 있던 리복을 풀고 곰모나이트를 넣어 리본을 다시 달아줬다.

이것으로 마법을 쓸 수 있게 된 건가?

나중에 확인해보고 싶네.

“무믈토 씨, 고마워요.”

“아가씨의 도움이 됐다면 다행이네.”

나는 곰돌이와 곰순이를 송환했다. 그리고 무믈토 씨에게 감사 인사를 하고 집을 나왔다.

루이밍을 만난 후 크리모니아로 돌아가기로 했다.

루이밍의 집으로 향하고 있는데 지친 얼굴을 한 루이밍이 다가오고 있었다.

"아아, 유나 님, 돌아오셨군요."

"응, 조금 전에. 그건 그렇고, 루이밍은 뭔가 지쳐 보이네."

"사 온 물건을 나눠줬더니 지쳤어요."

뭐, 꽤 수가 있었으니까.

"그래도 모두 기뻐해 줘서 기분 좋았어요."

루이밍은 피로를 날려버리듯 웃는 얼굴을 짓는다. 내가 남자였다면 두근거렸을지도 모른다. 그러나 유감스럽게도 나는 여자다.

하지만, 냄비는 어디서든 기뻐하는군. 긴 세월 써온 물건은 쓰기 쉽고 애착은 있지만, 새로운 물건은 기쁘다.

나도 원래의 세계에서 새로운 컴퓨터를 샀을 때는 기뻤다.

지금, 그 컴퓨터는 어떻게 되었을까?

뭐, 컴퓨터에는 게임만 들어있지만, 신님에게 소중한 물건이라는 말을 들었을 때 컴퓨터라고 말했다면 컴퓨터도 이 세계로 가지고 올 수 있었으려나?

뭐, 돈이라고 말한 덕분에 고생하지 않고 이세계를 만끽하고 있다. 그 부분에는 감사했다. 게다가 전원 문제도 있으니 컴퓨터만 있어도 쓸 수 없으니까 말이다.

하지만, 스마트 폰과 태블릿은 있어도 좋았을지도 모르겠네, 태양열 충전기 세트가 딸린 거로 말이다.

인터넷에 연결되지 않더라도 구매한 전자 서적 같은 걸 읽을 수 있었을 텐데. 아직 사놓고 읽지 않은 만화나 소설이 있었다.

"그래서 유나 님, 릴리카 씨는 어떻게 됐어요? 저, 궁금해요."

역시 궁금하겠지.

"왕도에서 가잘 씨의 가게에서 일하게 됐어."

"그럼, 사귀게 된 거예요?! 결혼은요?"

성격 급하시네. 뭐, 나도 신경 쓰이긴 하지만.

"으~음, 그건 아직이려나. 앞으로 두 사람에게 기대해봐야 할 것 같은데."

"그렇군요……."

루이밍은 조금 아쉬워하지만, 가잘 씨는 처음엔 곤란한 듯한 표정을 지었지만, 마지막엔 기뻐하는 얼굴을 하는 것처럼 보였다.

나머진 시간의 문제인 것 같은 느낌이 든다.

"그래도 릴리카 씨가 차이지 않아서 다행이에요."

그에 관한 건 동감이다. 차인 릴리카를 로지나 씨가 있는 곳까지 데리고 돌아가게 되는 불상사가 생기지 않아서 다행이다. 그런 일이 생겼다면 눈가리개로 곰 이동문에 달싹 붙었을지도 모른다.

"저도 같이 왕도에 갔으면 좋았을 텐데. 그랬다면 오랜만에 언니도 만날 수 있었을 텐데. 그리고 그대로 유나 님과 피나네 마을에도 가보고 싶었어요."

"오늘은 막 돌아왔잖아. 크리모니아엔 또 다음에 가자."

"약속하신 거예요? 반드시 데리고 가주세요."

무믈토 씨에게 아이템 봉투를 돌려주러 가는 루이밍과 헤어지고 마을을 나왔다.

그리고 곰 하우스가 있는 신성수가 있는 곳까지 다다르자 곰돌이와 곰순이를 소환했다.

자, 곧바로 실험이다.

"곰돌이, 곰순이, 마법을 쓸 수 있니?"

""크~응.""

표정은 맡겨달라고 말하는 느낌이다.

나는 흙 마법으로 표적이 될만한 물건을 만들었다.

지면에서부터 봉 같은 물체를 꺼내 위에 표적을 단다. 화살의 표적 맞히기 등에서 쓸 법한 표적이다.

"그럼, 저 표적을 향해서 마법을 써봐."

""크~응.""

곰돌이와 곰순이가 앞다투어 자리를 잡으려 했다.

"두 개 만들 거니까, 싸우지 마."

“‘“크~응.”’”

나는 표적을 하나 더 만들었다.

곰돌이와 곰순이는 옆으로 서더니 동시에 몸을 일으켜 오른발을 휘둘렀다.

그러자 곰 발톱에서 바람의 칼날이 나왔다. 바람의 칼날은 표적을 찢었다.

오오, 굉장해. 정말로 마법을 쓸 수 있게 됐다.

이거야말로 진정한 곰 마법이지.

곰모나이트, 처음엔 장난치는 건가 생각했는데, 대단한 물건이었군.

곰돌이와 곰순이에게 위험한 일을 시킬 생각은 없지만, 마법을 쓸 수 있다면 피나와 다른 사람들을 지켜달라고 부탁할 때 안심할 수 있겠다. 약한 것보다는 강한 편이 좋다.

하지만, 이런 거라면 서둘러 곰모나이트를 알아봤어야 했다.

타르구이에서 곰돌이가 와이번과 싸우게 됐을 때 마법을 쓸 수 있었다면 위험도는 줄어들었을 거다.

무사했으니 다행이지만, 궁금한 점은 뒤로 미루지 않는 게 좋겠어.

“참고로 하늘을 날 수 있게 됐다거나 하지는 않니?”

만일, 곰돌이와 곰순이가 하늘을 날 수 있게 된다면 이동이 편해진다. 하지만 곰돌이와 곰순이는 슬프게 「크~응」 하고 운다.

아무래도 하늘은 날지 못하는 모양이다.

"물어본 것뿐이니까 그렇게 슬퍼하지 마."

곰돌이와 곰순이의 머리를 쓰다듬으며 사과했다.

그리고 곰돌이와 곰순이의 마법을 확인한 나는 크리모니아로 돌아왔다.

곰 하우스로 돌아온 나는 곰돌이와 곰순이를 꼬맹이화 시키곤 침대로 다이빙했다.

리본도 작아졌다.

아무래도 꼬맹이화 시키면 곰모나이트도 작아지는 모양이다.

정말로 신의 정령석일지도 모르겠다.

456 곰 씨, 슈리와 외출하다

저번에 티루미나 씨와의 약속을 지키기 위해 우리 집에서 빅 보어 해체를 하게 되었다. 해체한다고 해도 나는 할 수 없다. 해체하는 건 피나와 슈리다. 나는 구경이다.

“그래서, 어째서, 겐츠 씨가 있는 거죠?”

해체는 피나에게 부탁했는데 왠인지 겐츠 씨의 모습이 있다.

“빅 보어를 해체한다고 들었거든. 드문 일이니 나도 돕기로 했단다. 게다가 피나도 처음이라 모르는 부분도 있을 테니 말이야.”

참고로 피나에게 부탁했을 때 멧돼지는 해체한 적은 있어서 괜찮다고 말했다.

“일은 쉬는 날이니 걱정 마렴.”

뭐를 안심해야 할지 모르겠지만, 겐츠 씨는 의기양양하다.

뭐, 세 마리나 있으니 상관없지만. 게다가 해체가 빨리 끝나면 나야 좋다. 점심까지 해체작업을 끝내고 고아원에서 바비큐 파티를 하기로 되어 있다. 그러니 겐츠 씨가 도와주는 건 고마운 일이다.

“그럼, 부탁할게요.”

나는 곰 박스에서 세 마리의 빅 보어를 꺼냈다.

“크네.”

“크다.”

“유나 언니, 이렇게 커다란 짐승을 무찌른 거네요.”

겐츠 씨, 슈리, 피나가 빅 보어의 크기에 놀란다.

“그럼, 점심까지 끝내야 한댔지. 곧바로 해치워버릴까. 피나, 슈리. **아버지**가 하는 모습을 확실하게 보고 있어야 한다.”

「아버지」라는 부분을 강조하는 겐츠 씨.

혹시, 일을 쉬는 날이라 딸과 같이 있고 싶었던 것뿐일지도 모른다. 게다가 피나는 드워프 마을에 갔었기 때문에 한동안 떨어져 있었다. 티루미나 씨와 슈리는 곰 폰으로 이야기를 나눴지만, 겐츠 씨만은 대화를 나누지 못해서 외로웠을지도 모른다.

그게 아니면 아버지다운 면모를 딸들에게 보여주고 싶나?

피나와 슈리는 「네」, 「응」 하고 대답하고 있지만, 몇 년 후에는 「아버지, 냄새나」, 「아버지, 가까이 오지 마」라는 말을 하려나?

“유나 언니, 왜 그러세요?”

내가 피나를 바라보고 있었더니 묻는다.

“아무것도 아니야. 피나는 지금 이대로가 좋다고 생각한 것뿐이야.”

“………?”

피나는 고개를 살짝 갸웃거렸다.

빅 보어 해체 작업은 겐츠 씨 덕분인 것도 있어서 빨리 마칠 수 있었다. 그리고 우리는 해체한 고기를 들고 고아원으로 갔다.

고아원에서는 가게가 쉬는 안즈와 모린 씨가 식사 준비를 해줬다. 각자의 가게 멤버가 요리를 만들어 줬다.

모린 씨가 빵에 고기를 끼워 먹어도 맛있고, 안즈가 양념한 고기 요리도 맛있었다.

아이들도 맛있게 먹어줘서 바비큐 파티를 열길 잘한 것 같다.

앗, 루이밍을 부를 걸 그랬나?

바비큐 파티를 한 다음 날, 나는 타르구이 섬에 슈리와 둘이서만 찾아왔다.

곰 하우스에서 빅 보어를 해체하고 있을 때 슈리에게 「언니만 매번 치사해」라는 말을 들어버렸다. 「나도 유나 언니랑 어딘가 가고 싶어」라고 말하기에 슈리의 작은 소망을 들어주게 되었다.

슈리의 작은 소원은 「그, 과일이 있는 섬에 가고 싶어」였다. 그래서 이번엔 슈리와 둘이서만 타르구이로 왔다.

피나는 반대로 티루미나 씨와 함께 있다. 이쪽은 이쪽대로 모친에게 어리광피우고 있다.

뭐, 피나도 아직 10살의 여자아이니까. 모친에게 응석 부리고 싶은 나이다. 응석을 부리고 싶어도 여동생인 슈리가 있어선 어리광부릴 순 없다고 생각했다.

그런 이유로 오늘은 슈리와 둘이서만 있게 됐다.

타르구이 섬에 온 나는 곰돌이와 곰순이를 소환하여 지금 당장에라도 달려가려고 하는 슈리에게 주의 사항을 전달했다.

"곰돌이에서 떨어지면 안 돼."

"응!"

"곰돌이가 가면 안 된다고 하면 가면 안 된다."

"응!"

"모르는 음식은 따지 않고, 먹지 않을 것. 아니면 곰돌이에게 물어볼 것!"

"응!"

"그리고 무슨 일이 있으면 곰 폰으로 나를 부를 것."

"응!"

"그리고……."

그리고 주의해둘 게 있었나?

"으으, 유나 언니, 우리 언니 같아. 곰돌이랑 확실하게 같이 있을 거고, 곰돌이의 이야기는 잘 들을 거야. 그렇지, 곰돌이."

슈리는 곰돌이에게 안겼다. 곰돌이는 「크~응」 하고 울었다.

"곰돌이, 슈리를 부탁할게."

"크~응."

"곰돌이, 얼른 가자!"

"크~응."

즐거워하는 슈리를 태운 곰돌이는 달려갔다.

나는 슈리의 뒤를 쫓듯 곰순이와 함께 출발했다.

척척 나아가고 있는데 지체없이 슈리가 곰돌이와 함께 오렌을 따는 모습이 보인다.

곰돌이 등 위로 올라타 열심히 손을 뻗고 있었다. 착실하게 신발을 벗은 모습이 웃음 지어진다.

"곰돌이, 조금만 오른쪽으로 움직여줘."

"크~응."

곰돌이는 슈리의 지시에 따라 오른쪽으로 이동했다. 슈리는 곰돌이 위에서 능숙하게 균형을 잡았다.

"아아, 너무 갔어."

"크~응."

곰돌이는 조금 돌아왔다.

슈리는 손을 뻗었다.

"땄다."

"크~응."

흐뭇한 광경이다.

오렌은 슈리와 곰돌이에게 맡기고 나와 곰순이는 앞으로 나아간다.

망고, 바나나를 수확해간다. 과일만 아니라 채소도 있다. 정말로 여러 먹거리가 있네. 과연 가게에 낼 정도는 없지만, 내가 즐기기엔 충분하다.

하지만, 가게에서도 수량 한정이라면 괜찮으려나?

◇◇◇

오늘은 유나 언니랑 같이 과일이 많이 열린 섬에 왔다.

유나 언니네 집에 있는 문을 열면 이 섬에 올 수가 있다.

정말로 신기하다.

유나 언니는 가끔 우리 언니처럼 잔소리할 때가 있다.

오늘도 주의를 시키듯 몇 번이나 말을 들었다.

그렇게 몇 번이나 말하지 않아도 아는데.

나는 곰돌이를 타고 과일을 찾았다.

주위를 보고 있는데 오렌을 발견했다.

"곰돌이, 저 나무 아래로 가줘."

"크~응."

곰돌이는 오렌 나무의 아래로 가준다.

나는 곰돌이의 등 위에 서서 맛있어 보이는 것을 딴다.

그리고 다른 과일을 찾고 있는데 곰순이와 함께 있는 유나 언니가 과일을 따는 모습이 보였다.

유나 언니에게 질 수 없어.

뭔가, 맛있어 보이는 게 없나?

저기에 검은 열매가 있다.

"곰돌이, 저거 먹을 수 있을까?"

"크~응."

본 적이 없는 건 곰돌이에게 물으라고 유나 언니가 말했다.

곰돌이는 고개를 옆으로 젓는다.

아무래도 저건 못 먹는 것 같다.

"저건 먹을 수 있어?"

이번엔 녹색과 노란색으로 된 과일을 발견했다. 오렌과 조금 닮았다. 하지만, 그 과일은 오렌보다 작고 나무도 달랐다. 본 적이 없지만, 저건 먹을 수 있을 것 같다.

그래도 일단 곰돌이에게 묻는다.

"곰돌이, 이건?"

곰돌이는 「크~응」 하고 울며 고개를 위아래로 흔든다.

괜찮은 모양이다.

나무는 그다지 높지 않아서 나는 손을 뻗어 노란색 과일을 땄다.

맛있을까?

나는 노란색 과일을 나이프로 반을 갈라본다. 색은 다르지만, 오렌처럼 과즙이 많다. 나는 덥석 물었다.

"으으으으으으으읏!"

나는 들고 있던 열매를 지면에 버렸다.

엄청 시잖아.

"으으, 곰돌이, 거짓말쟁이. 먹을 수 있다며."

"크~응."

곰돌이가 슬퍼하는 얼굴을 짓는다. 하지만 거짓말을 한 건 곰돌이다.

입안이 굉장히 시다. 곰돌이에게 속았다.

"왜 그래?"

내가 곰돌이에게 화를 내고 있자 곰순이에 탄 유나 언니가 다가왔다.

"곰돌이가, 거짓말을 했어!"

내가 말하자 유나 언니가 주위를 보다가 눈앞의 나무를 바라봤다.

"혹시, 레몬을 먹은 거야?"

"너무, 셨어. 그런데 곰돌이가 먹을 수 있다고 해서."

"뭐, 이대로 먹지는 않거든. 보통은 고기 요리나 채소의 양념으로 사용되는 과일이야. 그러니까 먹지 못하는 건 아니지."

"그래?"

"그러니까 먹어서 위험한 건 아니라서 곰돌이는 먹을 수 있다고 했던 걸 거야. 그러니 곰돌이를 용서해줄래?"

나는 노란 과일과 곰돌이를 번갈아 본다.

곰돌이는 거짓말은 하지 않았다.

"……곰돌이, 화내서 미안해."

나는 부드럽게 곰돌이의 머리를 쓰다듬었다.

곰돌이는 「크~응」 하고 울며 나에게 다가온다.

넘어가 준 모양이다.

하지만 다음번엔 평범하게 먹을 수 있는 걸 찾기로 했다.

◇◇◇

나는 슈리가 발견한 레몬을 몇 개 땄다. 레몬 쥬스를 만들어도 되고, 레몬티도 만들 수 있다.

그리고 꿀에 절여서 먹기도 한다고 들은 적은 있는데, 먹은 적은 없다. 맛있나? 다음번에 만들어 보는 것도 좋을지도.

그런 뒤, 이번과 같은 오류가 일어나지 않도록 슈리와 함께 행동하기로 했다. 뭐, 함께 가게 되었다고 해도 나도 이곳의 알지 못하는 음식은 봐도 모르지만 말이다.

넷이서 타르구이 섬을 탐색하고 있는데 옥수수가 자란 것을 발견했다.

응? 좌우로 종류가 다른 것 같다.

한쪽은 생으로도 먹을 수 있을 정도로 윤기가 나서 맛있어 보인다. 하지만, 다른 한 쪽은 메말라 있다.

타르구이 섬에서 메말랐다고?

나는 메마른 옥수수를 하나 손에 든다. 이건 어쩌면?

팝콘을 만들 수 있는 옥수수의 품종이 있고, 그 옥수수는 메마를 정도까지 기다린 후에 수확한다고 예전에 TV에서 본 기억이 있다. 수확한 후엔 한동안 건조를 시킨 알갱이가 팝콘이 될 거다?

애매한 기억이지만, 그런 느낌이었다.

만일 옥수수의 품종이 다르다면 팝콘이 되지 않겠지만 말이다.

그래도 확인해볼 가치는 있다. 팝콘은 초등학생 때 영화를 보러 갔을 때 먹었던 정도다. 중학생이 되고난 뒤부터는 집에 틀어박혀 있었기 때문에 요 몇 년간은 먹지 않았다. 영화라도 보면서 먹을 수 있으면 좋겠지만, 아쉽게도 이 세계에는 영화관도 TV도 없다. 하지만, 극장은 있었지.

연극을 보면서 먹는 것도 좋을지 모르겠다.

그것보다 연극을 보면서 팝콘을 먹고 있으면 눈에 띄는 건 틀림없을 거다.

뭐, 연극을 보면서 먹지 않더라도 피나와 슈리에게 팝콘을 만드는 법을 보여주고 싶다. 톡톡 하고 폭발해서 단단한 씨가 부드러운 하얀 먹거리로 변한다. 그건 처음 보면 놀라니까 말이다.

나는 메말라 있는 옥수수를 땄다.

"유나 언니, 그렇게 마른 건 딱딱해서 못 먹어. 이쪽이 부드러워."

슈리는 마른 옥수수와 파릇파릇한 딱 먹기 좋은 무렵의 옥수수를 번갈아 보여줬다.

"조금, 시험해 보고 싶은 게 있거든. 이쪽에 메마른 옥수수가 필요해."

"시험해 보고 싶은 거?"

"먹을 수 있을지 모르지만 말이야."

"먹을 거야?"

슈리는 마른 옥수수를 보고 조금 싫은 표정을 짓는다.

뭐, 이런 딱딱해 보이는 걸 먹고 싶다고는 생각 않겠지.

"슈리랑 곰돌이는 그쪽의 옥수수를 부탁해. 곰순이는 여기를 도와주고."

"크~응."

나와 슈리는 분담하여 신선한 딱 제철의 옥수수와 메마른 옥수수를 수확했다.

왕도 학원제 때 만든 솜사탕도 좋았지만, 팝콘이어도 좋았을 것 같군.

뭐, 그때는 옥수수의 씨앗이 없었으니 어쩔 수 없다. 이것도 아직 팝콘이 될지 어쩔지도 알지 못하고 말이다.

"유나 언니, 배고파."

옥수수를 따고 있는데 슈리가 그런 말을 꺼낸다. 확실히 슬슬 점심시간이다.

"그럼, 옥수수라도 먹을까."

"응!"

나는 로지나 씨네 가게에서 샀던 냄비를 꺼내 물을 담아 불을 가해 옥수수를 삶았다.

그리고 조금 기다리자 옥수수가 좋은 느낌으로 삶아졌다.

"뜨거우니까 조심해."

나는 화상을 입지 않도록 손수건에 말은 뒤 슈리에게 건네줬다.

슈리는 「후~후~」 하며 바람을 불면서 옥수수를 먹었다.

"뜨거워."

"조심해서 먹어."

"그래도, 맛있어."

"막 땄으니까."

나는 앉아 있는 곰돌이와 곰순이의 몫도 집어줬다.

곰돌이와 곰순이는 양손으로 능숙하게 옥수수를 잡고 먹기 시작했다.

옥수수만으로는 아쉬우니까 수확한 과일을 잘라 그릇에 올렸다.

"으으, 다 맛있어. 언니도 오면 좋았을 텐데."

지금쯤, 피나는 티루미나 씨에게 어리광을 피우고 있지 않을까. 상상해보지만, 어리광 피우는 것보다는 함께 일을 할 이미지만 떠오른다. 그래도 즐거워하고 있음이 분명하다.

"그럼, 기념품으로 피나랑 티루미나 씨에게 따다 주자."

"응!"

"그리고 겐츠씨에게도 말이야."

겐츠 씨를 잊으면 불쌍하니까.

옥수수를 다 먹은 뒤에도 과일과 채소를 캤고, 피나와 고아원에 가져다줬다.

457 곰 씨, 노아와 곰을 보러 가다 1

“유나 님, 어디에 갔던 거예요!”

내가 집에서 여유를 부리고 있는데 노아가 찾아왔다.

“요 며칠 동안 집에 와도 없고, 가게 사람들에게 물어봤더니 피나랑 나갔다고 하고 말이에요. 매번 피나만, 너무해요. 저도 유나 님이랑 나가고 싶아요.”

슈리에 이어서 노아에게까지 너무하다는 말을 들어버렸다.

하지만, 나는 여유롭게 있고 싶다.

“유나 님, 유나 님.”

노아는 내 몸을 잡더니 앞뒤로 흔든다. 흔드는 건 멈춰 줬으면 좋겠는데.

“참고로 어디에 가고 싶은데?”

포기할 것 같지 않아서 물어본다.

“왕도요!”

“기각!”

“으으, 곰돌이, 곰순이, 유나 님이 심술 궂어~.”

노아는 내 옷을 놓더니 꼬맹이화 된 곰돌이와 곰순이를 끌어안고 소파 위에서 다리를 파닥거렸다.

“그렇게 다리를 파닥거리고 있으면 격이 떨어지지. 노아는 아가씨잖아."

"으으, 그러면 어딘가 데리고 가주세요."

노아는 볼을 부풀렸다.

데리고 가주고 싶지만, 피나와 슈리와 달리 귀족인 규슈 아가씨를 쉽게 데리고 돌아다닐 수는 없다. 외출한다고 해도 클리프의 허락이 필요하다.

게다가 곰 이동문에 대해선 비밀이라 어려운 점이 있다.

"나는 조금 외출할 건데, 노아는 남을래?"

"엇, 어디에 가는 건데요? 저도 갈래요!"

"곰돌이랑 곰순이의 꿀을 사러 가는 건데."

"아~~~~~."

불만을 토로하면서도 노아도 따라오기로 한 모양이다.

나와 노아는 각자 꼬맹이화 된 곰돌이와 곰순이를 안고 꿀을 파는 가게로 향했다.

옆을 걷던 노아는 외출이 근처인 탓인지 볼을 부풀리고 있다.

"이봐, 바다에 데리고 가줬잖아."

"그 뒤로 피나는 외출을 했고요."

"클리프 씨에게 데리고 가달라고 하는 건?"

"유나 님이랑 곰돌이랑 곰순이랑 같이 가는 게 좋아요."

노아는 팔 안의 곰순이를 끌어안는다.

으~음, 마을 근처를 소풍하는 것 정도라면 괜찮은가?

내가 여러 생각을 하고 있는데 꿀을 파는 가게에 도착했다.

"여기에서 꿀을 팔고 있군요."

가게 안으로 들어서자 렘 씨와 다른 점원의 모습이 보였다. 내가 가게에 들어가자 렘 씨는 곧바로 나를 알아차렸다.

"곰 아가씨구나. 오늘도 그 아이들의 꿀이니?"

"네, 부탁해요."

나는 곰 박스에서 빈 항아리를 꺼내고 카운터 위에 올렸다.

"항상, 고마워."

"곰돌이랑 곰순이가 가장 좋아하는 거거든요."

가끔 나는 곰돌이와 곰순이가 먹는 꿀을 사러 오고 있다. 얼마 전에 토우야에게 받았던 꿀은 다 먹어버렸기 때문에 보충하는 거다.

"여전히 아가씨의 곰은 귀엽네."

렘 씨는 내가 안은 곰돌이의 머리를 쓰다듬었다. 그리고 노아가 안고 있는 곰순이의 머리를 쓰다듬으려고 하다 눈치를 챘다.

"응? 혹시, 노알 님이신가요?"

"오랜만에요."

노아가 곰순이를 안은 채로 인사했다.

"노아, 렘 씨를 알아?"

"네, 아버님과 이야기를 나누는 모습을 보고 인사를 한 적이 있어요."

그러게, 일 때문에 클리프와 렘 씨는 지인이니까, 노아가 알고 있어도 이상하지는 않다.

렘 씨는 곰돌이와 곰순이를 안은 나와 노아를 본다.

"두 분은 아는 사이셨군요."

"네, 유나 님에게는 신세를 지고 있어요. 오늘은 유나 님이랑 곰돌이랑 곰순이랑 꿀을 사러 왔죠."

조금 전까지 「물건을 사러 간다고요~」라는 느낌으로 볼을 부풀리고 있었으면서 예의 바르게 대화를 나누고 있다. 이게 귀족의 교육인가?

"그러고 보니, 꿀이라고 했죠."

렘 씨는 내 항아리를 들고 꿀이 담긴 커다란 항아리로 향했다. 그리고 내가 가지고 온 항아리 안에 꿀을 담아줬다. 당연하지만, 꿀을 넣는 항아리는 무료가 아니다. 항아리를 지참하면 싸게 구매할 수 있다.

"자, 곰돌이랑 곰순이라고 했나, 내 서비스야."

렘 씨는 그렇게 말하더니 그릇 위로 꿀을 얹어 곰돌이와 곰순이 앞에 놓아준다.

"매번, 괜찮아요?"

"아가씨랑 아가씨의 곰에게는 신세를 졌으니까 말이야."

나와 노아가 곰돌이와 곰순이를 내려놓자 곰돌이와 곰순이는 꿀을 핥기 시작했다.

"유나 님이 무슨 일을 했나요?"

“얼마 전에 꿀벌 나무에 자리 잡고 살고 있던 마물을 무찔러줬을 뿐이야.”

“그때는 정말이지 덕분에 살았어.”

“일이니까 그렇게 신경 쓰지 않아도 돼요.”

“그러고 보니, 아가씨, 내일은 시간 있나?”

“딱히 예정은 없는데, 왜요?”

일단 모험가 및 가게 경영을 하고 있지만, 모험가의 일은 없기도 하고, 가게는 티루미나 씨에 모린 씨, 안즈가 있어서 내가 끼어들 일은 아무것도 없다. 실제로 루도니크 마을에 가 있던 동안에도 가게를 맡겨놓기만 했다. 내가 없어도 기본적으로 문제는 없다.

그러니 나는 매일 일요일이다. 그렇다고 해서 니트족인 건 아니다. 일은 안 하지만, 모험가라는 지위를 확실하게 가지고 있다.

“그러면 내일은 같이 꿀을 채취하러 가지 않겠나?”

“꿀이요?”

“그리고 곰도 보고 싶을 거 아니야.”

벌꿀 나무에 나타난 마물을 토벌한 뒤에 곰들을 몇 번인가 보러 가고 있다. 그중 한 번은 렘 씨와 갔다.

그때 렘 씨는 기뻐하며 곰을 만지고 있던 장면을 떠올렸다.

나에게 권한다는 건 근처에서 곰을 보고 싶다는 뜻인가? 그때까지는 멀리서부터 지켜봤다고 했다.

“저기, 곰이란, 뭐죠?”

"꿀을 채취할 수 있는 나무 근처에 곰 가족이 있습니다."

렘 씨가 노아에게 설명했다.

"그 곰님은 위험하지 않나요?"

"아뇨, 무척 착한 곰이에요. 하급 마물이라면 무찔러 주기도 합니다. 벌꿀 나무를 담당하죠."

노아의 질문에 렘 씨는 자랑하듯 대답했다. 그런 렘 씨의 대답에 노아의 얼굴이 서서히 바뀌어 간다. 다음으로 나올 말이 예상되어버렸다.

"저도, 그 곰님을 만나고 싶어요."

상상했던 대로의 말이 나왔다.

"이런, 그건……."

노아의 말에 곤란한 건 내가 아니라 렘 씨었다.

그거야 그럴 거다. 귀족 영애를 야생 곰이 있는 장소에 데리고 갈 수는 없다.

가고 싶다고 해도 곤란하겠지.

"유나 님……."

노아가 조금 슬픈 표정으로 나를 본다.

어딘가 데리고 가주고 싶은 마음도 있다. 드워프 마을에 가 있어서 노아를 신경써주지 못한 건 사실이다.

"……알았어. 단, 조건이 있어."

"조건이요?"

"클리프의 허락을 받을 것. 클리프가 좋다고 하면 데리고 가줄게."

아무래도 멋대로 데리고 나갈 수는 없으니 이게 최소한의 조건이다.

"아, 아버님의……."

"클리프의 허락이 없으면 데리고 갈 수는 없지. 일단, 출발 전에 클리프에게 확인하러 갈 거야. 거짓말하면 안 되니까."

"알았어요. 반드시, 아버님의 허락을 받을게요."

노아는 작은 손을 강하게 쥐었다.

꿀을 구매한 나는 가게를 나왔다. 노아는 클리프에게 허락을 받으러 집으로 돌아갔다.

다음날, 렘 씨와의 약속시간 전에 노아네 집으로 갔다. 제대로 클리프의 허락이 내려졌는지 확인을 하기 위함이다.

노아네 집에 도착하자 기뻐하는 노아가 기다리고 있었다.

"유나 님, 아버님의 허락은 받았어요."

노아는 만면의 미소로 대답했다.

나는 일단 클리프에게 확인을 해봤는데…….

"그래, 좋아."

만나자마자 말을 들어버렸다.

"저기, 노아한테 제대로 이야기는 들었어요? 야생 곰을 보러 가는 건데요."

"네 녀석이 같이 있는 거라며."

"그렇긴 한데요."

"그러면 상관없지. 마물을 그렇게나 무찔러 놓고 곰 정도로 당황할 일도 없을 거 아냐."

"……."

"게다가 렘에게 점잖은 곰이라는 보고는 받았어."

"……."

"노아가 꿀벌 나무를 구경하는 건 공부에도 될 거고 말이야. 렘만이라면 불안하지만, 네가 데리고 가준다면 아무런 문제는 없지."

그런 이유로 클리프의 허락도 내려져서 나와 노아는 곰순이에 올라탔다. 렘 씨의 마차에는 커다란 항아리가 몇 개나 들어가 있다.

"유나 님, 곰은 어떤 곰님이에요?"

"새끼 곰이 두 마리 있는 네 마리 가족이야. 새끼 곰은 몇 개월 전에 막 태어난 거라 아직 어리려나?"

"으으, 얼른 보고 싶네요."

"꿀벌 나무를 보는 것도 잊지 마."

"물론이죠. 아버님께 확실하게 보고하지 않으면 혼날 거예요. 게다가 만일 제대로 보고하지 못하면 공부에 파묻힐 거예요."

역시 귀족이라고 해야 할까. 착실히 교육하고 있다.

우리는 숲 근처까지 다다랐다. 렘 씨의 마차는 외길을 지나고 있었고, 우리는 그 뒤를 따라가고 있다.

한동안 걸어가고 있는데 꽃이 일면에 핀 장소가 나온다.

"예뻐요."

"그렇게 말해주니 기쁘네요."

노아의 말에 렘 씨가 미소로 감사 인사했다.

"이 꽃은 맛있는 꿀을 채취할 수 있게 렘 씨네가 관리를 하고 있어."

"이야기로는 들었지만, 예쁘네요."

"그렇지, 예뻐."

타르구이 섬의 꽃밭의 광경을 떠올렸다. 그러고 보니 타르구이에는 꿀벌 나무는 없나?

"저게 꿀벌 나무인가요?"

노아가 꽃이 핀 너머로 눈길을 보냈다. 커다란 나무가 있고 꿀벌이 한가득 날고 있다.

"맞아, 위험하니까 다가가면 안 돼."

일단, 전문가인 렘 씨가 아니면 다가가는 건 위험하다.

"아가씨, 곰을 만나기 전에 꿀을 채취해도 되나?"

"그럼, 도울게요. 노아는 여기서 곰돌이랑 곰순이랑 같이 구경해."

"알겠어요. 그래도 빨리해주셔야 해요."

나는 마차에 올려진 빈 항아리를 한 번 곰 박스에 담는다.

그리고 꿀벌 나무 옆까지 가서 항아리를 꺼냈다.

"아가씨, 고마워. 도움이 됐어."

렘 씨는 꿀벌을 화나게 하지 않도록 꿀을 항아리 안에 담아간다. 그리고 꿀이 든 항아리를 곰 박스에 넣었다. 그걸 반복해서 모든 항아리에 꿀이 넣고 마차로 돌아와 마차 위로 꺼냈다.

"아가씨 덕분에 빨리 끝났네. 어제 막 사긴 했지만, 이 항아리를 가지고 가주게."

렘 씨는 꿀이 든 항아리 중 하나를 건넨다.

"괜찮나요?"

"그래, 도와준 보답이야."

나는 꿀이 든 작은 항아리를 받았다.

곰돌이와 곰순이 쪽을 보자 원하는 듯 항아리를 바라보고 있다.

"돌아간 뒤에 줄게."

"크~응."

그런 슬프게 울지 않아도 되는데. 게다가 꿀이라면 어제도 먹었잖아.

458 곰 씨, 노아와 곰을 보러 가다 2

"그래서, 유나 님, 곰님은 어디에 있는 거예요?"

조금 전부터 못 기다리겠는지 곰순이를 안고 있는 노아가 묻는다.

곰이라면 노아가 안고 있잖아. 라고 지적을 하고 싶어지지만, 참는다.

뭐, 곰돌이랑 곰순이 이외의 곰은 본 적이 없어서 기대되겠지.

"있는 곳은 모르지만, 곰돌이랑 곰순이에게 불러 달라고 할 거야. 곰돌이, 곰순이, 부탁할게."

"""크~응."""

곰돌이와 곰순이는 대답하더니 「크~~~~~~~응」 하고 큰 목소리로 운다.

"뭐, 뭐죠?"

"곰을 불러준 거야."

탐지 스킬로는 곰이 있는 곳을 알지 못했다. 그렇다면 부르면 된다.

곰돌이와 곰순이는 곰이다. 대화도 할 수 있어서 부르는 것 또한 가능하다. 곰돌이와 곰순이는 곰과 사이좋게 이야기를 나누고 있을 땐 놀랐지만 말이다.

"그럼, 곰님이 오는 거네요."

노아는 이리저리 주위를 본다.

나도 어디서 올까 궁금하던 찰나, 오른쪽 나무들 사이에서 곰 가족이 얼굴을 보였다. 커다란 곰이 두 사리에 새끼 곰이 두 마리인 가족이다.

"유나 님, 곰님이에요! 곰님이라고요! 곰님 가족이에요!"

흥분한 노아가 내 팔을 잡고 흔든다.

기쁜 건 알겠지만, 흔드는 건 하지 말아줘.

"보면 알지. 흥분해서 곰들을 놀라게 해선 안 돼."

곰이 놀라 노아를 공격한다면 위험하다. 일단 점잖긴 하지만, 야생 곰이라는 걸 잊어선 안 된다.

"알고 있어요. 괜찮아요. 부드럽게 쓰다듬을 거니까."

쓰다듬을 마음인 거니.

"곰돌이와 곰순이와는 달라서 야생 곰이라는 걸 잊으면 안 돼. 내가 좋다고 말할 때까지 만지면 안 된다."

당장에라도 달려 나갈 것 같아서 주의를 시킨다.

"네, 알겠어요."

내 충고에 노아가 마음을 다잡는다.

그리고 곰 가족은 천천히 우리가 있는 곳으로 다가와선 곰돌이와 곰순이와 몸을 비볐다.

아무래도 괜찮을 것 같다.

"크~응."

새끼 곰 두 마리는 내가 있는 곳으로 왔다. 꼬맹이화 시킨 곰돌이와 곰순이도 귀엽지만, 이쪽 새끼 곰들도 귀엽네. 그 뒤로 조금 성장한 건가? 곰은 역시 작을수록 귀여워.

"유나 님, 저도 만져도 돼요?"

내가 새끼 곰을 쓰다듬고 있자 노아가 당장에라도 새끼 곰에게로 손을 뻗으려고 했지만, 확실하게 나와의 약속을 지키며 참고 있다.

"곰돌이, 곰순이, 노아가 이 아이들을 만져도 위험하진 않다는 말해줄래?"

나는 부모 곰과 사이좋게 있는 곰돌이와 곰순이에게 부탁했다.

그러자 곰돌이와 곰순이는 부모 곰과 이야기를 시작했다.

「크~응」, 「크~응」, 「크~응」, 「크으응」

잘 모르겠지만, 뭔가 이야기를 나누고 있다.

이럴 때 곰 언어 스킬이 있다면 좋겠다는 생각이 들어버리지만, 곰돌이와 곰순이의 본심을 들으면 그건 그거대로 무서운 기분도 든다. 그렇게 생각하니 곰 언어 스킬은 없는 편이 나을지도 모르겠다.

그리고 부모 곰과의 대화가 끝나자 곰돌이는 노아가 있는 곳으로 다가온다. 곰돌이는 노아의 뒤로 돌아가 등을 민다.

"곰돌이?"

"곰을 만져도 좋대."

"정말인가요?"

노아는 조금 무서워하면서도 천천히 손을 뻗어 내 품 안에 있는 새끼 곰을 만진다.

"곰돌이와 곰순이와는 감촉이 달라요. 조금 털이 단단해요."

"곰돌이랑 곰순이는 목욕을 하잖아. 야생 곰과 비교하자면 다르지."

게다가 소환할 때마다 깨끗한 상태가 된다. 항상 포근하고 풍성한 상태다.

"그래도, 부드럽네요."

뭐, 폭신하지. 나도 새끼 곰의 등을 쓰다듬었다.

"그리고 이쪽 곰님은 얼굴이 멋있네요."

""크~응!""

노아의 말에 곰돌이와 곰순이가 조금 화를 낸다.

"미안해요. 곰돌이랑 곰순이는 멋있다기보단 귀여운걸요."

"그래서, 아가씨, 나도 만져봐도 되나?"

조금 전부터 묵묵히 우리를 보고 있던 렘 씨가 노아의 뒤에서 곰을 만지고 싶어 했다.

"곰돌이, 곰순이, 렘 씨도 만지고 싶대."

「크~응」, 「크~응」, 「크~응」, 「크으응」

이번엔 곰순이가 렘 씨의 뒤로 돌아가 등을 민다.

"된다는 모양이네요."

"그렇군."

렘 씨는 부모 곰을 만지고, 새끼 곰을 만진다. 렘 씨는 만족스러운 표정을 보인다.

역시, 렘 씨도 곰을 만지고 싶었구나.

"항상 꿀벌 나무를 지켜줘서 고마워. 그래도 너무 위험한 일은 하지 말아줘."

말은 통하지 않지만, 렘 씨는 부드럽게 곰에게 말을 걸고 있다.

"곰님은 꿀벌 나무를 지키는 담당인 거죠."

"전에 마물과 싸워줬어요."

그래도 그거는 자신의 세력을 지키기 위해 싸운 거지만 말이다.

뭐, 나로서도 고블린과 오크, 곰이 싸우고 있으면 곰을 응원한다.

"그래도 다음에 나타날 마물을 곰이 무찌를 수 있을 거라고 단정할 수 없지. 만일 마물이 터를 잡고 살게 된다면 모험가에게 의뢰하면 돼. 곰들이 무리하지 않아도 돼."

"그땐 제가 의뢰를 받죠."

"아가씨가 받아준다면 안심이지."

자칫 잘못해서 모험가와 곰이 맞닥뜨려 싸움으로 번져도 곤란하니까 말이다.

무엇보다 내가 곰을 지키고 싶다.

"뭐, 위험한 건 마물만이 아니지만. 만일 모험가가 곰 토벌을 하러 온다면 도망쳐야 해."

렘 씨는 곰들을 쓰다듬으며 말했다.

확실히 그럴 가능성도 있다. 사람 쪽이 마물보다 위험할 수도 있다.

"그래도 저 마을 모험가들 중에서 곰님을 토벌하러 오는 사람이 있나요?"

노아가 나와 곰돌이, 곰순이를 본다. 그것에 반응하듯 렘 씨도 우리에게로 시선을 옮긴다.

"모험가 길드에서 의뢰가 있으면 토벌하러 올지 모르지만, 딱히 난폭하게 굴지 않는 곰들을 토벌하러 올 사람은 없을 것 같네요."

나는 마음속으로 곰을 먹거나 하진 않나 싶었지만, 대답이 무서워서 묻는 건 관뒀다.

"게다가 유나 님에 대해 아는 모험가라면 곰님에게 손을 뻗진 않을 거예요."

"확실히."

노아의 말에 렘 씨는 고개를 끄덕인다.

이제 와서 말하긴 그렇지만, 나는 다른 모험가에게 어떻게 여겨지고 있을까? 그다지 좋은 이미지는 안 가지고 있겠지만 말이다.

그 이전에 어째서 렘 씨가 고개를 끄덕이지?

렘 씨의 마음속에 있는 내 이미지도 궁금해진다.

한동안 곰들과 함께 지내고 있는데 곰들은 「크~응」 하고 울더니 몸을 일으켜 꿀벌 나무를 향해 걷기 시작했다.

아무래도 식사 시간인 모양이다.

"아아, 저도 같이 가고 싶어요."

"위험하니까 멀리서만 관찰해야 해."

"으으, 알겠어요."

노아는 아쉬운 듯 곰 가족을 배웅했다.

곰 가족은 꿀벌 나무 아래로 이동하더니 꿀을 먹기 시작했다.

렘 씨와 클리프는 꿀을 먹는 걸 허락했지만, 원래는 토벌 대상이라서 일반적으로 생각하면 꿀을 먹는 외적이다.

만일 토벌 이야기가 떠오른다면 타르구이 섬으로 도망치게 하는 것도 좋을지 모르겠다.

꿀을 먹는 새끼 곰들을 보고 있는데 옆에서 작게 「크~」 하고 우는 소리가 들렸다.

옆을 보자 배를 누르고 있는 노아가 보였다.

"제, 제 뱃소리가, 아니에요."

노아가 얼굴을 조금 붉히며 부정했다.

"나는 아무런 말도 안 했어."

"으으으."

노아는 쑥스러워했다.

그래도 확실히 점심시간이긴 하다. 배가 고픈 건 당연하다.

"그럼, 우리도 여기서 점심을 먹을까."

"점심 말인가요?"

"모처럼 여기까지 왔는데 꽃도 예쁘고 말이야. 게다가 렘 씨에게 묻고 싶은 것도 이야기도 있잖아?"

나는 곰 박스에서 지면에 카펫 같은 시트를 펼치고 빵이 든 바구니를 꺼낸다.

"괜찮다면 렘 씨도 앉아서 드세요."

"괜찮겠니. 그렇다면 고맙구나."

렘 씨와 노아는 시트 위에 앉았다.

나는 마실 거리가 든 작은 통과 컵을 준비했다.

"음료는 과즙이랑 우유가 있으니까 원하는 걸로 마셔."

"고맙습니다. 저는 우유로 할게요."

"나는 과즙으로 하지."

두 사람은 컵에 각자가 주문한 대로 마실 것을 담았다.

"그리고 야생 곰을 만졌으니까 빵을 들기 전에 이걸로 손 닦아."

나는 젖은 타올을 두 사람에게 건넨다.

곰을 만진 손으로 빵을 먹는 건 위험하다. 곰돌이와 곰순이와 달리 야생 곰은 목욕을 하지 않는다.

뭐, 강 같은 곳에 들어갈지도 모르지만, 위생적인 면에서 생각한다면 닦는 편이 좋다.

"이것저것 미안하네."

"유나 님, 라라 같네요."

노아보다 연상의 언니니까.

두 사람은 젖은 타올로 손을 닦고 빵으로 손을 뻗었다.

“아아, 곰 빵이네요.”

노아는 바구니에 든 곰 빵을 발견했다.

노아가 기뻐할 것 같아서 가지고 왔다.

“이게 소문의 곰 얼굴을 한 빵이로군.”

렘 씨도 곰 빵을 집었다.

“렘 씨, 아세요?”

“그래, 가게에서 일하는 사람들 사이에서 화제였거든.”

그렇게 말하고 렘 씨는 곰 빵을 먹었다.

그래도 곰을 보면서 곰 빵을 먹는다니, 어떠려나.

나는 곰 빵이 아니라 샌드위치를 손에 들고 먹었다.

“자, 곰돌이, 곰순이도.”

나는 곰돌이와 곰순이 입안으로 샌드위치를 넣었다.

“아아, 저도 줄래요.”

노아도 곰돌이와 곰순이에게 빵을 준다.

그리고 빵을 먹으면서 렘 씨의 수업이 시작됐다.

“그럼, 계절마다 꽃이 바뀌는 건가요?”

“계절에 따라 피는 꽃이 다릅니다. 뭐, 겨울이 되면 꿀벌의 활동이 멈추기 때문에 그때까지는 꿀을 모으죠. 물론 활발한 시기나 번식기 등이 있어서 일괄적으로는 말할 수 없지만, 꽃이 있으면 꿀을 모아주기 때문에 일 년 내내 꽃을 피우도록 하고 있습니다.”

"그렇군요."

노아는 진지하게 렘 씨의 이야기를 듣는다.

"그래서, 계절에 따라 벌꿀의 맛이 달라지죠."

꽃에 따라 벌꿀의 맛이 다르다.

렘 씨는 어떤 꽃이 피고 있느냐, 어떤 벌꿀의 맛이 나느냐, 이야기해준다.

노아는 진지하게 이야기를 듣고 노트에 메모하고 있었다.

꽃과 벌꿀 강의가 끝나자 노아는 곰이 마물과 싸웠던 때의 이야기를 묻기도 했다.

렘 씨의 이야기가 끝나자 곰의 식사도 끝났고, 꿀벌 나무에서 이동하기 시작했다.

"아아, 곰님들이 가버려요……."

곰 가족은 숲속으로 멀어져갔다.

"따라가면 안 돼."

"저 새끼 곰을 데리고 돌아가고 싶네요."

"그런 짓을 하면 화낼 거야."

"농담이죠. 그런 짓 안 해요. 저렇게 사이좋은 가족을 떨어뜨리게 할 순 없죠. 그래도 데리고 가고 싶었던 마음은 있네요."

뭐, 새끼 곰은 귀여우니까. 그래도 크면 무서워질 거다.

내 마음을 읽은 건지, 곰돌이와 곰순이가 몸을 비벼온다.

"둘은 커도 무섭지 않아."

"아가씨, 잘 먹었네. 나는 주위 꽃을 확인하러 다녀올 테니까 조금만 기다려주게."

렘 씨는 몸을 일으킨다.

"저도 갈래요. 유나 님, 괜찮죠?"

"되지만, 렘 씨를 방해하면 안 돼."

"물론, 안 해요. 어떤 꽃이 피어 있는지 보러 가는 것뿐이에요."

노아는 렘 씨의 뒤를 쫓아간다.

나는 곰돌이와 곰순이를 등받이로 삼아 눈을 감고서 노아와 렘을 기다리기로 했다.

렘 씨가 꽃에 관해 설명하는 말과 노아가 여러 질문하는 목소리가 바람을 타고 들려온다.

제대로 렘 씨의 이야기를 듣고 공부를 하는 모양이다.

가끔은 밖에서 여유를 부리는 것도 좋을지 모르겠네.

459 곰 씨, 학생 무리에 붙잡히다

노아와 곰을 보러 간 뒤, 나는 요리를 만들기도 하며 여유롭게 은둔형 외톨이 생활을 보내고 있다.

하지만, TV도 게임도 컴퓨터도 만화도 소설도 없는 방에서는 은둔형 외톨이도 길게는 이어지지 않는다.

나는 외출하기로 정하고 방에 틀어박힌 생활을 빠르게 마쳤다. 3일도 가지 않았다. 그래도 은둔형 외톨이의 작심삼일은 좋은 일인 게 되나?

나는 부엌에서 어떤 것을 만들고 곰 박스에 담았다.

"곰돌이, 곰순이, 나가자."

나 이상으로 나른해진 곰돌이와 곰순이에게 말을 걸었다. 펫은 주인을 닮는다던데, 나를 닮은 건 아니겠지?

나는 곰돌이와 곰순이를 송환하고 곰 이동문이 있는 방으로 이동했다. 문을 열고 이동한 곳은 왕도의 곰 하우스.

릴리카와 가잘 씨가 어떻게 됐을지 궁금해지던 참이지만, 오늘은 플로라 공주를 만나러 성으로 향했다.

"이거, 유나 님 아니십니까. 오랜만이시네요. 플로라 공주님을 만나러 오셨나요?"

문지기가 말을 걸어온다. 처음엔 놀라게 하던 존재였는데, 최근엔 이름으로 불리게 되었다. 심지어 나는 문지기의 이름은 모르지만 말이다.

“그런데요. 만나러 가도 돼요?”

“네, 괜찮습니다. 플로라 공주님도 기다리고 계실 겁니다. 언제나 검은 곰 인형을 가지고 걸어 다니세요.”

검은 곰돌이 인형이라는 건 곰돌이 인형을 말하는 거네. 분명 안쥬 씨의 이야기대로 더럽혀져도 괜찮도록 밖을 걸어 다닐 때는 검은 곰돌이 인형으로 한정 지었다고 했다. 방에서는 곰순이 인형을 안고 있단다.

선물한 곰 인형을 잘 써주고 있는 것 같아서 기쁘다. 인형은 더럽혀지면 빨면 되고 말이다.

장식되어 방치되는 것보다는 너덜너덜해질 때까지 안아주는 편이 인형도 기뻐할 거다.

그래도 던져서 날린다거나 팔이나 다리를 잡아 흔드는 건 안 해주길.

고아원에서 딱 한 번, 곰돌이 인형과 곰순이 인형이 공중을 날고 있는 장면을 봤다.

그건 슬프지.

그리고 문지기에게 인사를 하고 성 안으로 들어서자 문지기 중 한 명이 달려간다.

응, 언제나와 같은 광경이다.

예상한 그대로이기 때문에 제대로 국왕 각하와 엘레로라 씨의 몫도 준비했다. 그 부분의 저항은 포기했다.

"유나 씨!"

내가 주위의 풍경을 보며 플로라 공주의 방으로 향하고 있는데 어디선가 여자아이 목소리로 이름이 불렸다. 이름을 부른 인물을 찾자 곧바로 발견할 수 있었다. 나를 향해 기다란 머리를 흔들며 달려오는 사람이 있었기 때문이다.

"유나 씨, 성에 와있었구나."

나를 불러 세운 건 이 나라의 공주님. 국왕의 딸인 티리아 공주다. 플로라 공주의 언니다.

그런데, 성에서 티리아를 만나는 건 드문 일이다.

"설마, 나를 만나러 온 거예요?"

"플로라 공주님인데."

"그땐 거짓말이라도 나를 만나러 왔다고 말해줘죠?"

여자라면 누구든 말을 거는 가벼운 남자가 머릿속에 떠오른다.

그런 약삭빠른 말을 들어도 기쁘지 않을 텐데 말이다.

내가 티리아와 이야기를 나누고 있는데 티리아의 뒤에서 돌려오는 사람이 있다.

"티리아 님~ 갑자기 뛰어가시면 안 돼요."

본 적이 있는 얼굴의 두 명이 다가왔다.

"그렇지만, 성 안을 곰이 걷고 있으면 보통은, 쫓아가게 되잖아?"

"유나 님을 발견해서 기쁜 마음은 이해가 가지만, 그렇다고 갑자기 달리시면 안 돼요."

"말은 해줘야죠."

"두 사람 모두 미안해."

티리아 뒤에 나타난 건 시아와 마릭스 두 사람이었다.

성에서 티리아를 만난 건 있을 수 있지만, 시아와 마릭스를 만나는 건 흔치 않다.

"그런데, 어째서 유나 님이 왕도에 있는 거예요?"

"심지어 성에."

내가 두 사람에 대해서 생각했던 의문점을 오히려 받았다.

"나는 플로라 님을 만나러 왔는데."

"유나 씨는 항상 플로라에게 맛있는 음식이나 기뻐할 만한 물건을 가지고 와."

뭐, 기념품이 없어도 플로라 공주라면 곰돌이와 곰순이가 있으면 기뻐해 줄 거라 생각하지만. 어쩐지 성에 올 때는 기념품을 가지고 오는 습관이 생겨버렸다.

아마도 그 원인이 된 건 어느 어른들 때문이겠지.

"유나 님, 먹는 거 이외에도 가지고 오는 거예요?"

"곰 그림책이나 곰 인형 말이야."

"인형이라면 티리아에게도 선물했지."

학원제에서 티리아를 만났을 때 곰돌이와 곰순이 인형을 가지고 싶다기에 선물했다.

“인형이라니, 곰돌이랑 곰순이 인형을 말하는 거예요?”

시아가 인형이라는 단어에 반응했다.

“맞아, 유나 씨에게 받았어.”

“좋겠다. 얼마 전에 크리모니아 집으로 돌아갔을 때 노아의 방에 있던데. 유나 님, 저도 인형이 가지고 싶어요.”

딱히 나이에 대해 말할 생각은 없는데. 시아의 나이라면 미묘한 정도다.

뭐, 나도 인형은 방에 장식해두고 있지만.

“주실 거예요?”

“참고로 어느 쪽을 원해?”

“앗, 양쪽 다 주시는 게 아니에요?!”

내 질문에 시아는 놀랐다.

“농담이야. 시아는 곰돌이랑 곰순이 중 누가 좋은지 궁금해서.”

“둘 다 귀여워서 못 골라요.”

뭐, 나도 고르는 건 할 수 없다. 둘 중 하나를 고른다니, 궁극의 선택이다.

만일 한쪽만 구해야 하는 상황이라면 누구를 구할래? 라는 질문이 있지만, 양쪽 모두 소중하다면 고를 수 없지.

나는 곰 박스에서 곰돌이 인형과 곰순이 인형을 꺼내 시아에게 건넸다.

"유나 님, 고마워요."

시아는 기쁘게 곰돌이 인형과 곰순이 인형을 받아들고 아이템 봉투에 담았다.

그 모습을 마릭스가 뭐라고 형용하기 어려운 표정으로 보고 있는 건 비밀이다.

"그래서, 시아와 마릭스는 어째서 성에 있는 거야?"

"저는 어머니를 따라왔어요. 그랬더니 티리나 님을 만나서."

"시간이 남아서 차를 권했지."

"나는 아버지에게 병사 훈련에 참여를 부탁하러 왔는데 두 사람에게 붙잡혔어요."

"남이 들으면 오해할라. 훈련에 참여하지 못하고 따분해하고 있어서 껴 준 거잖아."

들어보니 훈련에 참여할 예정이었던 부대가 일을 나가버려 중지되었다고 했다.

그래도 세 사람 모두 있다는 건 학원은 쉬나?

내가 세 사람을 쳐다보고 있는데 마릭스가 나를 보고 무언가 말하고 싶어 했다.

"왜?"

내가 묻자 마릭스는 조금 말하기 어려운 듯 입을 연다.

"……유나 님, 시간 있으면 제 검의 상대를 해주시지 않을래요."

"검의 상대?"

“유나 님, 강하기도 하고, 그리고 르툼 님과 시합을 겨뤄서 이겼다면서요? 시아랑 다른 사람들은 그 시합을 봤는데 저만 못 봤거든요.”

“본 건 티리아 님이랑 나뿐이고 티몰이나 카틀레야는 못 봤어.”

“그렇긴 해도, 그 시합을 본 지인에게 들었는데, 대단한 대전이었다고 하던데. 유나 님, 부탁할게요.”

마릭스는 손을 마주하고 부탁했지만, 조금 전부터 무슨 말을 하는지 이해가 안 간다.

“그 전에 묻고 싶은 게 있는데, 그 르툼이라는 사람 누구야?”

내 뇌에 그런 이름의 인물과 시합을 겨룬 기억은 없다.

하지만, 내 말에 세 사람은 바보를 보는 듯 어처구니없어하는 눈으로 나를 본다.

“유나 님, 진심으로 하는 말이에요?”

“르툼 님과 시합했잖아요?”

“그러니까 그 르툼이라는 게 누구냐고?”

모르는 건 모르는 거다.

“누군가랑 착각한 거 아냐?”

“아무래도 진짜 같네요.”

“안 믿기는군.”

“그러니까, 유나 님이 나를 위해 학원제에서 시합을 했던 기사대장말이에요.”

………퐁.

나는 한쪽 곰 인형 장갑의 입을 벌려 다른 한쪽의 곰 인형 장갑으로 쳤다.

시아의 말에 누구였는지 떠올랐다.

"아아, 그 열 받는 아저씨 말하는구나."

아무래도 학원제에서 시아를 위해 시합했던 상대의 이름이었던 모양이다.

르툼이라고 말해서 곧바로 떠오르지 않았다.

"유나 님, 정말로 잊으신 거예요?"

"그거야, 그런 아저씨 이름 같은 거 안 외우는걸."

애초에 처음부터 외울 생각도 없는 사람의 이름 같은 거 기억에 남기지 않는다.

학원제에서 싸움을 벌였던 상대라고 말해줬다면 금방 알아차렸을 텐데. 이름을 들어봤자 내가 기억하고 있을 리가 없다.

"아저씨……."

"르툼 경을 아저씨라고 부르는 건 유나 씨 정도네요."

티리아는 어이없어했고, 마릭스는 믿기지 않는다는 표정을 지었으며, 시아는 웃었다.

"그래도 유나 님이랑 시합이라니, 마릭스는 죽고 싶은 거야? 르툼 경도 못 이겼는데 말이야."

"누구라도 블랙 타이거를 무찌른 유나 님에게 이길 수 있을 거라고 생각하지 않아. 다만, 시간이 있다면 합을 맞춰보고 싶다고 생각했을 뿐이지. 강한 사람과 시합하는 건 좋은 공부가 되니까 말이야."

마릭스는 존경한다는 듯한 눈빛으로 나를 본다.

정말로 사람은 변하는 거구나. 처음에 나와 만났을 때의 녹화 영상이 있다면 마릭스에게 보여주고 싶다.

"으~음, 유나 님이랑 합이라. 그거라면 나도 부탁해볼까."

마릭스에 이어서 시아마저 그런 말을 꺼낸다.

"그래도 티리아와 차를 마시려던 참이었던 거 아냐?"

귀찮아서 도망칠 길을 물색해본다.

"차라도 할까 했는데, 저도 유나 씨의 대전하는 장면을 보고 싶네요."

티리아까지 마릭스와 시아를 따른다.

나는 은둔형 외톨이를 관두고 플로라 공주를 만나러 왔을 뿐인데.

"나는 플로라 공주님을 만나러 가야 하거든. 게다가 다른 사람이 있는 곳에서 너무 눈에 띄는 행동은 하고 싶지 않아."

나는 도망치려고 말했다.

시합이 이뤄진다면, 장소가 한정된다. 훈련하는 병사나 기사가 있을지도 모른다. 그런 와중에서 시합 같은 건 하고 싶지 않다.

"그거라면 안쪽에 실내 훈련장이라면 사용 안 하니까 괜찮을 거예요."

내가 도망치려 하는데 티리아가 도망칠 길을 막는다.

“티리아 님, 괜찮을까요?”

“괜찮아. 허락이라면 내가 해둘 테니까. 그럼, 잠시 실내 훈련장의 열쇠를 빌리러 다녀올게. 장소는 알고 있지?”

점점 이야기가 진행되어 간다.

나는 이곳에 온 목적을 다시 한번 꺼냈다.

“나는 플로라 님을 만나러 갈 거야.”

“그쪽도 괜찮아요. 내가 플로라를 불러올게요. 그러면 되죠? 실내 훈련장의 열쇠를 빌리고, 플로라를 데리고 올 테니까 시아랑 마릭스는 먼저 유나 씨랑 훈련장에 가 있어.”

티리아는 그렇게 말하더니 내 대답도 듣지 않고 뛰어간다.

남겨진 나는 마릭스와 시아와 함께 훈련장으로 가는 처지가 되었다.

460 곰 씨, 기사와 재회하다

"그건 그렇고, 유나 님, 정말로 가볍게 왕도에 오시네요."

"뭐, 곰돌이랑 곰순이가 있어서 간단하게 올 수 있으니까."

네, 항상 거짓말입니다.

몇 번이나 거짓말을 하고 있어서 흘러가듯 말이 나온다.

뭐, 나 자신이 거짓말 같은 존재이니까 어쩔 수 없다.

"저에게도 곰돌이랑 곰순이가 있다면 손쉽게 크리모니아를 왕래할 수 있을 텐데. 그러면 바다에 갈 수도 있고 말이에요."

"그 부분은 인형으로 참아."

"참는 거고 뭐고, 못 타잖아요."

시아는 웃는다.

"그래도 바다는 즐거웠어요. 또 가고 싶어요."

"또 가자."

"약속이에요?"

나와 시아가 즐겁게 대화를 나누는데 마릭스가 조금 부러운 듯 입을 연다.

"나도 가고 싶었는데."

"후후, 즐거웠어. 유나 님의 곰 골렘에 타고 다 같이 대이동을 했지. 머물렀던 건 커다란 곰 집이었고, 노는 장소에는 곰 미끄럼

틀. 배를 타고 물고기도 낚았어."

시아는 바다 여행의 추억을 즐겁게 얘기했다.

게다가 타르구이 섬이 있고, 약간의 사건도 있었다는 사실을 떠올렸다.

"나도 초대해줘."

"본가로 돌아가는데 마릭스를 초대할 이유가 없지. 아버님이 오해하실 거야."

하긴, 남자를 본가로 데리고 돌아간다면 클리프가 오해를 할지도 모르겠다.

"그런 거라면 티몰이나 카틀레야도 같이 가면 되잖아."

학원 친구들이라면 괜찮은가?

그 부분에 관한 귀족의 기준은 나로서는 알지 못했다.

"그래도 그때는 곧바로 출발해야 해서 모두에게 연락할 겨를이 없었어."

시아는 미릴라 마을에 간다는 사실은 알고 있었지만, 일정은 몰랐던 모양이다. 그랬으니 하루라도 일찍 가야지, 라고 생각하는 건 어쩔 수 없는 부분이다.

"다음엔 모두 초대해."

"잊지 않으면 그럴게."

우리는 바다 여행 이야기를 나누며 실내 훈련장 근처까지 다다랐다.

커다란 건물이다. 문도 화려하고 크다. 성 안에 이런 큰 훈련장이 있구나.

“티리아가 올 때까지 기다려야겠네.”

뛰어갔는데 플로라 공주를 데리고 오는 거라 늦어지는 걸지도 모른다.

“그래도, 티리아 님 덕분에 장소를 빌릴 수 있어서 다행이야.”

“여기라면 마릭스가 너덜너덜해지도록 지는 모습을 다른 사람에게 보이지 않겠는걸.”

“유나 님의 대전 모습을 보고 나를 비웃는 녀석이 있으면 그 녀석의 눈을 의심할 거야.”

“뭐, 그렇긴 해도, 유나 님의 복장을 보고도 그런 말을 할 수 있어?”

마릭스가 나를 가만히 본다.

“으으, 아무에게도 안 보이고 싶을지도…….”

곰 인형 옷을 입은 여자와 대전하는 모습을 모르는 사람이 봤을 땐 다른 의미로 창피할지도 모르겠다.

“게다가 열심히 하지 않으면 유나 님의 실력은 끌어내지 못해.”

“해볼게.”

마릭스가 아무렇지 않게 문에 손을 올리자 문이 열렸다.

“어라, 열려있네.”

마릭스는 문을 열고 안으로 들어가려 했다.

"잠깐, 멋대로 들어가도 돼?!"

"혹시, 티리아 님이 먼저 와서 열어 놓은 걸지도 모르잖아."

열쇠의 장소는 모르지만, 티리아가 뛰어갔고, 플로라 공주는 안쥬 씨에게 맡긴다면 먼저 와 있을 가능성은 있다.

마릭스를 선두로 훈련장 안으로 들어가자 기사 한 사람이 검을 휘두르는 모습이 보였다. 물론, 티리아의 모습은 없다.

"티리아 님이 없네, 어쩌지?"

시아가 훈련장을 보고 묻는다.

훈련장에는 한 명의 남자가 몇 번이고 검을 휘두르는 모습이 있었다.

어딘가에서 본 적이 있는 것 같은데?

내 기억 저편에 희미하게 걸리지만, 떠오르지 않는다.

"유나 님, 왜 그러세요?"

"아니, 전에 저 사람을 본 기억이 있는데 안 떠오르는 것뿐이야."

"저 기사님은, 휘고 부부대장님인가?"

"마릭스, 알아?"

"응, 저분은 부대의 부부대장이시거든."

마릭스의 아버지는 기사이고, 마릭스 본인도 기사를 목표로 하고 있다. 그런 거라면 부대의 부대장 얼굴 정도는 알고 있어도 이상하지 않다.

"……휘고, 아아, 저 사람은."

시아가 마릭스의 말에 뭔가를 떠올린 듯하다.

하지만, 나는 떠오르지 않는다. 조금만 더 생각해보면 떠오를 것 같은 기분이 드는데. 어디서 만났었나?

"유나 님이 르툼 경과 시합하기 전에 시합했던 기사예요."

여기까지 설명해줬기에 기억이 났다.

"아아, 그때의……."

그렇네, 그 시비를 걸어 왔던 아저씨 전에 기사와 시합을 겨뤘단 사실을 떠올렸다.

"그러고 보니, 유나 님은 휘고 씨와도 시합했었댔죠."

마릭스도 시합을 했다는 사실을 알고 있는 듯하다.

뭐, 그때의 이야기를 들으면 누구와 시합을 했는지는 알겠지.

우리가 이야기를 나누고 있는데 마릭스가 휘고라고 부르는 남자가 이쪽을 본다.

"너희는 뭐지?!"

"죄송해요. 저희도 이곳에서 연습할 생각이어서요."

"너희는 학생이잖니. 여기는 학생이 쓸 수 있는 곳이 아니야."

"아뇨, 티리아 님의 허락은 받았어요."

"티리아 님의?"

"네, 잠깐 연습을 하게 됐는데, 그랬더니 티리아 님에게 이 훈련장을 써도 된다는 허락을 받고 왔어요. 지금 본인이 올 거니까 확인해보시면 아실 거예요."

마릭스가 긴장하면서 대답했다.

"그렇군. 나도 오늘은 아무도 쓰지 않을 거라 생각해서 쓰고 있었단다. 아무도 없으면 조용하니까 말이야."

휘고는 칼집에 검을 넣는다.

나는 숨는 듯 마릭스와 시아의 뒤로 이동했다.

"그쪽의 곰 옷차림을 한 여자아이는……."

숨었는데 발견해버렸다.

뭐, 옆의 폭이 있어서 숨는 건 어렵다.

내가 살이 쪘다는 의미가 아니다. 곰 인형 옷이기 때문이다.

"가끔 성을 보러 오는 여자아이인가?"

"아세요?"

"소문 정도로는 알지."

휘고의 말에 시아는 미소를 보였고, 마릭스는 흥미로워했다.

어떤 소문일지 궁금해지지만, 말을 걸었다가 시합을 치렀던 게 나라고 알아차리게 하고 싶지 않아서 입은 열지 않는다. 게다가 자신의 소문을 들으면 경험상 대미지를 입을 거란 건 알고 있다.

휘고는 나를 본 뒤 시아 쪽을 본다.

"여기서 만나 뵙게 된 시아 아가씨께 여쭙고 싶은데, 괜찮으실까요?"

"저요?"

설마 말을 걸 줄은 몰랐던 시아는 작은 목소리로 「날 기억하고 있었어」라고 중얼거렸다.

"학원제 때 저와 시합했던 유우나라는 여자아이는 어떤 사람인가요? 학원 지인에게 물었지만, 아무도 저와 시합했던 여자아이에 대해선 모른다고 했습니다. 국왕 각하와 엘레로라 님께 여쭤볼 수도 없었고 말이죠."

"그게……."

시아가 눈동자가 흔들리며 흘깃 나를 쳐다보지만 나는 작게 고개를 옆으로 흔들었다.

아무래도 시합을 했던 본인이 눈앞에 있다는 사실을 알아차리지 못한 모양이다.

순간적으로 유우나라니 누구지? 라고 생각했으나, 가명을 썼단 사실을 떠올렸다.

"그, 어째서, 물으시는지 여쭤봐도 될까요?"

"한 번 더 합을 맞춰보고 싶습니다. 그녀는 정말로 강했기 때문이죠. 뭐, 졌던 분함이 크긴 하지만, 다음번엔 제대로 시합을 겨뤄보고 싶은 생각입니다."

시아가 대답에 곤란해 순간적이지만 나를 쳐다본다.

나는 재차 작게 고개를 옆으로 흔든다.

"죄송해요. 그녀는 크리모니아에 사는 친구예요. 그때는 학원제에만 온 거였어요."

"그렇다면 학원 학생이 아니었군요. 그거 아쉽게 됐네요."

정말로 아쉬워했다. 그렇게 나와 시합을 하고 싶었나?

그렇다고 해서, 저입니다, 라고 나설 생각은 없다.

아주 조금 죄책감이 엄습해오고 있는데 문이 열렸다.

"정말로 문이 열려있네."

"곰님 있어?"

훈련장에 들어온 건 티리아와 플로라 공주 두 사람이었다.

플로라 공주는 나를 발견하더니 달려왔다.

나는 배로 플로라 공주를 받아냈다.

"티리아 님, 죄송합니다. 제가 훈련장을 빌리고 있었습니다."

"당신은 휘고?"

딱히 잘못을 저지르고 있던 건 아닌데 휘고는 티리아에게 사죄했다.

"혹시, 연습을 방해했나?"

"아뇨, 연습은, 슬슬 정리하려고 생각하던 참이라 괜찮습니다."

"정말로? 신경써주는 게 아니라? 딱히 연습을 이어서 해도."

"아뇨, 저는 이것으로, 일이 있어서요."

휘고는 문의 열쇠를 티리아에게 건네고 머리를 숙인 뒤 훈련장에서 나갔다.

"시아, 말 안 하고 있어 줘서 고마워."

나에 관해 말하지 않아 준 시아에게 고맙단 말을 했다. 그대로 나에 관해 말했다면 성가셔졌을 거다.

"유나 님, 항상 눈에 띄고 싶지 않다고 하시잖아요."

"그렇게 눈에 띄는 곰 옷차림을 하고 있으면서."

"그런데, 연습을 방해한 건가?"

"음~ 아니지 않을까. 휘고는 강직한 사람이거든. 아바마마의 이야기를 들었는데, 르툼을 대신해서 휘고가 대장이 돼야 했는데 자신은 약하다며 거절했다고 하더라고. 유나 씨에게 졌다는 사실에 그 나름대로 생각한 게 있었던 모양이야. 르툼의 지시가 있었다고 해도 유나와 시합을 했던 것도 후회하고 있는 것 같기도 하고 말이지. 뭐, 대장의 명령이었으면 아래는 따를 수 없지만 말이야."

"그런가? 싫다면 거절하면 되는데."

마릭스가 어리숙한 의견을 말했다.

"그렇게 되면 부대로서 성립되지 않게 되지. 마릭스, 기사가 되면 부대장의 명령은 절대적이야. 말이 세긴 하지만, 지시를 따를 수 없는 자는 기사는 될 수 없어."

티리아가 조금 진지하게 대답했다.

"그게, 틀렸다고 해도 말인가요?"

"그렇지."

"………"

티리아가 말하는 건 군대 안에서는 올바르다.

하지만, 마릭스의 마음도 모르는 건 아니다.

게다가 티리아가 말한 건 군대만이 아니라 어느 사회에서도 말할 수 있는 부분이다.

평사원은 과장, 부장, 사장이라는 상사의 명령을 들어야 했다. 교사는 학생 주임, 교장에게는 거스를 수 없다. 물론, 거스를 수는 있지만, 조직에서 빠져버린다.

덧붙여 말하자면 그 한 사람이 톱니바퀴에서 빠지는 것에 의해 그 조직이 큰 손해를 입게 되는 일도 있다.

어느 한 기사가 위치를 지키라는 말을 들었지만, 다른 곳이 위험하다고 해서 무단으로 달려 가버린다면, 있던 위치에 커다란 피해가 생겨 보다 많은 사상자를 낼 수도 있다.

그렇게 생각하면 사회인으로는 되고 싶지 않네. 뭐, 원래 세계에서도 사회인이 될 생각은 없었지만 말이지.

돈은 충분히 벌고 있었고, 혼자서도 살아갈 수 있었다.

하지만, 지금 생각하면 그런 인생을 보내는 것보다 이 이세계로 날아오게 된 것에 감사해야 했다.

뭐가 어찌 됐든, 이 세계를 만끽하고 있다.

"마릭스, 만일 그게 싫다면 자신이 부대장이 되면 돼. 그렇다고 해도 부대장이 된다 하더라도 그 위인 국왕의 명령은 절대적이지만 말이야."

역시 국왕에게 거스른다면 끝이다.

"그래도 아바마마나 오라버니가 이상한 명령을 내릴 거라곤 생각하지 않으니 안심해도 돼. 그리고 휘고의 경우엔 르툼이 귀족이라는 점도 있어서 괜스레 더 거스를 수 없었던 거겠지."

원래는 르툼이 나쁜 걸 텐데 조금은 죄책감이 생기네.

그래도 그 시합은 시아의 미래를 위해 져줄 수는 없었다. 그게 휘고의 인생을 바꿔놨다고 하더라도 말이다. 그래도 상사가 바보라 사라졌다면 구제했다고 말할 수 있을지도 모른다.

461 곰 씨, 마릭스와 시합을 겨루다

“그럼, 유나 님, 부탁해도 될까요?”

“괜찮지만, 이 차림 그대로 시합하는 거야?”

마릭스의 차림은 평범한 사복이다. 이대로 시합하는 건 위험하다.

강하게 공격할 생각은 없지만, 마릭스의 예상 밖의 행동에 따라선 강하게 맞게 될 수도 있다. 그러니 연습이라곤 해도 방어구는 있는 편이 좋다.

“방어구라면 병사 훈련에 참여하게 될 예정이었기 때문에 가지고 왔어요. 잠깐 옷 갈아 입고 올게요.”

마릭스는 옷을 갈아입으러 이동했다.

“시아는?”

“오늘은 안 가지고 있으니까 이대로 해도 괜찮으려나? 유나 님이랑 처음 했던 시합 때도 방어구는 없었고 말이에요.”

하긴, 그때는 갑자기 시아와 시합을 하게 돼서 방어구는 없었다. 하지만, 방어구가 있는 것과 없는 것은 위험도가 다르다.

시아가 방어구 없이 하겠다고 말하는데 티리아가 다가온다.

“시아, 괜찮아. 시아는 방어구는 없을 것 같아서 내 것을 가지고 왔으니까.”

티리아는 아이템 봉투에서 여자용 방어구를 꺼낸다.

"티리아 님, 괜찮나요?"

"그대신 유나님과의 시합, 기대해볼게."

"……빌릴게요."

시아는 조금 생각한 후에 방어구를 받고 옷을 갈아입으러 향했다.

"곰님, 뭐하는 거야?"

우리가 이야기를 나누고 있는데 내 곰 옷을 잡고 있던 플로라 공주가 묻는다. 나는 플로라 공주의 머리 위로 곰 인형 장갑을 살포시 놓고 설명했다.

"간단한 시합이라고 할까요? 금방 끝날 테니까 플로라 공주님은 곰돌이랑 곰순이랑 기다려주세요."

나는 일반 사이즈의 곰돌이와 곰순이를 소환했다.

"곰돌이! 곰순이!"

플로라 공주는 기쁘게 달려가려 했지만, 그것보다 먼저 티리아가 곰돌이에게 안긴다.

"언니님, 너무해."

조금 늦게 플로라 공주가 곰순이에 안긴다.

"여기서 가만히 기다려주세요."

나는 플로라 공주의 몸을 들어 올리곤 곰순이 등 위에 태웠다.

티리아는 스스로 곰돌이의 등 위에 올라탔다.

"유나 씨, 달려도 돼요?"

"괜찮지만, 무리는 시키지 마세요."

"달리기만 할게요. 곰돌이, 주인님의 허락이 떨어졌으니까, 달려줘."

"크~웅."

곰돌이는 나에게 확인하는 시선을 보냈다.

"조금만, 달려줘. 그래도 속도는 낮춰야 해."

"크~웅."

곰돌이는 실내 훈련장을 달리기 시작했다.

"으으, 언니님, 치사해. 곰순이, 나도."

플로라 공주는 곰순이 위에서 몸을 앞뒤로 흔들었다.

곰순이도 곤란한 표정을 지으며 나를 본다.

똑 닮은 자매다.

"곰순이, 천천히 달려줘."

"크~웅."

내가 허락하자 곰순이는 플로라 공주를 태우고 천천히 달리기 시작했다.

"빨라, 빠르다."

플로라 공주는 곰순이 위에서 즐거워했다.

플로라 공주의 뒤에서 훈련장을 한 바퀴 돌고 온 곰돌이를 탄 티리아가 다가오더니 곰돌이와 곰순이는 나란히 달리듯 달렸다.

"곰돌이, 조금 더 빨리."

"곰순이도, 빨리."

"곰돌이, 곰순이, 속도를 올리면 안 된다."

두 사람은 속도를 올리려 했지만, 나는 속도를 올리지 못하도록 곰돌이와 곰순이에게 지시를 내렸다.

곰돌이와 곰순이는 내 지시를 따라 속도는 올리지 않았다.

"유나 씨~"

"왜~"

두 사람이 사이좋게 불만을 토로했다.

과연 자매다. 닮았어. 플로라 공주도 크면 티리아처럼 되려나?

"티리아도 플로라 공주도 너무 고집부리면 내리도록 할 거예요."

다치진 않겠지만, 플로라 공주가 스피드광이 되어도 곤란하다.

"으으, 그건."

"미안해요."

두 사람은 내 말을 따른다. 그런 뒤 두 사람은 적당한 속도로 훈련장을 달리며 돌았다.

곰돌이와 곰순이를 탄 티리아와 플로라 공주를 보고 있는데 마릭스와 시아가 시합 준비를 마치고 다가온다.

"유나 님, 무기는 어쩌죠? 검이면 되나요?"

"마릭스랑 시아는?"

칼날이 없는 것으로 보이는 검을 가지고 있다.

"일단 유나 님의 검도 가지고 왔는데요."

나는 시아가 든 검을 받아들었다.

모처럼의 시합이기에 두 사람의 희망에 따르기로 했다.

"그럼, 마릭스와 시아가 원하는 무기로 시합해줄게."

"……?"

"그거는 어떤 의미죠?"

"검이 좋다면, 검. 나이프가 좋다면, 나이프. 창이 좋다면, 창. 무기 없이라면, 무기 없이 시합할게."

"유나 님, 무기를 그렇게나 다룰 수 있으세요?"

"뭐든 할 수 있는 건 아니야. 다룰 수 있는 무기만이지."

실제로 메이스 등의 해머 계열은 사용한 적이 없다. 지금의 내가 사용한다면 상대를 찍어 눌러버릴 것 같지만 말이다.

"그래도 무기 없이라니, 아무리 그렇다고 해도 무시하는 거 아니에요?"

"맞지만 않으면 되고, 쳐서 넘기는 정도라면 장갑만으로 충분하잖아."

나는 곰 인형 장갑을 빼금거렸다.

뭐, 그런 곡예가 가능한 것도 곰 장비 덕분이지만 말이다.

"아무리 그래도 무기 없이 하는 건 거절하고 싶으니 검으로 부탁할게요."

마릭스는 검을 희망하기에 이쪽도 검으로 상대하게 되었다.

나는 연습용 검을 잡고 마릭스와 거리를 뒀다.

시아도 떨어졌고, 티리아도 플로라 공주도 움직임을 멈추고 우리를 보고 있다. 시합이 시작하려 하는 찰나, 훈련장에는 없어야 하는 사람의 목소리가 들렸다.

“뭐야, 지금부터 시합하는 건가?”

“어머나, 마릭스랑 유나가 시합을 하나 보네.”

목소리가 들리는 쪽을보니 국왕과 엘레로라 씨가 이쪽으로 걸어오는 모습이 보였다. 그 모습을 본 마릭스와 시아는 놀란 표정을 지었다.

“아바마마.”

“아바마마.”

곰돌이를 탄 티리아와 곰순이를 탄 플로라 공주가 국왕 각하 쪽으로 향했다.

곰돌이와 곰순이에 대해 알지 못하는 사람이 본다면 곰이 국왕에게 공격을 가하려는 장면으로 보일지 모르겠다. 뭐, 실제로 그런 일은 일어나지 않고 곰돌이와 곰순이는 국왕의 앞에서 멈췄다.

“어째서 아바마마와 엘레로라가 이곳에?”

이 장소에 있는 모두가 생각하는 것을 티리아가 물어보았다.

뭐, 나는 어느 정도 상상이 갔지만. 문지기가 달려갔던 모습이 떠오른다. 그래도 왕비의 모습은 보이지 않았다.

“유나가 왔다고 연락을 받고 플로라의 방에 갔더니 플로라도 유나도 없지 않니. 방에 남아 있던 안쥬에게 물어보니 티리아와 같이 훈련장으로 갔다고 해서 말이야.”

"나도 똑같아."

몇 번이나 생각하지만, 일은 괜찮은 걸까?

뭐, 왕자와 부하들이 열심히 해줘서 괜찮나?

"어째서 국왕 각하가 유나 님을 보러 온 거지?"

"나도 몰라."

마릭스와 시아는 작은 목소리로 말했지만, 내 근처에서 말했기 때문에 들려왔다.

"그래서, 지금부터 시합하는 건가."

"네, 여기 두 사람이 말이죠."

국왕과 엘레로라 씨가 마릭스와 시아를 보았다.

"마릭스라고 합니다."

"시아라고 합니다."

두 사람은 긴장하면서 이름을 말했다.

"시아는 엘레로라의 딸이었지."

"나랑 닮아서 귀엽죠."

"……."

국왕은 엘레로라 씨의 말을 무시했다. 시아를 귀엽다고 인정하면 간접적으로 엘레로라 씨를 귀엽다고 말하는 꼴이 된다. 하지만, 시아를 귀엽지 않다고는 거짓말이라고 한다 해도 할 수 없다. 그런 표정을 짓고 있다. 그러니 조용히 있는 것 같다.

하지만, 국왕은 저번 일도 있어서 시아에 대해서 기억하고 있는 듯하지만, 마릭스에 대해선 알지 못하는 모양이다. 마릭스의 부친이 기사단에서 대장을 맡고 있는데 말이다.

"그럼, 우리는 시합을 구경할 테니까, 두 사람 모두 힘내렴."

엘레로라 씨는 그렇게 말하더니 국왕과 함께 벽 쪽으로 이동했다. 티리아와 플로라 공주를 태운 곰돌이와 곰순이도 벽 쪽으로 이동했다.

"혹시, 우리가 국왕 각하 앞에서 시합하는 건가?"

"그런 것 같아."

마릭스와 시아가 곤란한 표정을 보인다.

그 마음은 이해하지.

회사로 말하자면, 신입사원의 일을 사장이 보러 온 것과 같은 거다.

국왕에게 보지 말아달라고는 하지 못하고 마릭스와의 시합이 시작된다.

"그럼, 누구 부터든 상관없어."

내가 그렇게 말하자 마릭스는 검을 감아쥐고 파고들었다. 나는 마릭스의 검을 흘려보냈다. 마릭스는 균형을 잃었지만, 곧바로 체제를 갖추고 되받아친다. 하지만, 나는 내쳤다. 분한 듯 몇 번이나 검을 휘둘러왔지만, 나에게는 통하지 않는다.

"제길."

이건 마릭스의 훈련이기 때문에 그다지 내가 나서서 공격을 가하지 않으려 했다.

가끔 큰 틈이 있으면 검을 휘둘러 틈이 있다는 점을 알려준다.

한동안 상대하고 있자 마릭스는 서서히 숨을 헐떡이기 시작했다.

검을 몇 번이나 계속해서 휘두르면 피곤해진다. 게다가 검과 검이 맞부딪치는 것만으로도 팔이 지치고 악력은 사라진다.

나는 곰 인형 장갑 덕분에 저리거나 하지도 않고 악력도 줄어들지는 않는다.

그렇다 해도 곰 인형 장갑이 없었더라면 한 번 맞부딪치는 것만으로 검이 튕겨져 날아가 버릴 거라는 건 틀림없다.

나에게 기술이 있어도 곰 장비가 없다면 그걸 살릴 수 없을 거다.

"제길, 유나 님, 너무 강하세요."

마릭스는 무릎을 꿇는다.

"소년이여, 그게 끝인가?"

국왕이 마릭스에게 말을 건다.

"아뇨, 아직 할 수 있습니다."

마릭스는 숨을 헐떡이고 있으면서 국왕에게 그런 말을 듣자 할 수 없다고는 말하지 못하고 몸을 일으킨다.

그런 뒤, 마릭스가 쓰러질 때까지 나이프만으로 싸우거나, 반경 1미터에서 움직이지 않는 핸디캡을 붙이면서 시합을 이어갔다. 아무리 그래도 무기 없이 상대하려고 했더니 거절당했다.

그런 마릭스에게도 한계가 오고 바닥으로 쓰러졌고, 첫 번째 사체가 뒹굴었다.

마릭스의 상대가 끝나서 다음으로 시아의 순서가 되었다.

"유나 님은 지치지 않으세요?"

시아는 천장을 바라보고 쓰러져 있는 마릭스의 모습을 보고 물었다. 마릭스는 「하아, 하아」 하고 숨을 헐떡이고 있다. 그와 반해 나는 숨을 헐떡이고 있지 않다.

"나는 괜찮아. 곧바로 시합해도 돼."

"그런, 움직이기 어려운 차림을 하고 있으면서."

뭐, 그 움직이기 어려운 차림 덕분에 마릭스와 시아를 상대할 수 있는 거다.

"그래서, 시아는 어떤 시합을 할래?"

"마릭스랑 똑같이 부탁드릴게요."

시아는 검을 준비했다.

과연 실내 훈련장이기 때문에 마법을 쓸 수는 없다. 다소는 사용할 수 있다 하더라도 벽에 맞아서 무너지기라도 한다면 큰일이기 때문에 마법은 금지다.

"시아, 파이팅."

엘레로라 씨가 손을 흔들며 응원했다.

"으으, 하기 껄끄럽네."

이쪽 세계에 있는진 모르겠지만, 시아에게 있어서는 수업 참관이라는 게 되나.

"시아, 멋있는 모습을 보여줘."

티리아도 시아를 응원했다.

모두 시아를 응원하는가 싶었는데 플로라 공주가 「곰님, 파이팅」이라고 응원해준다.

조금, 의욕이 생겼다.

시아와 나의 연습 시합이 시작됐다.

마릭스 만큼 강력함은 없지만, 정확한 공격을 걸어온다. 나를 쓰러뜨릴 수 있다면 힘이 아니라 정확한 공격과 속도일지도 모른다.

나는 시아의 공격을 피하고 그대로 검을 쳐냈다. 마음껏 공격을 시키고, 틈이 있으면 틈이 있다고 알려주기 위해 가볍게 검을 들이밀었다. 그럴 적마다 시아는 놀란 표정과 분한 표정을 보인다.

그리고 몇 분 후, 훈련장에 두 번째 사체가 뒹굴었다.

"안 죽었어요."

쓰러진 시아가 내 마음을 읽고 대답했다.

마음이 읽혔다.

"소리로 들렸어요."

시아가 어이없다는 듯 대답했다.

아무래도 무의식적으로 입 밖으로 꺼냈던 모양이다.

462 곰 씨, 시합을 마치다

"으으, 지쳤어요."

시아는 바닥에 쓰러지며 숨을 헐떡였다.

아니, 아래는 치마차림이니까 위험하잖아. 근처에 마릭스도 있는데 말이야.

나는 일어나라고 말하고 컵에 물을 담아 건네줬다. 시아는 고맙단 말을 하며 꿀꺽꿀꺽 마셨다.

"유나 님은 저랑 마릭스랑 시합을 했으면서 어째서 그렇게 팔팔하세요?"

"이래 봬도 모험가니까 단련되어 있거든."

네, 거짓말입니다.

내부는 단련되어 있지 않은 빈약한 바디입니다. 살은 찌지 않았지만, 근육이 아니라 지방이랍니다. 이두근 같은 거 말랑말랑합니다. 곰 장비를 벗으면 마릭스나 시아처럼 움직이지는 못한다.

"이렇게 보여도 단련된 건데."

"나도 단련되어 있을 텐데."

마릭스의 투덜거림에 시아도 동감했다.

하지만 게임을 하던 시절에는 레벨을 올리는 등으로 단련했었다. 그러니 모든 게 거짓말은 아닐 거야?

"유나 님이 강하다는 건 알고 있었지만. 이렇게 차이가 있을 줄은."

"검만으로 이 실력이라니. 게다가 마법까지 쓸 수 있단 거잖아."

"나, 전에 마법을 써서 시합한 적이 있어. 지금 생각해보면 무모한 짓을 했던 것 같아."

그래도 그건 여동생인 노아를 생각해서 한 일이다. 처음엔 기분이 나빴지만. 여동생의 호위로 나를 붙인 클리프에게 화가 났던 걸지도 모른다.

시합을 마친 나는 간단하게 두 사람에게 감상을 전했다.

어디까지나 내 주관이긴 해도 두 사람의 장점과 단점을 지적했다.

"마릭스는 힘은 있지만, 공격의 방식이 한 패턴이야. 동일한 움직임이 많아. 그리고 공격만 신경 써서 틈이 많아. 게다가 나이프로 상대했을 때 말인데, 나이프라고 해서 튕겨낼 수 있을 거라고 생각했지. 나이프라도 각도만 제대로 됐다면 검 정도는 받아 쳐낼 수 있어."

"그런 건 일반적으론 불가능해요."

뭐, 일반적으로 생각해서 서로의 실력 차이가 없다면 검과 나이프가 정면으로 맞붙었을 때 검 쪽이 강하다.

"하지만, 공격을 피하는 게 가능하다면 나이프라도 상대를 무찌를 수는 있지."

검보다 나이프 쪽이 받아 쳐내는 게 빠르다. 그 부분은 무기를 다루는 것보다 몸의 움직이는 방식의 문제겠지.

"시아는 마릭스보다 움직임은 좋지만, 검이 무거운 거 아닐까. 검에 휘둘리고 있었어. 조금 더 가벼운 걸 고르는 편이 좋아."

"네, 조금 무거웠어요. 조금 더 가벼운 걸 고르는 편이 좋았겠네요. 그래도, 유나 님도 같은 검이었는데요."

뭐, 나는 곰 인형 장갑 덕분에 무거운 검도 목검처럼 다룰 수 있다. 더욱이 곰 인형 장갑이 없다면 휘두르는 것도 못 하겠지만 말이다.

"역시, 유나는 강하네."

"그래도, 마릭스랑 시아도 학생이라면 그 나름의 실력이겠지."

오오, 국왕이 두 사람을 칭찬했다.

하지만 두 사람은 그다지 기뻐하지 않는다.

"두 사람 모두 국왕님이 칭찬하시고 있어."

"칭찬하신다고 해도 유나 님에게 손도 발도 뻗지 못했는걸요."

"봐준 게 이 정도인데요. 숨을 헐떡이게 만드는 것도 못 했어요."

두 사람은 그런 이유로 국왕에게 칭찬을 받았어도 순수하게 기뻐하지 못하는 모양새다. 나도 치트 장비 덕분에 강한 건데 기뻐할 수는 없다.

"뭐, 그 르툼이 질정도잖아. 두 사람 모두 열심히 했다고 생각해."

"곰님, 강해."

곰돌이 위에 탄 티리아가 두 사람을 칭찬했고, 곰순이 위에 탄 플로라 공주가 나를 칭찬해준다.

마릭스와 시아는 티리아의 말에 이해했다.

"제길, 덥네."

마릭스는 방어구를 벗기 시작했다.

"나도, 땀이 심하게 났어."

아직 더운 계절이다. 그런 속에서 힘을 다해 움직이면 땀도 난다.

"유나 님은 그렇게 더워 보이는 옷차림을 하고 있는데 괜찮으세요?"

"전에도 말했을지 모르지만, 온도 관리를 해주는 옷이라서 덥지 않아."

여름엔 시원하고 겨울엔 따뜻하고, 옷으로서는 최고의 소재로 만들어져 있다. 난점은 곰 인형 옷이라는 점뿐이다. 이게 멋있는 장비였다면 좋았을 걸이라고 항상 생각했다.

내가 게임 시절에 얻은 레어 소재로 만든 멋있는 방어구 같은 게 많이 있는데. 그게 지금은 곰 장비이다. 나는 곰 인형 장갑을 뻐끔거렸다.

"그럼, 플로라 공주를 위해 만든 차가운 음식을 가지고 왔으니까 시아랑 마릭스도 먹을래?"

"차가운 음식이요?"

"어머나, 유나, 물론 내 몫도 있는 거지?"

음식 이야기를 하자 엘레로라 씨가 반응했다.

"내 몫도 있겠지?"

덧붙여 국왕마저 반응했다.

"유나 씨, 내 몫도 있겠죠?"

티리아까지 전염된다.

뭐, 예상 범위 안이다. 이렇게 될 거라고 알고 있었기 때문에 국왕과 엘레로라 씨의 몫을 포함해 많이 만들어 왔다.

"넉넉하게 만들어 와서 괜찮아요."

"다행이다. 항상 아바마마, 어마마마, 플로라 공주 셋이서만 치사하다고 생각했었는데."

그건 어쩔 수 없다. 애초에 학원제 때까지 티리아의 존재를 몰랐다. 국왕의 나이를 생각하면 티리아 정도의 아이가 있을 거라고 생각했지만, 알아보려고도 하지 않았다. 그래서 왕자가 있다는 것도 만날 때까지 몰랐다.

더욱이, 존재를 알고 있다고 해도 만난 적도 없는 사람의 몫까지 먹을 거를 준비하진 않았을 거다.

"그럼, 고맙게 받기로 하지. 그러게, 장소는 정원이 낫겠어. 두 사람 모두 땀을 닦은 뒤에 오도록."

국왕 각하는 주저앉아 있는 시아와 마릭스를 향해 말했다.

"그럼, 먼저 가서 준비해둘게."

국왕과 엘레로라 씨는 말만 하더니 훈련장을 떠났다.

국왕 각하의 말에 시아와 마릭스 두 사람은 입을 빼끔거리더니 얼굴을 마주 보다 서둘러 움직이기 시작했다.

마릭스와 시아는 땀을 닦고 방어구와 무기를 정리했다. 그 움직임은 빨랐다.

그동안 나는 곰돌이와 곰순이를 송환하기 위해 티리아와 플로라 공주를 설득하게 되었다.

두 사람은 곰돌이와 곰순이를 탄채로 정원으로 가려고 했던 것이다.

"이대로 나가면 다른 사람들이 놀라잖아요. 여기서부터는 걸어서 가죠."

플로라 공주는 곰순이에게 매달려 떨어지려 하지 않았다. 곰 인형을 선물했지만 가짜는 진짜에겐 이길 수 없는 모양이다.

"으으."

"혹시 곰순이가 위험하다고 여겨져서 병사들에게 공격이라도 당하면 큰일이잖아요."

뭐, 실제로 곰순이와 곰돌이 위에 플로라 공주와 티리아가 타 있으면 공격 같은 건 하지 않겠지만, 구하기 위해 공격을 가하는 바보가 있을지 모른다.

"곰순이가 검에 찔리기라도 한다면 싫죠."

"……응."

좋아, 플로라 공주의 설득이 성공했다고 생각한 순간, 티리아가 쓸데없는 말을 꺼낸다.

"그럼, 작게 하면 어때요? 그런 거라면 괜찮을 것 같은데."

그거라면 일을 연장시키기만 할 뿐 문제가 해결되지 않을 것 같은데.

“작은 곰님? 응! 작은 곰님은 괜찮아.”

아아, 플로라 공주도 작은곰을 희망하기 시작했다. 이렇게 되면 송환하는 건 무리일 것 같다.

뭐, 좀처럼 왕도에 오지 않으니까 오늘은 조금 더 곰순이랑 놀도록 해주기로 했다.

“그럼, 플로라 공주님, 약속해주실래요? 돌아갈 때는 확실하게 놔준다고요.”

“응, 약속할게.”

나는 플로라 공주와 약속하곤 곰순이를 작게 만들었다. 플로라 공주는 작아진 곰순이에 안겼다.

그리고 필연적으로 티리아가 안고 있는 곰돌이도 꼬맹이화 하게 되었다.

“큰 곰도 귀엽지만, 작은 곰도 귀엽네요.”

곰돌이와 곰순이를 꼬맹이화 시키자 마릭스와 시아가 돌아왔다.

새끼곰이 된 곰돌이와 곰순이를 보더니 두 사람은 놀라지도 않고 머리를 쓰다듬었다.

“곰돌이, 곰순이, 바다에서 본 후로 처음이네.”

“그때는 고마웠어.”

시아는 미릴라에 갔을 때긴 하지만, 마릭스는 곰돌이와 곰순이를 만나는 건 호위 때 이후일지도 모른다.

정리를 마친 우리는 정원으로 향했다.

곰돌이는 티리아에게 안기고, 곰순이는 플로라 공주 옆에 함께 걷고 있었다.

그러던 중, 마릭스와 시아의 말 소리가 들렸다.

"이제부터 우리는 국왕 각하와 함께 식사하는 거지?"

"그런 것 같아."

"국왕 각하와 식사……."

"긴장되네."

"그러게."

마릭스가 배를 문지른다.

아무래도 국왕 각하와 함께 식사하게 된다는 건 긴장되는 모양이다. 어쩐지 옛날 생각이 나네.

"유나 님, 왜 웃고 계세요?"

예전 일을 떠올렸더니 미소가 나왔던 것 같다.

"두 사람을 보고 있으면 피나가 국왕 각하와 함께 식사했을 때가 떠올라서."

"분명, 피나라는 아이는 어머님이 성으로 데리고 와서 국왕 각하랑 식사했던 적이 있었댔죠?"

"피나라는 아이는 유나 님이랑 같이 있던 어린 여자아이였지.

귀족인가?"

"아니, 평범한 여자아이야."

"엘레로라 님, 흉측한 일을 하시네. 평민인 아이를 국왕 각하 앞으로 데리고 가셨어? 나였다면 죽을 만큼 긴장했을걸."

"나도 그럴 거야."

"시아도 긴장해?"

"당연하지. 국왕 각하잖아. 나라에서 가장 높으신 분이라고. 아무렇지 않게 대화를 나누는 유나 님이 이상한 거지."

나도 처음엔 긴장했지만, 어쩐지 익숙해져 버렸다.

"그래도 티리아에게는 아무렇지 않잖아?"

"티리아 님과는 학원에서 같이 있을 때도 많고, 친해지기 쉽거든요."

"시아, 그거는 칭찬하는 거야?"

앞을 걷던 티리아가 뒤를 돌아본다.

아무래도 이야기를 듣고 있던 모양이다.

"물론, 칭찬이죠."

뭐, 나와 처음 만났을 때부터 편하게 부르라고 말해왔다. 그런 점이 친해지기 쉬운 걸지도 모른다.

463 곰 씨, 과일 파르페를 선보이다

정원에 도착했다.

여전히 정원에는 다채로운 색깔의 꽃이 피어 있다. 타르구이와 꿀벌 나무 근처에 피어있던 꽃도 예뻤지만, 성에 있는 꽃들도 예쁘다. 그런 꽃을 볼 여유도 없는 건지 마릭스와 시아는 긴장한 듯 걷고 있다.

꽃을 바라보며 걷고 있는데 국왕, 엘레로라 씨에 덧붙여 왕비의 모습이 있었다. 왕비를 발견한 플로라 공주는 기쁘게 달려갔다. 그 뒤를 꼬맹이화 된 곰순이가 따라갔다. 왕비는 다가온 플로라 공주의 머리를 쓰다듬었다.

"마릭스, 여왕님도 계셔."

"왕족이 네 명……."

"이런 가운데서 식사를 하는 거란 말이지."

마릭스는 재차 배를 문질렀다.

확실히 일반적으로 생각하면 왕족이 네 명이나 있으니 어처구니없는 상황일지도 모른다. 한 명이 더 있었다면 컴플리트다.

"유나 님, 기다리고 있었어요."

플로라 공주를 돌보는 담당의 안쥬 씨가 인사했다.

"안쥬 씨, 안녕하세요."

"오랜만입니다. 그러면 여러분, 이쪽 자리에 앉아주십시오."

안쥬 씨는 우리를 자리로 안내해줬다.

커다란 원형 테이블에 국왕 각하, 왕비, 플로라 공주가 앉았고, 국왕 각하 맞은 편에는 티리아가 앉았다.

플로라 공주의 옆에 내가 앉았고, 엘레로라 씨, 시아, 마릭스가 앉았다.

마릭스 옆이 티리아가 되었다.

플로라 공주가 의자에 앉을 때 왕비가 곰순이를 발견하자 곰순이는 뒤로 물러났다.

왕비는 웃는 얼굴로 곰순이를 향해 손을 건넸다. 곰순이는 움직이지 않고 있자 왕비는 자리에서 일어나 그대로 안아들었다. 왕비가 곰순이를 떼어놓지 않았을 때의 일이 뇌리를 스쳤다.

"귀여운 아이네."

"네, 곰님, 귀여워요."

"그러게."

왕비는 곰순이의 머리를 쓰다듬더니 놓아줬다.

어라?

저번처럼 놓지 않을 거라 생각했는데 예상 밖이다. 곰순이도 「크~응」 하고 고개를 갸웃거렸다.

참고로 곰돌이는 티리아 무릎 위에 앉아 있었다.

모두가 자리에 앉아서 나는 곰 박스에서 곰 모양을 한 냉동고를 꺼냈다.

모두의 눈이 「또 곰인가」라고 말하는 걸 느낄 수 있다. 무시를 하고 냉동고 문을 열어 만들어 온 음식을 꺼내 테이블 위에 뒀다.

모두의 눈이 테이블 위로 쏠렸다.

투명한 유리그릇에 아이스크림, 생크림, 푸딩. 그리고 슈리와 함께 타르구이 섬에서 따온 여러 과일이 올려져 있다.

내가 가지고 온 건 과일 파르페이다. 그릇은 원래 세계에 있었던 것과 같은 세로로 긴 유리 그릇이 없었기 때문에 볼 형식으로 되어 있었다.

아이스크림과 푸딩에 크림, 여러 과일을 올리면 과일 파르페가 되지.

하나의 과일 파르페에 모두의 시선이 모이고, 먹고 싶어하기에 모두의 몫을 냉동고에서 꺼냈다.

"유나 님, 도울게요."

안쥬 씨가 다가와 제안했다.

내가 냉동고에서 꺼내고 안쥬 씨가 모두의 앞으로 옮겨줬다. 국왕, 왕비, 티리아로 옮겨지고, 플로라 공주 앞에 놓으려 했다.

"안쥬 씨, 플로라 공주님의 몫은 따로 있으니까 다른 사람에게 부탁할게요."

"알겠습니다."

과일 파르페가 플로라 공주만 제외하고 배부된다.

"예쁘네."

엘레로라 씨는 과일 파르페를 보면서 중얼거렸다.

"유나 씨, 이건 얼마 전에 먹은 아이스크림인가요?"

티리아도 과일 파르페를 보면서 묻는다.

"맞아, 그래도 이번엔 여러 토핑을 올렸어."

"아아, 저번에 내가 먹으러 가지 못했을 때의 차가운 음식인가."

"그건 맛있었지."

저번에 아이스크림을 가지고 왔을 때 국왕과 왕비는 오지 않았다. 그래서 나중에 불만을 들어도 곤란하니 안쥬 씨에게 건네두었다. 아무래도 잘 먹어줬던 모양이다.

"젤레프가 난리였었지."

"곰님, 나도!"

모두와 대화를 나누며 손이 멈춰버렸고, 플로라 공주 앞에만 비어 있었다.

"지금, 가지고 갈게요."

나는 냉동고에서 마지막으로 특별하게 제조한 과일 파르페를 꺼내 플로라 공주 앞에 두었다.

"곰님이다~"

플로라 공주는 과일 파르페를 보고 눈을 반짝였다.

맞다, 플로라 공주 앞에 놓인 과일 파르페는 아이스크림이 곰 얼굴의 모습을 하고 있었다. 쿠키와 과일을 써서 장식했다.

"어머나, 플로라 공주님 몫만 특별 제조했구나."

엘레로라 씨가 자신의 과일 파르페와 플로라 공주 앞에 있는 과일 파르페를 비교해 본다. 어쩐지 원하고 있는 것 같았다.

"모두의 몫을 만들기엔 귀찮아서 플로라 공주님 몫만 했어요."

과연 곰 과일 파르페는 공이 들기 때문에 모두의 몫은 만들지 않았다.

게다가 국왕이 곰 모양을 한 과일 파르페를 먹는 건 그림적으로 문제가 있다.

그러니 곰 과일 파르페는 플로라 공주의 몫만으로 했다.

"너는 정말로 플로라에게 무르군."

그런 말을 들으면 아무런 말을 하지 못하게 된다.

내게 없는 순수한 마음에 약한 걸지도 모른다. 내 마음은 더럽혀져 있으니까 말이다.

마지막으로 모두의 스푼과 포크를 준비했다. 플로라 공주는 포크를 들더니 나를 바라봤다.

"먹어도 돼?"

"돼요."

내가 허락하자 플로라 공주는 조금 고민하더니 들고 있던 포크로 과일을 찍고 입으로 옮겼다.

"차가워서, 맛있어."

과일도 차갑다. 다음번엔 과일로 샤베트를 만들어도 좋을지도.

플로라 공주는 곰 얼굴의 아이스크림과 과일을 입으로 맛있어 하며 옮긴다.

처음엔 곰 얼굴을 먹는 걸 당혹스러워했지만, 한 입 먹더니 곰 아이스크림은 사라졌다.

아무래도 싫어하는 과일은 없었던 모양이다.

플로라 공주는 과일을 먹으면서 크림이 묻은 푸딩을 먹기도 했다. 입에 크림이 묻어 있기에 손수건으로 닦아줬다.

"본 적이 없는 과일도 있네."

그렇게 말하고 국왕은 원형으로 잘린 바나나를 입에 넣었다.

이 주변에선 바나나는 얻지 못하나?

"맛있군."

"그러게요."

"너는 어디서 이런 과일을 얻어 오는 거지?"

"으~음, 여러 장소에서랄까요?"

타르구이에 대해선 말 못 하니까 어물쩍 넘겨버렸다.

"어째서 의문형인 거야?"

"아가씨의 비밀이니까요."

"아가씨라니."

눈앞에 곰 옷차림을 한 아가씨가 있잖습니까. 눈이 안 좋으세요?

국왕은 어이없어했지만, 신경 쓰지 않기로 했다.

"과일들이 다 맛있고, 맛도 하나가 아니라 뭐부터 먹을지 고민이야."

티리아는 그렇게 말하면서도 고민도 없이 손을 움직인다.

"색이 다양한 과일이 올려져 있어서 호화롭게 보여서 그런지 파티에는 눈길을 사로잡아서 좋을지도 모르겠어."

과일은 바나나, 오렌, 복숭아, 딸기, 체리, 포도가 장식되어 있다.

확실히 엘레로라 씨가 말한 대로 파티에는 어울릴지 모르겠다.

"유나, 꾸미는 센스도 있구나."

"옷 센스는 그렇지만 말이야."

엘레로라 씨가 칭찬해주고 있는데 국왕이 내 옷차림을 본다.

딱히 나는 좋아해서 입고 있는 게 아니라고요. 센스가 없다는 건 나에게 곰 인형 옷을 입힌 신님이겠지.

"무슨 말이에요. 너무 귀엽지 않아요?"

엘레로라 씨가 반론해준다.

"귀엽다는 것과 입고 싶다는 건 별개의 얘기지. 너는 입고 싶다고 생각하나?"

"으~음, 딸들에게 입히고 싶죠."

그런 엘레로라 씨의 말에 플로라 공주와 왕비 이외의 모두가 시아를 바라본다.

"거절하겠습니다."

시아는 확실하게 모친의 희망을 거절했다.

"아아~ 마릭스도 곰 옷차림을 한 시아가 귀여울 것 같지 않니?"

"저기, 그게……."

갑자기 질문을 받은 마릭스는 곤란해했다.

마릭스는 엘레로라 씨와 시아를 보더니 입을 열었다.

"본인이 싫어하는 건 하지 않는 편이 좋을 것 같습니다."

고민한 끝에 잘 어울릴지 어쩔지가 아니라 본인의 의견을 존중해야 한다고 말했다.

도망가는 방식으로서는 능숙하다.

하지만, 곰 인형 옷을 입는 게 싫은 일이구나.

뭐, 내가 시아의 입장이었다면 같은 마음이라 뭐라고 할 수는 없다.

"모친의 부탁을 거절하다니, 너무하네. 그럼 다음 번에 노아에게 부탁해볼까."

노아라면 기뻐하며 입을 것 같다. 『곰 씨 쉼터』의 제복도 기쁘게 입었으니 말이다.

엘레로라 씨는 그런 말을 하면서 과일 파르페를 먹는다.

그 얼굴에는 미소가 가득했다.

과일 파르페는 모두에게 호평이었고, 다 먹은 플로라 공주와 티리아는 곰순이와 곰돌이와 놀고 있었다. 왕비는 그걸 흐뭇하게 바라보고 있다.

시아는 엘레로라 씨가 인형 옷차림을 권하고 있지만, 열심히 거절하고 있었다.

국왕 각하는 기사에 관해 얘기하고 있었다. 그걸 마릭스가 긴장하면서 듣고 있다.

나는 냉동고에서 남은 과일 파르페를 꺼냈고, 안쥬 씨가 성 냉동고로 옮겨 갔다. 젤레프 씨와 안쥬 씨, 그리고 안쥬 씨 따님의 몫이다.

그런 뒤, 국왕과 엘레로라 씨는 일로 돌아갔다.

나도 돌아가기로 해서 플로라 공주와 곰순이의 작별의 시간이 왔다.

"플로라 공주님, 저도 돌아갈게요. 약속하신 거 기억하죠?"

나는 곰순이를 안은 플로라 공주에게 물었다.

플로라 공주는 곰순이를 가만히 보았다.

"으, 응."

플로라 공주는 슬퍼하며 곰순이를 놓아주었다. 곰순이도 「크~응」 하고 운 뒤 내게로 다가왔다.

이제는 곰돌이인데, 곰돌이는 티리아의 품속에 있었다. 하지만 여동생의 모습을 본 티리아도 말없이 곰돌이를 놓아주었다.

아무래도 언니로서 떼를 쓸 수는 없었던 모양이다.

"곰순이, 곰돌이, 또 봐."

플로라 공주가 작은 손을 흔든다.

““크~응.””

곰순이와 곰돌이도 울며 대답했다.

나는 곰돌이와 곰순이를 송환했다.

플로라 공주는 슬퍼했지만, 곰돌이 인형을 든 안쥬 씨가 나타나 곰돌이 인형을 플로라 공주에게 건넸다.

플로라 공주는 곰돌이 인형을 끌어안았다.

아무래도 인형이 도움이 되는 것 같다.

그리고 플로라 공주는 왕비와 안쥬 씨와 방으로 돌아갔다.

왕비와 플로라 공주가 안 보이게 되자 두 개의 한숨이 나왔다.

“긴장해서 맛을 못 느꼈어.”

“맛있었는데, 제대로 맛을 음미할 수가 없었어.”

마릭스와 시아가 긴장을 푼다.

과일 파르페를 먹고 있을 때 입을 거의 열지 않았다.

“후후, 나는 맛있게 먹었지.”

티리아는 혼자서만 만족스러운 표정을 짓고 있었다.

부모와 자식의 사이가 나쁘지 않다면 긴장도 하지 않을 거다.

“유나 님, 오늘은 고마웠어요. 조금, 공부가 된 느낌이에요.”

“유나 님에게 이길 수 있을 것 같진 않지만요.”

나는 시아와 마릭스와 함께 성을 뒤로했다.

◇◇◇

왕도에서 돌아온 나는 과일 보충을 하기 위해 혼자서 타르구이 섬으로 왔다.

이번엔 노아와 고아원 아이들에게도 과일 파르페를 만들어 줄 생각이기 때문이다.

곰 지도를 꺼내자 천천히지만 섬은 움직이고 있다. 지금은 어느 부근을 이동하고 있을까? 전체 맵이 표시되어 있지 않아서 미릴라 마을에서 얼마나 이동하고 있는지 알 수도 없고 방향도 모르겠다.

나는 곰 후드를 벗었다.

기분 좋은 바람이 불고 있다.

느긋하게 타르구이의 외곽을 걸으며 과일을 채취하고 있는데 옆을 걷던 곰돌이와 곰순이가 멈추고 고개를 들어 올렸다.

"왜 그래?"

""크~응.""

곰돌이와 곰순이가 보는 방향을 바라보자 둘은 바다를 보고 있었다.

설마, 마물?!

내가 곰돌이와 곰순이가 보고 있는 쪽으로 시선을 옮기자 꽤 먼 곳에 배가 보였다. 그 너머에는 섬? 대륙? 육지가 보인다.

혹시, 사람이 있나?

곰 지도를 한 번 더 꺼내서 타르구이의 이동하는 방향을 확인했다. 갑자기 방향 회전이라도 하지 않는 한, 이대로의 궤도라면 육지에는 다가가지 않는다.

으~음, 어쩌지?

선택지는 육지를 목표로 하느냐, 이대로 무시하느냐 두 가지 있다.

나중에 간다는 선택지는 존재하지 않는다.

이곳에서 벗어나면 두 번 다시 갈 수는 없다. 내가 타르구이에 있을 때 육지를 발견할 수 있는 확률은 낮다. 게다가 사람이 있는 장소 같은 건 더더욱.

그러니 내가 고를 답은 정해져 있다.

설령, 타르구이의 섬으로 돌아오지 못한다고 하더라도 곰 이동문을 설치한다면 돌아갈 수는 있다. 새로운 맵이 등장했는데 가지 않으면 게이머가 아니지.

"곰돌이, 곰순이, 가자."

"""크~응."""

나는 곰돌이를 타고 육지로 향해달라 말했다.

곰돌이와 곰순이는 파도치는 바다로 뛰어들어, 바다 위를 달려 타르구이의 주변에 발생하는 소용돌이를 피하고 육지를 향해 달리기 시작했다.

새로운 육지, 무언가 있을 것 같아서 기대된다.

곰곰곰 베어 17

번외편

곰을 사들이다 레트벨 편

나는 한 물건을 사들이기 위해 드워프 마을, 루도니크에 와있다.

"거기 곰 장식물을 전부 주세요."

선반에 나열된 나무를 깎아서 만든 곰 장식물을 가리킨다.

"곰 전부를요?"

점원은 이상하다는 얼굴을 하지만, 나는 신경 쓰지 않고 곰 장식물을 전부 산다.

"마을에 며칠 있을 생각인데, 또 몇 개 만들 수 있어요?"

점원은 조금 생각했다.

"돈이라면 미리 낼게요."

"알겠습니다. 바로 장인에게 상담하죠."

내 말에 점원은 곧바로 행동했다.

이게 상인의 거래다.

돈을 슬쩍 비치면 장사를 하는 사람이라면 반응한다.

다른 물건은 놓여 있어도 언제 팔릴지는 알 수 없다. 하지만 선금이라면 반드시 산다는 증명이 된다.

나는 곰 장식물의 추가를 부탁하고 가게를 나섰다.

다음 가게다.

이곳은 철 세공 가게로군.

철로 만들어진 여러 물건이 팔리고 있다.

동물과 사람, 여러 가지로 나열되어 있다.

곰곰곰곰곰.

동물이 나열된 선반에서 곰을 찾는다.

"오오, 있네."

세 개 정도 있었다.

점원에게 말해서 구매했다.

그와 동시에 추가 주문도 잊지 않는다.

그런 느낌으로 가게를 돌아다니며 곰을 구매해간다.

점원에게 어째서 「곰만을」이라는 질문을 받아서 왕도에서 인기가 있다고 대답해줬다.

뭐, 실제로 그 곰 그림책을 읽은 사람들에게 인기가 굉장한 건 틀림없다.

손녀에게 부탁을 받고 그림책을 찾았을 때 곰 관련된 물건을 가지고 싶어 한다고 들었다.

그래서 가게에 있던 물건을 보여줬더니 기뻐했다.

그런 뒤, 왕도에 있는 지점에 곰을 뒀는데 눈 깜짝할 사이에 팔려나가고 있는 걸 알 수 있었다.

그 보고를 들은 나는 드워프에게로 눈을 옮겼다.

나는 곰과 관련된 물건을 여기저기서 사들이고 있다.

어느 정도 곰과 관련된 물건을 구매한 나는 무기 상점과 방어구 상점을 돌았다.

내 가게에서는 무기와 방어구는 팔지 않지만, 지인인 상인에게 부탁을 받아서 대신 구매했다.

물론, 수수료는 받기로 되어 있어서 이익도 발생했다. 그게 상인이다.

그리고 오늘은 상업 길드에 용무가 있어 얼굴을 내비쳤더니 시선을 끄는 옷차림을 한 인물이 있었다.

저건, 곰?

저런 옷차림을 하는 인물은 지금까지 한 사람밖에 못 봤다. 두 사람이나 있진 않을 거다. 게다가 본 적 있는 녹색 머리를 한 소녀도 옆에 있다.

"곰 아가씬가?"

뒤에서 말을 건네자 곰 옷차림을 한 인물이 뒤돌아본다.

"레트벨 씨?"

역시 내가 아는 곰 아가씨였다.

그리고 옆에 있던 녹색 머리를 한 소녀는 팔찌 사건으로 내가 민폐를 끼쳤던 엘프 아가씨였다.

한 명 더, 여자아이가 있었는데, 모르는 아가씨다.

곰 아가씨가 어째서 내가 이곳에 있느냐 물어온다.

그건 내 대사지.

나는 물건을 사러 왔다고 설명했다.

"아가씨야말로, 어째서, 이곳에?"

묻자 냄비와 프라이팬 등의 조리도구를 사러 왔단다.

어이가 없어서 할 말이 없어진다.

냄비와 프라이팬 같은 건 왕도에서도 살 수 있지 않은가.

아무리 좋은 물건을 가지고 싶다고 해도 드워프 마을까지 올 일인가?

그런데, 어째서, 상업 길드에 와있지?

상업 길드에서는 냄비와 프라이팬은 팔지 않는다.

이야기를 들어보니 이 마을에서 집을 사려고 했는데 접수대 양이 가출 소녀로 의심해 곤란해하고 있다고 했다.

냄비를 사러 왔다는 것만으로도 상식 밖인데, 집까지.

내가 집 구매에 관해 묻자 아가씨는 곤란한 표정을 보인다.

그러자 엘프 아가씨가 엘프가 살기 위해 산다고 말을 꺼냈다.

엘프 아가씨를 위해서라는 말을 했지만, 표정을 보니 아니라는 건 알 수 있다.

상인의 눈을 우습게 봐선 안 된다.

하지만, 깊게는 묻지 않기로 했다. 그게 상인이라는 인간이다.

곰 아가씨를 곤란하게 만드는 건 바라는 바가 아니다.

그때 일이 있었던 후, 곰 아가씨를 가볍게 조사해봤었다.

조사했다곤 해도 지인인 상인이나 상업 길드에게 물어본 정도다.

여하튼 왕도의 상업 길드를 방문했더니 토지를 구매하여 집을 지었다고 했다.

심지어 들은 얘기로는 일시불이었다고.

게다가 두 명의 귀족이 뒤에 있었다고 했다.

지금, 생각하면, 모험가 길드의 길드 마스터와도 친하게 지냈다.

심지어 다른 루트의 정보이긴 한데 왕궁에도 자유롭게 출입할 수 있다고 했다. 그림책에 왕궁의 도장이 찍혀 있는 것도 이해가 됐다.

내 상인의 감이 말하고 있다. 곰 아가씨와 적대해서는 안 된다고 말이다. 깊게 파고들어서도 안 된다.

그 구분점을 알아차리는 게 일류 상인인 거지.

곰 아가씨가 곤란해하고 있다면 도움의 손길을 내줘서 사이좋게 지내는 편이 좋다.

그러니 나는 깊게 묻지도 않고 집을 구매할 보증인이 되어주기로 했다.

그리고 돈 걱정을 했는데, 괜찮다고 했다.

왕도에서 토지를 구매할 수 있는 자금이 있고, 귀족과도 연결된 아가씨다. 걱정은 필요 없는 것 같다.

내 역할은 여기까진가.

"그러면 미안하지만, 나는 일이 있으니 이만 가보겠네."

"보답을—."

떠나려는데 곰 아가씨가 멈춰 세운다.

"보답이라면 새로운 그림책을 그리거들랑 또 손녀 아루카에게 그림책을 가지고 와주면 된다네."

그게 제일의 보답이지.

게다가 엘프 아가씨에게도 민폐를 끼쳤다.

이것으로 보답을 받을 수는 없다.

나는 서둘러 자리를 떴다.

자, 일은 아직 있다.

부탁했던 곰 장식물을 받기도 하고, 새로 발굴할 물건을 찾기도 하고, 지인을 만나기도 하고, 할 일은 많다.

하지만, 아루카에게 좋은 기념품이 생겼다.

얼른 일을 마치고 돌아가면 아루카에게 곰 아가씨를 만났다는 걸 얘기해줘야지.

곰돌이, 곰순이, 이야기를 나누다

로지나 씨에게 곰모나이트가 정령석이라는 걸 들었고, 정령석은 엘프가 자세하다고 알려주셨으며, 무믈토 씨에게는 정령석이 속성을 강화하는 돌이라고 들었다.

즉, 곰모나이트는 곰 속성을 강화하는 정령석이라는 것을 알 수 있었다.

아무래도 신님은 정령석에 곰의 가호를 주신 모양이다.

그런 의미 모를 행동을 하지 말고 처음부터 곰 장비에 부여해 주면 좋았을 것을.

일단, 곰모나이트는 두 개 있고, 곰 속성이 강화된다는 이야기니까 곰돌이랑 곰순이에게 선물했다. 두 개 있으니 그걸 위해 준비된 거라고 생각했다.

곰모나이트를 장비한 곰돌이와 곰순이는 강화되었고, 덧붙여 마법을 쓸 수 있게 됐다.

이건 기쁜 선물이었다.

곰돌이와 곰순이가 강화된다면 둘의 안전도는 높아진다. 곰돌이와 곰순이가 몸을 지키는 수단이 늘어난 건 좋은 일이다. 그렇다 해도 곰돌이와 곰순이를 싸우게 만들고 싶지는 않지만 말이다.

곰모나이트의 건도 일단락되고 당초 목적을 달성한 나는 오랜만에 자신의 집 침대 위에서 푹 잠이 들었다.

커튼을 통해 빛이 흘러들어온다.

아침이란 건 알고 있다.

하지만, 가끔은 늦잠도 허락해줄 거다.

그렇지만, 그 늦잠을 방해하려는 자가 있었다.

내 볼을 부드러운 물체가 톡톡 친다.

곰돌이와 곰순이가 깨우려는 모양이다.

하지만, 오늘은 마음껏 자기로 정했다.

나는 곰돌이와 곰순이의 손을 뿌리쳤다.

그러자 이번에 말랑거리고 부드러운 물체를 볼에 들이 밀어온다.

아무래도 자게 해주지 않을 모양이다.

나는 다시 한번 곰돌이와 곰순이의 손을 뿌리치고 이불을 덮어 방어태세에 돌입했다.

"주인님, 일어나~"

"주인님, 아침이야~"

만질 수 없다는 걸 안 곰돌이와 곰순이는 말을 해왔다.

"조금만 더 자게 해줘……."

응?

대답한 후 위화감을 느꼈다.

뇌가 움직인다.

주인님?

곰돌이와 곰순이가 말을 할 리가 없잖아.

졸음이 사라져간다.

누군가 있어!

애초에, 주인님이라니?

뇌가 움직이고 완전히 눈이 떠졌다.

나는 이불에서 몸을 일으켜 확인했다.

주위를 보았지만, 아무도 없다. 이 방에 있는 건 꼬맹이화 된 곰돌이와 곰순이뿐이다.

곰돌이와 곰순이는 침대 옆에서 나를 올려다보았다.

"어라, 꿈이었나?"

곰돌이와 곰순이가 말을 할 리가 없다.

아무래도 현실과 꿈 사이에서 잠이 덜 깼던 것 같다.

눈도 다 떠버려서 다시 잠이 드는 건 무리다.

순순히 일어나기로 했다.

"곰돌이, 곰순이, 좋은 아침."

"주인님, 좋은 아침이야."

"굿모닝."

"응, 굿, 모닝?"

나는 누구와 대화를 나누고 있는 거지?

곰돌이와 곰순이일 텐데.

다시 확인한다. 방에는 아무도 없다.

"주인님, 배고파~"

"밥~"

나는 볼을 꼬집는다.

"아파."

"주인님, 왜그래?"

"아파?"

곰돌이와 곰순이가 걱정스럽게 묻는다.

나는 곰돌이를 안고 눈앞으로 들어 올렸다.

"왜 그래?"

곰돌이가 입을 열자 소리가 들렸다.

"왜 그래가 아니야. 어째서 말하고 있는 거야."

"그거야, 이거 덕분이지."

곰돌이와 곰순이는 목에 달린 리본을 만졌다.

그곳에는 며칠 전에 얻은 곰모나이트가 들어있었다.

"곰모나이트?"

"응, 맞아."

"이 돌 덕분에 주인님이랑 대화를 나눌 수 있게 됐어."

"그 돌에 그런 힘이……."

하지만 곰돌이와 곰순이가 말을 하는데 위화감이 들었다.

곰돌이와 곰순이와 대화할 수 있는 건 기쁘지만, 그 「크~응」을 들을 수 없게 된 걸 생각하니 쓸쓸해졌다.

그런 내 마음과 상관없이 곰돌이와 곰순이는 이야기를 이어간다.

"이제부터 이런 것도 할 수 있게 됐어."

"주인님, 봐봐."

곰돌이와 곰순이가 서로에게 좌우로 거리를 둔다.

뭐지?

곰돌이와 곰순이는 옆으로 걷는가 싶더니 서로의 발톱과 발톱을 맞추었다.

"퓨전."

곰돌이와 곰순이를 빛이 감싼다.

그리고 빛이 잦아지자 그곳에는 검은색과 흰색을 띤 한 마리의 생물이 있었다.

""파워업이 되었으니 앞으로 주인님이랑 같이 싸울 수 있어.""

아니, 무슨 말이야?

애초에, 여러 가지로 아웃인데.

""최강의 곰이야.""

"그건 팬더잖아!"

내가 소리쳤다.

"응?"

어라?

나는 이불에서 몸을 일으켰다.

뇌가 확실해진다.

주위를 본다.

내가 잠들어 있던 옆에는 꼬맹이화 된 곰돌이와 곰순이가 기분 좋게 자고 있었다. 내가 몸을 일으킨 것에 벌떡 일어나 「「크~응」」 하고 운다.

"꿈?"

조금 전의 일이 진짜로 현실 같았는데.

나는 확인하기 위해 곰돌이와 곰순이에게 인사했다.

"곰돌이, 곰순이, 좋은 아침."

""크~응.""

곰돌이와 곰순이는 말을 하지 않고 평소처럼 울고 몸을 비벼온다.

"둘 다 말할 수 있어?"

나는 곰돌이와 곰순이의 머리를 쓰다듬으면서 묻는다.

""크~응.""

곰돌이와 곰순이는 울었다.

아무래도 말하지 못하는 모양이다.

"합체도 못 하는 거지?"

""크~응.""

미안하다는 듯 머리를 옆으로 흔든다.

"괜찮아. 합체 같은 거 하지 마."

역시, 꿈이었던 모양이다.

나는 곰돌이와 곰순이를 끌어안았다.

팬더도 귀여웠지만, 곰돌이와 곰순이는 지금 이대로가 가장 귀엽다.

꿈이라서 다행이라고 마음속 깊게 생각했다.

■작가 후기

쿠마나노입니다. 『곰곰곰베어』 17권을 구매해주셔서 감사드립니다.

2020년은 TV 애니메이션 『곰곰곰베어』가 방영된 해였습니다.

애니메이션화의 이야기를 들었을 땐 꽤 먼 이야기라고 생각했는데 눈 깜짝할 사이에 시간이 흘러 애니메이션이 방영되고 끝나버렸습니다.

애니메이션 제작 시기에는 제작 스튜디오와 후시녹음 견학, 많은 애니메이션 관계 자료 등을 보여주셔서 많은 귀중한 경험을 할 수 있었습니다. 두 번 다시 경험할 수 없을 거라고 생각했고, 시간이 허락하는 한, 제안을 해주셨을 때는 참여하게 됐습니다.

그런 TV 애니메이션 『곰곰곰베어』의 12화가 모두 끝났지만, 기쁘게도 2기 제작이 결정되었습니다.

애니메이션이 중반을 지날 무렵일까요. 담당자님께 「2기 이야기가 있는데, 어떻게 할까요?」라고 들었습니다.

저의 대답은 「네, 부탁드릴게요」였습니다.

2기를 만들어 주시는 건 굉장히 고마운 일입니다. 많은 분이 곰을 위해 힘을 내주시고 계세요. 감사의 말씀도 부족합니다.

또, 그런 바쁜 날들이 돌아오는 건가 생각하면 힘들겠다고 생각하는 반면, 기쁘게 생각하는 마음이 있습니다. 원작자로서 의견을 낼 수 있는 부분은 내고 싶다고 생각하기 때문에 계속해서 TV 애니메이션, 『곰곰곰베어』를 잘 부탁드리겠습니다.

소설 17권은 드워프 편의 후반으로 이루어졌습니다.

유나가 시험의 문에 도전했죠. 표지에서 놀랐을지도 모르지만, 유나는 자신의 복사본과 대전을 펼쳤습니다. 담당자님께 「표지는 어떻게 할까요」라는 말을 들었을 때 더블 유나가 좋을 것 같아서 제안했습니다.

그리고 희망대로 채용되어서 표지는 더블 유나가 되었습니다.

그 후에 드워프 마을에서 돌아온 유나는 슈리와 노아와 느긋하게 크리모니아에서 시간을 보냅니다.

그러던 어느 날, 타르구이에 가자 육지를 발견합니다.

유나의 새로운 모험이 시작할 것이니 계속해서 소설도 잘 부탁드리겠습니다.

마지막으로 책을 발행하는 데 모든 힘을 써주신 모든 분께 감사 인사를.

029 선생님께는 항상 멋진 일러스트를 그려주셔서 감사드립니다.

이번엔 애니메이션 일 등으로 여러 작업이 겹쳐져서 고생하셨을 것 같습니다. 그런 와중에 일러스트를 그려주셔서 감사드립니다.

편집자님께는 항상 민폐를 끼치고 있습니다. 그리고 『곰곰곰베어』 17권을 출판하는데 관련된 많은 모든 분, 감사드립니다.

여기까지 책을 읽어주신 독자님들께는 감사의 마음을.

그럼, 18권에서 만나 뵐 수 있길 고대하고 있겠습니다.

2021년 4월 좋은 날

쿠마나노

■역자 후기

안녕하세요, 여러분. 이번 17권은 어떻게 읽으셨나요?

저는 많은 편 가운데 시험의 문에 관한 화가 흥미로웠습니다. 유나가 스스로와 싸우는 시련과 자신의 소중한 사람인 피나를 위해 대전하는 과정을 통해 유나가 한층 더 발전하고 성장할 수 있는 내용이 아니었나 생각이 듭니다.

그리고 에필로그 중 곰돌이와 곰순이가 말을 할 수 있게 되고, 합체하게 된다는 내용은 정말이지 놀라움 그 자체였는데요. 다행히(?) 꿈으로 끝나게 되어서 저는 다행이라고 생각하면서도 한편으론 정말 말을 할 수 있게 된다면 어떨까 라는 상상도 조금 하게 되었습니다. 여러분은 어떻게 생각하셨나요? 18권에선 유나가 새로운 육지를 발견하고 이야기를 만들어나간다고 하니 벌써 기대가 되네요.

끝으로 항상 고생하시는 편집자님께 감사드리며, 다음 18권에서는 더욱더 재미있는 내용으로 찾아뵐 수 있길 기대하고 있겠습니다. 여러분, 18권에서 봬요!

2021년 11월 좋은 날
역자 김보라 올림

곰 곰 곰 베어 17

초판 1쇄 발행 2021년 12월 10일

지은이_ Kumanano
일러스트_ 029
옮긴이_ 김보라

발행인_ 신현호
편집장_ 김승신
편집진행_ 원현선 · 권세라
편집디자인_ 양우연
관리 · 영업_ 김민원 · 조인희

펴낸곳_ (주)디앤씨미디어
등록_ 2002년 4월 25일 제20-260호
주소_ 서울시 구로구 디지털로 26길 111 JnK디지털타워 503호
전화_ 02-333-2513(대표)
팩시밀리_ 02-333-2514
이메일_ lnovellove@naver.com
L노벨 공식 카페_ http://cafe.naver.com/lnovel11

ISBN 979-11-278-6286-2 04830
ISBN 979-11-278-3067-0 (세트)

값 9,500원

드라큘라 야근! 1권

와가하라 사토시 지음 | 아리사카 아코 일러스트 | 박경용 옮김

태양의 빛을 쬐면 재가 되어버리는 존재, 흡혈귀.
밤에만 활동할 수 있는 그들이지만, 현대에는 생각보다 문제없이 생활하고 있었다.
그렇다. 왜냐하면 "야근"으로 일할 수 있으니까—.
토라키 유라는 현대에 살아가는 흡혈귀.
일하는 곳은 이케부쿠로의 편의점(야근 한정),
주거지는 일조권이 최악인 반지하(차광 커튼 필수).
인간으로 돌아가기 위해서, 바르고 떳떳한 사회생활을 보내고 있다.
그런데 어느 날 주정뱅이에게서 금발 미소녀를 구했더니,
놀랍게도 그녀는 흡혈귀 퇴치를 생업으로 하는 수녀 아이리스였다!
게다가 천적인 그녀가 그의 집으로 굴러들어오게 되는데—?!
토라키의 평온한 흡혈귀 생활은 대체 어찌 되는가?!

『알바 뛰는 마왕님!』의 와가하라 사토시가
선물하는 드라큘라 일상 판타지!